अवधेश प्रीत

कथाकार, पत्रकार अवधेश प्रीत का जन्म 13 जनवरी, 1958 को ग़ाज़ीपुर, उत्तर प्रदेश के ताराँव गाँव में हुआ। पढ़ाई-लिखाई की शुरुआत गाँव से हुई। उच्च शिक्षा कुमाऊँ विश्वविद्यालय, उत्तराखंड से पाई। साहित्य लेखन व रंगकर्म की शुरुआत उधमसिंह नगर से की। 1985 से बिहार में पत्रकारिता करने लगे।

उनकी प्रकाशित कृतियाँ हैं—'अशोक राजपथ', 'रुई लपेटी आग' (उपन्यास); 'हस्तक्षेप', 'नृशंस', 'हमज़मीन', 'कोहरे में कंदील', 'चाँद के पार एक चाभी', 'अथ कथा बजरंग बली' (कहानी-संग्रह)।

देश की तमाम पत्र-पत्रिकाओं में उनकी कहानियाँ, लेख एवं समीक्षाएँ प्रकाशित हो चुकी हैं। कई कहानियों के अनुवाद उर्दू, अंग्रेज़ी, मराठी और गुजराती में हो चुके हैं। कुछ कहानियों के मंचन भी हुए हैं जिनमें 'नृशंस' (एन.एस.डी., दिल्ली), 'बाबू जी की छतरी' (एक्ट वन, दिल्ली), 'ग्रासरूट' (थिएटर यूनिट, पटना), 'हमज़मीन' (अक्षरा, पटना; इंटीमेट थिएटर, इलाहाबाद), 'तालीम' (रंगश्री, पटना) और 'चाँद के पार एक चाभी' (थिएट्रॉन, लखनऊ) उल्लेखनीय हैं। 'अली मंज़िल' और 'अलभ्य' कहानियों पर दूरदर्शन द्वारा टेलीफ़िल्म का निर्माण व प्रसारण हुआ है।

उन्हें 'बनारसी प्रसाद भोजपुरी कथा सम्मान', 'सुरेन्द्र चौधरी कथा सम्मान', 'विजय वर्मा कथा सम्मान', 'फणीश्वरनाथ रेणु कथा सम्मान' से सम्मानित किया गया है।

'दैनिक हिन्दुस्तान', पटना में वर्षों तक सहायक सम्पादक रहे। सेवानिवृत्ति के बाद फ़िलहाल स्वतंत्र लेखन।

ई-मेल : avadheshpreet950@gmail.com

नृशंस

अवधेश प्रीत

राजकमल पेपरबैक्स

पहला पुस्तकालय संस्करण
राजकमल प्रकाशन प्राइवेट लिमिटेड द्वारा
2001 में प्रकाशित

राजकमल पेपरबैक्स में
पहला संस्करण : 2024

राजकमल पेपरबैक्स : उत्कृष्ट साहित्य के जनसुलभ संस्करण

राजकमल प्रकाशन प्रा.लि.
1-बी, नेताजी सुभाष मार्ग, दरियागंज
नई दिल्ली-110 002
द्वारा प्रकाशित

शाखाएँ : अशोक राजपथ, साइंस कॉलेज के सामने, पटना-800 006
पहली मंजिल, दरबारी बिल्डिंग, महात्मा गांधी मार्ग, प्रयागराज-211 001
1, अनमोल सोराबजी संतुक लेन, धोबी तलाव, मरीन लाइंस, मुम्बई-400 002
वेबसाइट : www.rajkamalprakashan.com
ई-मेल : info@rajkamalprakashan.com

विकास कंप्यूटर एंड प्रिंटर्स
ट्रॉनिका सिटी-201 102
द्वारा मुद्रित

मूल्य : ₹250

NRISHANS
Stories by Avadhesh Preet

ISBN : 978-93-6086-256-5

यह किताब
अम्मा और पिताजी को
सादर।

अनुक्रम

दूह

गप्पी काका का भी कोई जवाब नहीं। हाँकने पर उतर आएँ तो क्या ईरान, क्या तूरान सारी दुनिया ही सिमट आए उनकी वाणी में। और वाणी ! जब रौ में हों तो शेरनी ! जब खब्त सवार हो जाए तो बिरनी। ऐसी-ऐसी गालियाँ बकेंगे कि सात पुश्तें तर जाएँ। शायद, इन्हीं कारणों से उनसे चिढ़े लोग उनकी गप्पों को झूठ का पुलिन्दा कहते हैं। ऐसे ही लोगों का मानना है कि गप्पी काका जैसा झूठों का सरदार दस कोस आगे-पीछे दूसरा नहीं मिलेगा। न काम, न धाम, बस लौंडे-लफाड़ों की जमात जोड़कर खाली-मूली बातें बनाएँगे। बातें भी कैसी-कैसी, जिनका न कोई ओर, न कोई छोर। अगर बीच में टोका-टोकी करो, तो जैसे साक्षात् दुर्वासा हो जाएँगे। फिर किसी में इतनी मजाल कहाँ कि कोई उन्हें मना ले। मानेंगे तो अपने आप। जब क्रोध का अगिया-बैताल उतरेगा, तो फिर कोई नई गप्प जन्म ले लेगी।

ऐसी ही एक नई गप्प गप्पी काका ने इधर फिर ईजाद की है। हालाँकि वह आदतन इसे भी गप्प नहीं मानते, लेकिन सुननेवालों के लिए यह तय कर पाना मुश्किल है कि वह सच में झूठ मिलाते हैं, या झूठ में सच। लिहाजा, लोग उनकी इस नई गप्प को भी गम्भीरता से नहीं लेते। नतीजा है कि वह इसी बात पर अगिया-बैताल हुए जा रहे हैं, ''ससुरा, सगरे कूप में भाँग भरी है। क्या मंगलपुर, क्या अमंगलपुर !

सौ बात की एक बात यह कि यह मंगलपुर ही आजकल उनकी नई गप्प का घटना-स्थल है। नक्शे में यह नाम कहीं हो, न हो, उनके जेहन में यह मंगलपुर इस कदर नक्श हो गया है, कि सारा का सारा नक्शा ही मंगलपुर में तब्दील हो गया है। उन्हें हर ओर मंगलपुर ही नजर आता है। वह जब मंगलपुर के बहाने गप्प शुरू करते हैं, तो उनकी चौहद्दी कुछ इस प्रकार तैयार होती है।

''जिला गाजीपुर में एक गाँव है मंगलपुर। भुच्च-देहात। बस से उतर कर दो कोस पैदल चलिए, नहर-आहर पार करिए तब मिलेगा नयका पोखरा। इसी नयका पोखरा से मंगलपुर गाँव शुरू हो जाता है। यहीं नहाते-कपड़ा धोते, गोरू-डंगर को पानी पिलाते मिल जाएँगे जवाहिर सिंह, चाहे जाबिर मियाँ। जाबिर मियाँ, मियाँ टोली में रहते हैं, तो जवाहिर सिंह बाबू टोली में। बाबू टोली के शिवनाथ बाबू मंगलपुर के मुखिया हुए। मुखियागिरी तो खैर उनको पुश्तैनी मिली है। रोब-दाब उन्होंने अपना पैदा किया है। दिमाग के तेज और मिजाज के कड़ियल शिवनाथ बाबू का मंगलपुर ही क्या आसपास के दसियों गाँवों में गजब का रुतबा है। यह रुतबा भी उनका दिन पर दिन बढ़ता ही, लेकिन इस रुतबे पर बट्टा

बन बैठा है बब्बन खाँ। जब से बब्बन खाँ का छोटा भाई दुबई गया है, शिवनाथ बाबू के लिए बब्बन खाँ सिरदर्द हो गया है। नए-नए पैसे का उस पर गुरूर सवार हुआ है। वह उनकी पुश्तैनी मुखियागिरी के लिए भारी चुनौती बन गया है। इस चुनौती को भी शिवनाथ बाबू अब तक तो किसी तरह पार करते आ रहे हैं, लेकिन बब्बन खाँ उनके मन में जिस तरह खौफ बनकर बैठ गया है, वह उन्हें दिन-रात बेचैन किए हुए हैं।

''वैसे बब्बन खाँ को भी कम बेचैनी नहीं है। रुपया-पैसा होते हुए भी गाँव-जवार में उसकी वह धाक नहीं जम पाई है, जो शिवनाथ बाबू को हासिल है। हाँ, गरज के वक्त पर क्या हिन्दू, क्या मुसलमान सब उससे कर्ज पइंचा लेने पहुँच जाएँगे, लेकिन बात-व्यवहार ऐसे करेंगे कि 'कर्ज ले रहे हैं, तो सूद समेत लौटा देंगे, और क्या ?' बस, गाँववालों की इसी हरकत से बेचारा बब्बन खाँ तिलमिला कर रह जाता है। पीठ पीछे भद्दी गालियाँ भी बकता है, लेकिन मन को समझा भी लेता है कि देखते हैं, कितने दिन चलती है शिवनाथ सिंह की बाबू साहिबी। एक न एक दिन तो ऊँट पहाड़ के नीचे आएगा ही।

''और लीला देखिए, कि सचमुच एक दिन ऊँट पहाड़ के नीचे आ ही गया। फिर क्या था, बब्बन ने मूँछों पर ताव दिया और अपने मर्दाना बैठकखाने में गाँव के सारे मुसलमानों को बुलवा लिया। इमाम साहब, हाजीजी और मौलवी साहब खासतौर पर बुलवाए गए। बैठकखाने में पड़ी एक बड़ी सी तख्त पर गद्दे बिछाए गए, साफ चादर डाली गई और गाव-तकिए लगाए गए। नीचे की बाकी जमीन पर दरियाँ बिछाई गईं। एक बड़े-से ड्रम में शर्बत घोला गया। पान-तम्बाकू का खासतौर पर बन्दोबस्त किया गया। लोगों की खातिर-तबज्जो के लिए बशीर मियाँ और रजाक मियाँ मुस्तैद किए गए।

''लोग एक-एक कर आते गए और देखते-देखते बैठकखाना खचाखच भर गया। जवान छोकरों की भरमार ज्यादा थी। बूढ़े-बुजुर्ग कम थे। जो थे, उनकी संजीदगी उनकी मौजूदगी को और भी कम कर दे रही थी। बब्बन खाँ लोगों से खुलकर मिल रहे थे। पूछ-पूछकर शर्बत पीने का इसरार कर रहे थे। पान-तम्बाकू लेने की जिद कर रहे थे। जवान छोकरे और अपने भाई-बापों के साथ चले आए बच्चे शर्बत पीने की होड़ मचाए हुए थे। इस गहमा-गहमी के बीच जब इमाम साहब, हाजीजी और मौलवी साहब तख्त पर गाव-तकिए के सहारे जम गए, तो बब्बन मियाँ ने पूरी जमात का भरपूर जायजा लिया। जमात में इसहाक मियाँ को न देखकर उसकी त्योरियाँ चढ़ गईं। उसने लगभग चीखते हुए रजाक मियाँ को आवाज दी, 'इसहकवा काहे नहीं आया रे ! जा के जल्दी बुला ला।'

''बब्बन खाँ की चीख से अनायास खिंच आए सन्नाटे को सूरा के इकतारे ने तोड़ दिया। दोनों आँखों का अन्धा सूरा मस्जिद के दरवाजे पर बैठा रोज की तरह इकतारे पर अपना राग छेड़े हुए था :

रहना नहिं, देस बीराना है।
यह संसार कागज की पुड़िया, बूँद पड़े गल जाना है।

''सूरा की आवाज में मिठास है, ऊपर से इकतारे की धुन लोगों को बाँध लेती है। यह इकतारा उसे कहाँ से मिला कोई नहीं जानता। कोई कहता है एक जोगी सूरा को अपना इकतारा दे गया। कोई कहता है, नहीं, कोई बूढ़ा फकीर मरने से पहले अपना इकतारा सूरा को सौंप गया। सच्चाई क्या है, यह तो सूरा ही जाने, लेकिन यह सूरा है गजब का चुप्पा। अपने बारे में किसी को कुछ नहीं बताता। कुछ पूछो तो बस, इकतारा बजाते हुए अपने-आप में खो जाता है।

''लेकिन सूरा की यही तान बब्बन खाँ को इस वक्त नागवार लग गई। उसने गुर्राते हुए सूरा को दुत्कारा, 'चुप्प स्साला, रात-दिन सिर खाए रहता है।'

''सूरा का स्वर गले में ही कहीं फँसकर रह गया। उँगलियाँ इकतारे के तार में ठिठकी रह गईं। चेहरे पर निरीहता का भाव साफ उभर आया था। वह अपने आप में सिमट कर गुड़ी-मुड़ी हो गया था।

''तभी इसहाक मियाँ को रजाक के साथ देखकर जमात में छाई खामोशी धीरे-धीरे सरगोशी में तब्दील हो गई। बब्बन खाँ के चेहरे पर काबिज तनाव भी थोड़ा सा ढीला हुआ, लेकिन उसने जान-बूझकर इस तनाव के तार को और सख्ती से कसने की कोशिश की, 'क्या इसहाक भाई, आप इतने बड़े आदमी हो गए हैं कि आपको बुलाने के लिए हरकारा भेजना पड़े ?'

''बब्बन खाँ की आवाज में जैसी तुर्शी थी, उससे इसहाक मियाँ अन्दर तक झनझना गए। बड़ी कठिनाई से जवाब दे पाए, 'मुखियाजी ने बुलावा भेजा था, इसीलिए लौटने में देरी हुई।'

''मुखिया का जिक्र आते ही बब्बन खाँ सिर से पाँव तक लुकाठी हो गया। उसने मायनेखेज निगाहों से तख्त पर बैठे लोगों की आँखों में एक-एक कर देखा, फिर इसहाक मियाँ को दरी पर बैठने का इशारा करते हुए पूरी जमात से मुखातिब हुआ, 'सुन लिया जनाब आपने, यहाँ बिरादरी इकट्ठी हुई है एक अहम मसले पर बातचीत के लिए, लेकिन इसहाक मियाँ हैं कि मुखिया की ताबेदारी में लगे हैं।'

''इसहाक मियाँ को यह व्यंग्य चुभ गया। उन्होंने प्रतिवाद की कोशिश की, लेकिन मौलवी साहब ने उन्हें चुप्प रहने का इशारा कर दिया। इसहाक मियाँ सिर झुकाकर चुप लगा गए। बब्बन खाँ माहौल का जायजा लेते हुए तख्त पर तन कर बैठा और जैसे एक-एक चेहरे का मुआयना करते हुए बोला, 'हाजरीन, आप तमाम लोग कमोबेश इस बात से वाकिफ हैं कि हम यहाँ क्यों जमा हुए हैं। यह मसला जो दरपेश आया है, इस पर अगर तुरन्त एकजुट फैसला नहीं लिया गया तो यकीन मानिए कि हमारा वजूद खतरे में पड़ जाएगा। यहाँ हमारा जीना मुहाल हो जाएगा।'

''बब्बन खाँ को लगा कि उसकी बात का असर लोगों पर पड़ रहा है। सभी उसे गौर से सुन रहे थे, 'तो मैं चाहूँगा कि इसहाक भाई खुद उस वाकये का तफ्सील से जिक्र करें। यहाँ मौलवी साहब, इमाम साहब और हाजी साहब भी मौजूद हैं। यूँ मैंने इन्हें मुख्तसर जानकारी दे दी है, लेकिन आप तफ्सील से बताएँ तो इनके सामने तस्वीर

और साफ होगी।'

''सिर झुकाए बैठे इसहाक मियाँ अपना नाम सुनकर एकबारगी सकपकाए। फिर उन्होंने सिर उठाकर अपनी टेढ़ी हो आई दुपल्ली दुरुस्त की। खँखार कर गला साफ किया। तमाम हाजरीन की ओर सूनी आँखों से देखा। सारे लोग उन्हीं पर निगाह टिकाए हुए थे। उन्होंने भर्राए गले से अपनी बात शुरू की, 'साहेबान, मैं एक गरीब इन्सान हूँ। मेहनत-मशक्कत करके किसी तरह अपने कुनबे के लिए दो वक्त की रोटी का जुगाड़ कर पाता हूँ। अल्लाह पर यकीन करता हूँ और पाँचों वक्त नमाज अदा करता हूँ। खुदा झूठ न बुलाए तो मैं यह कतई नहीं समझ पा रहा हूँ कि एक बेहद मामूली वाकये को लेकर इतनी हाय-तौबा क्यों हो रही है ?'

''इसहाक मियाँ ने सवालिया होते ही बब्बन खाँ बीच में कड़क कर बोल पड़ा, 'अमाँ मियाँ, आप जो समझ नहीं पा रहे हैं उसके लिए नाहक हलकान क्यों होते हैं ? आप से महज वाकये के जिक्र की बात कही गई है, बस वही बयान करिए।'

''बब्बन खाँ की इस दखलअन्दाजी पर सहमति की मुहर लगाते हुए तख्त पर मौजूद मौलवी साहब, इमाम साहब और हाजी साहब ने एक साथ 'हाँ, हाँ मकसद की बात पर आइए' कहकर मियाँ को सकते में डाल दिया।'

''ऐन इसी वक्त मियाँ टोली से बाहर जाते हुए फिर सूरा ने वही धुन दी :

रहना नहीं देस बीराना है...

''जैसे इसहाक मियाँ की कसमकसाहट भीतर ही घुल गई हो। बगैर किसी एतराज के उन्होंने फिर कहना शुरू किया, 'यहाँ मौजूद तमाम लोग जानते हैं कि सिर छुपाने के लिए हमारे पास महज मिट्टी का एक मकान है। मकान पुश्तैनी है, लिहाजा बहुत पुराना हो गया है। जगह-जगह से ढह-ढिमला रहा है। आँगन की दीवार तो इस कदर ढह गई है कि जनानखाना तक बेपर्द हुआ जा रहा है। बहुत दिनों से मरम्मत की सोच रहा था, लेकिन न तो कभी माली हालत ठीक हुई, न ही मरम्मत हो पाई। इस साल हालत इतनी खराब हो गई है कि, इज्जत छुपाना मुश्किल हुआ जा रहा है। जनाना लोगों की भारी मुसीबत है। घर में मेरी बीवी के अलावा एक बेवा बहू और उसकी जवान बेटी है। इन सबकी रोटी से लेकर इज्जत तक की जिम्मेदारी मेरे सिर पर है, हुजूर।' यकाएक उनकी बेबसी का अहसास जैसे उनकी आवाज में शामिल हो गया। वह एकदम ठिठक-से गए।

''इसहाक मियाँ की चुप्पी को बेधते हुए मौलवी साहब ने फरमाया, 'मियाँ, आप जजबाती हो रहे हैं। जरा अपने आप पर काबू पाइए।'

'' 'हाँ, इसहाक भाई, फिर क्या हुआ ?' इस बार बब्बन खाँ का लहजा बदला हुआ था। आवाज में मुलायमियत थी।

''इसहाक मियाँ ने गीली हो आई आँखों की कोरों को उँगली से पोंछते हुए अपने आपको सँभाला। गले में जैसे कुछ अटका हुआ-सा महसूस किया। बड़ी मुश्किल से थूक निगलते हुए उन्होंने अपना बयान फिर शुरू किया, 'साहेबान, आनेवाली बरसात हमारे

कुनबे को पेरशान किए हुए थी। मैंने कई लोगों से मदद माँगी, ताकि बरसात से पहले आँगन की चहारदीवारी दुरुस्त कर दूँ, लेकिन अफसोस कि कोई...'

" 'मियाँ, आप खामख्वाह बहक रहे हैं, बब्बन खाँ के नथुने फिर फड़के।

"इसहाक मियाँ सकते में आ गए। उनकी बुजुर्गियत को गहरा धक्का लगा। लेकिन वक्त का तकाजा देखकर गले में अटका थूक निगलकर रह गए। फिर आह भरते हुए बोले, 'खैर...जाने दीजिए इन बातों को। मेरी बेपर्दगी की दास्तान से कई लोग नाहक बेपर्द हो जाएँगे।'

"उनकी निगाह बब्बन खाँ पर जाकर टिक-सी गई। बब्बन खाँ ने बेचैनी से पहलू बदला।

"इसहाक मियाँ ने अपनी बात जारी रखी, 'बहुत सोच-विचार के बाद मैंने अपनी चहारदीवारी पर मिट्टी का राँदा देकर काम चलाने का फैसला किया। अब सवाल था कि मिट्टी के लिए भी मुझे लोगों की खुशामद करनी पड़ी।'

"इसहाक मियाँ जरा देर को रुके। अपनी निगाह पूरी जमात पर फिरी। उन्हें महसूस हुआ कि ज्यादातर लोगों को उनकी यह बात अच्छी नहीं लगी। लेकिन जैसे उन्हें इसकी कोई परवाह न हो, इस अन्दाज से सिर झटका और एक-एक लफ्ज पर जोर देते हुए अपनी बात पूर्ववत जारी रखी, 'ऐसे में साहेबान, मेरे मन में एकबारगी यह ख्याल आया कि गाँव के पूरबवारी जो भुतहा मलबा है, क्यों न वहीं से मिट्टी ले लूँ। फिर जी में आया कि भुतहा जगह से मिट्टी लेना कहीं आफत का बायस न बन जाए। बस, इसी तीन-पाँच में कई दिन गुजर गए कुछ समझ में नहीं आ रहा था कि क्या करूँ। कभी बुरी रूहों का डर उधर जाने से रोकता, तो कभी घर की हालत जाने को उकसाती। उस भुतहा मलबे से मुझे भी कम खौफ नहीं लगता था। लेकिन लाचारी जो न करवाए। आखिरकार कोई चारा न देख उस मलबे से ही मिट्टी काटने का मन-ही-मन फैसला किया और परसों शाम घिरते ही चुपचाप मलबे पर चला गया। दिल को कड़ाकर अल्लाह को याद किया। फिर खामोशी के साथ कुदाल से मिट्टी काटनी शुरू दी।'

"जैसे सब्र का बाँध टूट गया हो। इमाम साहब बेहद खौफजदा लहजे में पूछ बैठे, 'मियाँ, यह जानते हुए भी कि वहाँ बुरी रूहों का बसेरा है, आपने मिट्टी लेने की हिम्मत की ?'

"साहेबान, मुझे लगता है कि आदमी की मजबूरी से बड़ी कोई ताकत नहीं। मेरी यह मजबूरी मुझे उस भुतहा मलबे तक खींच कर ले गई और मैंने उस मलबे से मिट्टी काटनी शुरू कर दी। लेकिन ताज्जुब कि बुरी रूहों ने न तो खलल पैदा किया, न ही मेरे साथ कोई खुराफात की। जब कोई परेशानी पेश नहीं आई तो मेरा भी हौसला बढ़ गया। कल शाम भी मैं चुपचाप मिट्टी काटने में मशगूल था कि यक-ब-यक मेरी कुदाल से किसी सख्त चीज के टकराने की आवाज आई।

"इसहाक मियाँ साँस लेने के लिए ठहरे तो सबकी बेचैनी बढ़ गई। लेकिन उन्होंने

तुरन्त अपनी बात का सिरा पकड़ लिया, 'मैं चौंका। दिमाग में तरह-तरह के ख्याल उभरे। कुदाल तेज-तेज चलने लगी। और जब ढेर हो आई मिट्टी को हाथों से हटाकर देखा, तो दंग रह गया। वहाँ इन्सानी हड्डी दबी पड़ी थी। आनन-फानन कुछ और मिट्टी हटाई तो पूरा का पूरा इन्सानी कंकाल सामने आ गया। मेरे हाथ-पाँव फूलने लगे। मैं पसीने से तर-ब-तर हो गया। घिग्घी बँध गई। बड़ी मुश्किल से बदहवासी के आलम में वहाँ भागा और गाँव में आकर लोगों को पूरा किस्सा सुनाया।' इसहाक मियाँ एकाएक चुप हो गए। कंकाल की शक्ल उनके जेहन में उभर आई थी। गला खुश्क हो आया था। सीना धौंकनी की तरह चलने लगा था।

''तख्त पर मौजूद लोगों ने लम्बी साँस ली, लेकिन बरामदे में जमीन पर बैठे कई लोगों के चेहरे पर खौफ, तो कई लोगों के चेहरे पर हैरानी साफ दिख रही थी। मौलवी साहब ने अपनी खिचड़ी दाढ़ी में उँगलियाँ फेरनी शुरू कर दी थीं। इमाम साहब पान की गिलौरियाँ मुँह में ठूँस रहे थे। बब्बन खाँ की तेजी से घूमती आँखें पूरे माहौल का जायजा लेने में लगी थीं। इस वाकये पर तत्काल अपनी राय किसी को न देते देख बब्बन खाँ से रहा नहीं गया। उसने खुद अर्ज किया, 'हाजरीन, आपने इसहाक मियाँ से असल वाकया सुन लिया। जब मुझे सारी जानकारी मिली तो मेरा माथा भी ठनका कि हो न हो वह जगह तो कब्रगाह लगती है। जरूर वह जगह कभी कब्रिस्तान रही होगी और हमारे पुरखे वहाँ दफनाए गए होंगे। मैंने इस बाबत कुछ और जानकारियाँ हासिल कीं तो इस बात का तस्दीक हुई कि कभी यह गाँव मुसलमानों की बस्ती था और इसका नाम मोगलपुरा हुआ करता था। बुजुर्गवार बताते हैं कि बाद में यहाँ हिन्दू आकर बसे और इसका नाम मंगलपुर रख दिया।'

''बब्बन खाँ की लम्बी तकरीर के खत्म होते ही हाजी साहब की हुंकार करती आवाज गूँजी, 'इससे तो साफ जाहिर होता है कि वह मलबा मुसलमानों की कब्रगाह है।'

''हाजी साहब के इस एलान ने जैसे थिराए जल में हिलोरें पैदा कर दी। धीरे-धीरे तेज होती आवाजें गुस्से की शक्ल लेने लगीं। जवान चेहरे तमतमाने लगे। अलबत्ता बुजुर्गों की आँखों में उदासी के भाव उभर आए थे। उनके चेहरे पर संजीदगी और गहरा गई थी। इसहाक मियाँ तो इस शोर-शराबे में सिर्फ अपना दिल डूबता हुआ पा रहे थे।

''मौलवी साहब ने भी झट से अपनी रजामन्दी जताते हुए जोड़ा, 'पूरे वाकये को सुनने-देखने के बाद तो यही नतीजा निकलता है कि वह जमीन मुसलमानों की कब्रगाह है।'

''बब्बन खाँ ने हाजी साहब और मौलवी साहब ने इस एलान से शह पाकर एक-एक लफ्ज पर जोर देते हुए कहा, 'साहेबान, जब यह साफ हो गया है कि वह जगह मुसलमानों की कब्रगाह है, तो तय है कि उस पर मुसलमानों का कब्जा होना चाहिए। अब आप जो फैसला करें।'

“ ‘फैसला तो हो चुका है, रमेसर बाबू।’ शिवनाथ बाबू ने दो टूक जवाब दिया, ‘वह टीला भले भुतहा सही, है तो मेरे पुरखों की निशानी। उसे हम कब्रिस्तान कैसे मान लें ?’

“शिवनाथ बाबू की बैठक में जमा तमाम लोगों ने लगभग समवेत स्वर में समर्थन की हामी भरी। रमेसर बाबू किसी सोच में गहरे डूब गए।”

“शिवनाथ बाबू की इस विशाल बैठक में भी एक सिरे पर दो पलंगें एक-दूसरे से सटी हुई लगी थीं। पलंगों पर तोशक और तोशकों पर गाँधी आश्रम की मोटी-मोटी चादरें बिछी थीं। तकिए पड़े थे। नीचे फर्श पर दरियाँ बिछाई गई थीं। गाँव के तमाम हिन्दू दरियों पर बैठे खैनी-तम्बाकू पी रहे थे। ठंडई छन रही थी। शिवनाथ बाबू के नौकर-चाकर दौड़-दौड़कर लोगों की फरमाइशें पूरी कर रहे थे। और मन-ही-मन फरमाइश करनेवालों पर भुनभुना भी रहे थे—सार, बाप का नौकर बूझ लिए हैं।

“इस गहमा-गहमी से अलग पलंगों पर आसन जमाए बड़का गाँव के प्रधान रमेसर बाबू, शिवाला के पुजारीजी और गाँव के पुरोहित बाबा अचानक आ रहे विपदा पर विचार-विमर्श में जुटे थे। शिवनाथ बाबू बेचैनी से कभी इस अलंग हो रहे थे तो कभी उस अलंग। असल में उन्हें किसी अलंग चैन नहीं पड़ रहा था।

“सहसा, इकतारे की धुन के साथ सूरा की आवाज ने सबका ध्यान बाँट दिया—

रहना नहीं, देस बीराना है।
यह संसार कागद की पुड़िया, बूँद पड़े गल जाना है।

“शिवनाथ बाबू को आज से पहले सूरा का गाना कभी बुरा नहीं लगा था। लेकिन आज सूरा के एक-एक शब्द उन्हें चुभ रहे थे। उन्होंने कसकर एक घुड़की लगाई, ‘कारे, अन्हरा, तोरा-टाइम-कुटाइम कुछ नहीं बुझाता है।’

“सूरा शिवनाथ बाबू की घुड़की सुनकर सकपका गया। उसकी आवाज थम गई। इकतारे की धुन भी भय से गर्त में गुम हो गई। माहौल को बिगड़ते देख रमेसर बाबू ने टोका, ‘ये मुखियाजी, जाने दीजिए आन्हर (अन्धा) है। उसे क्या पता टाइम-कुटाइम।’

“मालिक का मिजाज भाँपने में माहिर बरमा झट से दौड़कर सूरा के पास पहुँच गया और उसका हाथ थाम कर लगभग खींचते हुए उसे गली से बाहर कर आया। लेकिन सूरा तो सूरा ठहरा ! गली से बाहर होते ही उसकी आवाज फिर गूँजने लगी।

“सूरा की इस हिमाकत पर शिवनाथ बाबू का चेहरा लाल भभूका हो आया। मूँछें फड़कने लगीं। बैठक में मौजूद लोगो के बीच उठ रहे तरह-तरह के सवाल और आशंकाओं को जैसे काठ मार गया। शिवनाथ बाबू के गुस्से का साँप सारे लोगों को सूँघ गया था। शिवनाथ बाबू यह सब देखकर मन-ही-मन खुश थे कि उनका रौब अब भी बरकरार है कि बब्बन खाँ लाख सिर पटक ले, उनकी एक घुड़की से पूरे गाँव की सिट्टी-पिट्टी गुम हो जाती है।

“अब न सूरा था, न सूरा की आवाज। परन्तु माहौल पर एक आतंकित रौब अब भी शेष था। शिवनाथ बाबू को महसूस हुआ कि यहाँ जुटी जमात बगैर उनकी पहल के आगे की कार्रवाई शुरू नहीं करेगी, यह ख्याल आते ही उन्होंने रोबीली आवाज में

कहा, 'रमेसर बाबू, आप लोग पंच हैं। आप ही बताइए, अब क्या किया जाए ?'

"रमेसर बाबू उम्र में शिवनाथ बाबू से बड़े जरूर हैं, पर वह यह भी जानते हैं कि शिवनाथ बाबू जनबल और धनबल से उनसे ज्यादा बड़े हैं और वक्त-बेवक्त शिवनाथ बाबू ही उनकी मदद किया करते हैं। इस आड़े वक्त में यदि शिवनाथ बाबू ने उन्हें अपने द्वार पर बुलाकर मान दिया है, तो निश्चित ही उसके पीछे मदद की मंशा छुपी है।

"रमेसर बाबू को अपनी भूमिका का भान है, इसीलिए वह गुरु-गम्भीर स्वर में स्थिति की नब्ज पर उँगली रखते हैं, 'आप सभी जानते हैं कि वह भुतहा टीला शिवनाथ बाबू का बथान था। इनके बाबूजी के जमाने तक वहाँ इनके ढोर-डंगर बाँधे जाते थे। फिर वह टीला आज मुसलमानों का कैसे हो गया ?'

"धीरे-धीरे लोग सामान्य होने लगे थे। रमेसर बाबू के प्रश्नवाचक होते ही कई सिर सहमति में हिले। रमेसर बाबू ने अपनी बात जारी रखी, 'हमको तो एक बात एकदम साफ दिखती है कि यदि हम चुप लगा गए, तो वह टीला शिवनाथ बाबू के हाथों से ही नहीं जाएगा, बल्कि वे लोग हिन्दुओं को भी कमजोर समझेंगे। इसका नतीजा होगा कि कल वे किसी हिन्दू के घर को कोई नाम देकर हथियाएँगे, तो परसों किसी की जमीन को।'

"बड़ी सटीक चोट दिए रमेसर बाबू। सबके सब भीतर तक हिल गए। धन्य हो रमेसर बाबू ! शिवनाथ बाबू की बाँछें खिल गईं। उनके चेहरे का तनाव काफूर हो गया था। वह शिवाला के पुजारीजी की ओर उत्सुकता से देखने लगे थे।

"पुजारीजी ने गमछे से मुँह पोंछते हुए सीधे शिवनाथ बाबू को सम्बोधित किया, 'हम रमेसर बाबू के विचार से सोलहों आना सहमत हैं। हमारी राय तो यह है कि शिवनाथ बाबू, कि अब ज्यादा सोच-विचार के बजाय भुतहा टीला पर हरिकीर्त्तन शुरू करा दीजिए। महाबीरी झंडा गाड़ दीजिए। इससे तो फायदा होगा। एक तो वहाँ भूत-प्रेत का वास हुआ तो वह भी भाग जाएगा और दूसरे वह जमीन कोई हथिया भी नहीं पाएगा।'

"लाख टके का रास्ता सुझाया था पुजारीजी ने। शिवनाथ बाबू का तो जी चाह रहा था कि उठकर पुजारीजी के चरण छू लें, परन्तु यह उचित अवसर नहीं था, इसलिए सिर्फ आँखों के भाव के ही नतमस्तक होकर रह गए चूँकि सारे लोग उनकी ओर मुखातिब थे, उन्होंने भीतर से उछाह को दबाते हुए पूरी विनम्रता से अपनी सहमति व्यक्त की, 'आप पंचों का फैसला सिर आँखों पर।'

"इधर शिवनाथ बाबू ने सहमति दी, उधर पुरोहित बाबा ने जयकारा लगाया, 'बोल, बजरंग बली की...।'

"उपस्थित जनसमूह ने समवेत स्वर में उच्चारा, '...जय।'

"जयघोष के साथ ही सारी भीड़ हरहरा कर खड़ी हो गई। उत्सव के आयोजन की खुशी से पूरा बैठका गहमा-गहमी में तब्दील हो गया। शिवनाथ बाबू कई लोगों को

नाम ले-लेकर बुलाने लगे और आयोजन की जिम्मेदारी सौंपने लगे। दो लड़के गोपाल साह के यहाँ एकरंगा लाने के लिए भेजे गए। चार लोग बँसवारी में बाँस काटने के लिए दौड़ाए गए। शिवनाथ बाबू के छोटे भाई देवनाथ बाबू के नेतृत्व में भंडारे की जिम्मेदारी दी गई। ट्रैक्टर ड्राइवर को दो छोकरों के साथ फल-फूल लाने के लिए ईशीपुर रवाना किया गया। जनानखाने में पूजा-पाठ और 'परसाद' की सामग्री तैयार करने के लिए खबर भेजी गई। पुजारी और पुरोहित बाबा 'पंजीरी से लेकर 'पंचामृत' तक याद कर-करके बताते गए और शिवनाथ बाबू दनादन आदमी दौड़ाते गए।'

''देखते-देखते मंगलपुर के हिन्दुओं की भीड़ भुतहा टीला पर उमड़ आई। महाबीरी झंडा गाड़ा गया। दरियाँ बिछाई गईं। झाल-मंजीरा, ढोलक, हारमोनियम के साथ कीर्त्तनिए जमे। हवन-कुंड सजा। पुजारीजी और पुरोहित बाबा ने मन्त्रोच्चार के साथ पूजा-अनुष्ठान शुरू किया।

''धूप, देसांग, अगरु, पुष्प और देसी घी की गमक से मंगलपुर का सीवान तक मह-महा उठा। लाउडस्पीकर कर कीर्त्तनियों का तेज स्वर गूँजने लगा :

हरे राम, हरे राम, राम-राम, हरे-हरे।
हरे कृष्णा, हरे कृष्णा, कृष्ण-कृष्ण, हरे-हरे॥

'' 'याऽऽऽऽऽऽऽऽअली !'

''गगनभेदी नारे से मंगलपुर का आकाश गूँज गया।

''भुतहा टीले पर हरिकीर्त्तन शुरू होते ही मियाँ टोली में उत्तेजना की लहर दौड़ गई। बब्बन खाँ के बरामदे में जमा लोगों का खून-खौलने लगा। सबसे ज्यादा उतावले नौजवान नअर आ रहे थे।

''बब्बन खाँ को लोहा गर्म दिखा। फिर क्या था ! उसने मौलवी साहब, हाजी साहब और इमाम को रात का दावतनामा देते हुए अर्ज किया, 'साहेबान, आप हालात की नजाकत खुद देख रहे हैं। हमारी गुजारिश है कि ऐसे वक्त में आप हमारी रहनुमाई करें और बताएँ कि अब हम मुसलमान क्या करें ?'

''इमाम साहब ने हवा का रुख पकड़ते हुए उस गर्म लोहे पर एक और चोट की, 'हाजरीन, हम मुसलमान हैं और मुसलमान जान दे सकता है, मजहब की तौहीन बर्दाश्त नहीं कर सकता।'

''हाजी साहब कहाँ पीछे रहनेवाले थे। उन्होंने भी सिर हिलाते हुए हिमायत...की, 'आप बजा फरमाते हैं। कोई भी गैरतमन्द मुसलमान यह ज्यादती बर्दाश्त नहीं करेगा।'

''गोया कि नौजवानों को मनमाँगी मुराद मिल गई हो। एक कोने में हिलकोरे लेती हुई आवाज उठी, 'हाँ, हाँ, मजहब की तौहीन बर्दाश्त नहीं करेंगे।' और इसी के साथ जैसे पूरा माहौल जुनून की गिरफ्त में कस गया।

''बब्बन खाँ के होंठों पर बारीक-सी मुस्कुराहट रेंग गई। उसने देखा कि मौलवी

साहब कुछ कहना चाहते हैं, इसलिए नौजवानों की ओर मुखातिब होकर खामोश रहने का इशारा किया। लोगों के खामोश होते ही मौलवी साहब ने अपनी दाढ़ी पर हाथ फेरते हुए बेहद संजीदे लहजे में एलान किया, 'तो फैसला हो गया !'

''इसहाक मियाँ का कलेजा काँप गया। उन्होंने जमात के सामने हाथ जोड़कर मिन्नत की, 'साहेबान, यह फैसला बहुत खतरनाक है। हिन्दुओं और मुसलमानों के बीच दुश्मनी का जहर मत बोइए। खुदा के लिए इतनी सी बात...।'

'' 'इसहाक मियाँ, आप अहमक हैं !' बब्बन मियाँ ने खून का घूँट पीते हुए इसहाक मियाँ की बात को कड़क कर बीच में ही काट दिया, 'इसे आपको जरा सी बात कहते शर्म नहीं आती। आप काफिरों की हिमायत...।'

''पहली बार बब्बन खाँ की बात काटने की हिम्मत दिखाई, अब तक खामोश बैठे बुजुर्ग शमशाद अली ने, 'बब्बन खाँ, कुछ भी कहने से पहले अपने गिरेबाँ में झाँको। किसी कौम को जलील करने की इजाजत न पाक कुरान देता है, न हम देंगे।'

''इस ताबड़-तोड़ हमले से बब्बन खाँ का चेहरा तमतमा गया। आँखों में खून उतर आया। वह कुछ बड़ा प्रतिवाद करना ही चाह रहा था कि इमाम साहब ने हालात को सँभालने के लिहाजे से बागडोर लपक कर अपने हाथ में ले ली, 'हाजरीन, इन बुजुर्गवार की बातों में दम है। हम इनकी तकरीर के कायल हैं। लेकिन सवाल यह है कि हम मुसलमानों को अपने मजहबी कानून की हिफाजत का हक है या नहीं ? अगर वह जमीन कब्रिस्तान है तो उसकी हिफाजत कौन करेगा ? जाहिर है कि हिन्दुओं ने वहाँ 'कीर्त्तन' शुरू करके खुद-ब-खुद अपनी मंशा जता दी है कि उन्हें मुसलमानों से कुछ लेना-देना नहीं है।'

'' 'यह सरासर तौहीन है।' नौजवानों के एक रेले की गुर्राहट गूँज गई। फिर क्या था ? देखते-देखते सैकड़ों मुट्ठियाँ हवा में लहराईं और 'नारा-ए-तकबीर : अल्ला हो अकबर' का पुरजुनून नारा सातवें आसमान की बुलन्दियाँ छूने लगा।'

इतना लम्बा किस्सा एक साँस में गप्पी काका ही सुना सकते हैं। दरअसल, यही तो गप्पी काका की खासियत है। रहेंगे-रहेंगे अचानक अपनी गप्प में कोई ऐसा नुक्ता भिड़ा देंगे कि सुननेवाला भौंचक रह जाए। अगर किसी ने छेड़-छाड़ की तो अच्छा-खासा उनका मूड चौपट हो जाएगा। जो उनकी आदत से वाकिफ है, वह जानता है कि चुप रहने में ही भलाई है। गप्पी काका खुद अपनी गप्प के उलझे सिरे को रस ले-लेकर सुलझाएँगे और सुननेवाला उसमें उलझता चला जाएगा। ऐसा नहीं है कि गप्पी काका सुननेवालों की आँखों में उभरी जिज्ञासा को समझते नहीं हैं। लेकिन यही तो उनकी कला है। अपने इर्द-गिर्द जमा लोगों को बाँध कर रखने में उन्हें महारथ हासिल है। अपने इस चमत्कार पर मन-ही-मन प्रसन्न होते हुए वह स्थिति का खुलासा कुछ इस तरह करते हैं :

''मियाँ टोली में 'अल्लाह हो अकबर' की उठती आवाज ने जैसे मरखन्ने बैल को कसकर टिटकारा हो। लाल लुग्गा देखकर भड़के बैल की तरह भुतहा टीले पर कीर्त्तनियों का स्वर और ऊँचा हो गया। झाल-मजीरे की झनझनाहट और ज्यादा तेज हो गई। स्वर में स्वर मिलाकर गा रहे कीर्त्तनियों में जैसे एक-दूसरे के ऊपर चढ़ जाने की होड़ लग गई। जोश और उत्तेजना से उनके पूरे शरीर में थिरकन पैदा हो गई। गर्दनें झूमने लगीं। लाउडस्पीकर पर गूँजती ध्वनि अचानक शोर में तब्दील हो गई। कितने ही कीर्तनियों की आवाज फटे बाँस जैसी हो गई। लेकिन एक-दूसरे पर चढ़ जाने की होड़ जरा भी कम नहीं हुई।

''साँझ होते-होते मंगलपुर में गहमा-गहमी और ज्यादा बढ़ गई। फिरोजपुर, मिर्जाबाद, बलुआ, बदौली, बीरपुर के सैकड़ों लोग आ जुटे। कोई मियाँ टोली की ओर बढ़ जाता, तो कोई भुतहा टीले पर चल रहे कीर्त्तन की ओर।

''रात जैसे-जैसे गहराती जा रही थी, मंगलपुर का वातावरण गरमाता जा रहा था। जैसे यह फैसले की रात हो। और रात भी ऐसी कि एक-एक डेग खिसकने का नाम नहीं ले रही थी।

''परन्तु भोर होते न होते मंगलपुर का चेहरा पथरा गया। लोगों की साँसें उखड़ गईं। स्वर गड़बड़ा गया। भुतहा टीले पर चल हरे कीर्त्तन को जैसे काठ मार गया। मियाँ टोली में गूँज रही 'अल्लाह-हो-अकबर' की आवाजों पर जैसे पाला फिर गया। जो जहाँ था वहीं ठसुआ कर रह गया।

''मंगलपुर में पुलिस के बूटों की आवाज तेज हो गई थी—खट्‌ट...खट...खट...!

''हाँ, मंगलपुर में पुलिस ऐसे ही थोड़े आई ! वह तो साँझ होते-होते जब दोनों ओर से लाठी, भाला, गंडासा, तीर-तलवार निकलने लगे, तब रामपरीखा चौकीदार का माथा ठनका—वह भागा-भागा सीधे भावरकोल थाना पहुँचा और थानेदार को सारा हाल कह सुनाया। थानेदार अजब सिंह भी गजब का कड़ियल आदमी है। नया-नया आया है थाने में। आते ही उसने हड़कम्प मचा दिया है। हवलदार-सिपाही सबकी नाक में दम है। सभी यही कहते हैं कि अजब सिंह सोचता बाद में है, करता पहले है। इसी का नतीजा है कि अजब सिंह सिपाहियों को जीप में ठूँसकर आनन-फानन मंगलपुर में पहुँच गया। जब तक मंगलपुर में कोई कुछ समझ-बूझ पाता अजब सिंह ने शिवनाथ बाबू, रमेसर बाबू को लेकर बब्बन खाँ और हाजी साहब को दबोच कर जीप में बैठा लिया। दस-बीस लोगों को पकड़कर सिपाही सबको कुअम्मस किया कि सारा गाँव धड़ाधड़ अपने-अपने घरों में घुस गया।

''अजब सिंह की इस हिमाकत पर शिवनाथ बाबू आग बबूला हो गए, 'दारोगाजी, किस जुर्म में गिरफ्तार किया है ?'

'' 'मुखियाजी, थाना चलिए सब जुर्म पता चल जाएगा।' अजब सिंह पर शिवनाथ बाबू की अकड़ का कोई असर नहीं था।

''बब्बन खाँ इसलिए चुप था कि यह नया थानेदार था। उन्हें पहचानता नहीं था।

वह मन ही मन सोच रहा था कि 'पुरनका दारोगाजी रहते तो वह शिवनाथ बाबू को अपना रुतबा दिखा देता—ससुर, थानेदार से भी ऐंठ कर बोलता है। उसने सोचा, अभी चुप रहने में ही भलाई है, मौका मिलते ही वह इसको भी अपने साँचे में ढाल लेगा।'

" 'दारोगाजी, आप हमारे पूजा-पाठ में खलल डाल रहे हैं। इसका नतीजा ठीक नहीं होगा।' शिवनाथ बाबू का स्वर और ज्यादा आक्रामक हो गया था।

"अजब सिंह तो गजब था ही, उसके चेहरे पर कोई प्रतिक्रिया नहीं हुई। उसने आधा दर्जन से अधिक सिपाहियों को वहीं कैम्प' करने का आदेश देते हुए समझाया, 'पूजा-पाठ में कोई खलल न पड़े। लेकिन हर गतिविधि पर कड़ी नजर रखें।'

"सिपाहियों ने थानेदार को कसकर सैल्यूट दागा। थानेदार ने सिर हिलाते हुए ड्राइवर को जीप बढ़ाने का इशारा किया। मंगलपुर के लोग ठिठके-सहमे पुलिस की जीप को जाते हुए देखते रह गए। जब तक लोग समझें-बूझें, गाँव में पुलिस के बूटों की खट्ट-खट्-खट् तेज हो गई।

"लेकिन पुलिस की कवायद का असर धीरे-धीरे ढीला पड़ने लगा। दिन जैसे-जैसे चढ़ता गया मंगलपुर में फिर सरगर्मी बढ़ने लगी। हाँ, इतना जरूर हुआ कि इस बार सब कुछ खुलेआम नहीं था। खिचड़ी भीतर ही भीतर पक रही थी। मियाँ टोली की बागडोर मौलवी साहब ने अपने हाथ में ले ली थी। जिस वक्त पुलिस ने बब्बन खाँ और हाजी साहब को गिरफ्तार किया, उस वक्त मौलवी साहब मस्जिद में आराम फरमा रहे थे। इसीलिए पुलिस का तवज्जो उनकी ओर नहीं गया और वह साफ बच गए। दिन चढ़ते ही मौलवी साहब ने कुछ चुने हुए मुसलमानों की बैठक बुलाई और पूरे हालत का तफशरा करते हुए उन्होंने ऐलान किया, 'जनाब, यह हम मुसलमानों के साथ ज्यादती है। हमारे लोगों को गिरफ्तार कर पुलिस ने हमें चुनौती दी है। अगर पुलिस की मंशा साफ है तो वह भुतहा टीले पर 'कीरतन' क्यों नहीं बन्द करवाती ?'

"इस एलानिया सवाल ने सबके अन्दर बेचैनी पैदा कर दी।

"इधर शिवनाथ बाबू के छोटे भाई देवनाथ बाबू ने कमान सँभाल ली थी। अपने घर के भीतरवारी एक खास कमरे में हो रही बैठक में उन्होंने घोषणा की, 'अब तो पानी सिर से ऊँचा होता जा रहा है। लगता है, हमारा पूजा-पाठ, धरम-करम सब मुश्किल हो जाएगा। पता चला है कि मियाँ टोलीवाले कीर्त्तन बन्द कराने के फिराक में हैं।'

"देवनाथ बाबू की इस घोषणा से कई लोगों के अन्दर क्रोध की ज्वाला भड़क उठी। एक नौजवान ने आवेश में कहा, 'हम मियाँ टोली की ईंट से ईंट बजा देंगे।'

"बड़ी देर से चुप्पी साधकर बैठे सकलदीप बाबू से रहा नहीं गया। उन्होंने धीर-गम्भीर स्वर में टोका, 'भाईजी, हमको तो बुझाता है कि बेफिजूल दही-मट्ठा किया जा रहा है। इस मामला पर गाँव का हिन्दू-मुसलमान सब मिल-बैठकर कोई उपाय काहे नहीं निकाल लेते ?'

" 'काका !' देवनाथ बाबू ने आपत्ति की, 'आपका मतलब है कि हम जाएँ और मियाँ टोलीवालों से हाथ जोड़कर सुलह-सफाई की बिनती करें !'

“ ‘इसमें हर्ज क्या है ?’ सकलदीप बाबू ने पूछा।

“ ‘इसमें हमारी हेठी है, काका। हम किस बात में उनसे कम हैं। ?’ देवनाथ बाबू ने प्रतिवाद किया, ‘विधायकजी के यहाँ खबर चली गई है। शाम होते-होते भइयाजी वापस आ जाएँगे। तब देखिएगा क्या गुल खिलता है।’

“ ‘जब सब कुछ तय कर चुके हैं, तो यह बैठक करने की क्या जरूरत थी ?’ सकलदीप बाबू गुस्से में बड़बड़ाए और अपनी लाठी पटकते हुए तीर की तरह कमरे से बाहर निकल गए।

“उनके कमरे से बाहर होते ही एक समवेत ठहाका गूँज पड़ा, जिसकी चोट बड़ी दूर तक उनका पीछा करती रही।”

फिर क्या हुआ ? यही पूछेंगे न आप ? ऐसा सवाल गप्पी काका से सभी पूछना चाहते हैं। लेकिन पहले ही अर्ज किया जा चुका है कि गप्पी काका को टोका-टोकी बिल्कुल पसन्द नहीं है। इसलिए भलाई इसी में है कि गप्पी काका की उड़ान पर कोई रोक न लगाई जाए और गप्प का आनन्द लेना है तो मनोयोग से उन्हें सुना जाए। देखिए, कि वह किस तरह खुलासा-दर-खुलासा करते चलते हैं—

“मंगलपुर को शिवनाथ बाबू और बब्बन खाँ जान-बूझकर अखाड़ा बना रहे हैं। दोनों के बीच झगड़ा तो पुराना है, लेकिन अब यह नया खटराग छेड़ा है सब, मुखियागिरी का चुनाव सामने देखकर। कुल झगड़े की जड़ भी यही है। हुआ यह कि पिछली बार मुखिया ने चुनाव में बब्बन खाँ दो भोट से हारा था। हारा क्या था, सारे गाँव के आगे उसकी नाक ही कट गई थी। ऊपर से नमक छिड़क दिया था शिवनाथ बाबू की दुत्कार ने, ‘बाप न मारे मेंढकी, बेटा तीरन्दाज।’

“तभी से बब्बन खाँ मन-ही-मन निशाने पर तीर साध रहा था। और संयोग देखिए, कि मुखिया का चुनाव आते-आते आखिर उसका तीर निशाने पर चल ही गया। भुतहा टीले में कंकाल क्या नमुदार हुआ, बब्बन खाँ को तो जैसे एक तीर से दो शिकार खेलने का मौका हाथ लग गया।

“लेकिन शिवनाथ बाबू भी कोई कच्चे खिलाड़ी तो हैं नहीं। बब्बन खाँ के सिर उठाने से वह भी कम परेशान नहीं थे। उनके एकछत्र राज्य में पहली बार बब्बन खाँ ने सेंध मारी थी। इससे पहले कभी ऐसा नहीं हुआ था कि उनके परिवार के पास पुश्तैनी चली आ रही मुखियागिरी के खिलाफ किसी ने खड़ा होने की जुर्रत की हो। शिवनाथ बाबू आनेवाले दिनों को साफ देख रहे थे, इसलिए हर समय इसी ताक में रहे कि कब मौका मिले और कब बब्बन खाँ को पटखनी दें। ऊपरवाले की महिमा कि भुतहा टीले में निकले कंकाल से बवाल खड़ा करके बब्बन खाँ ने खुद अपने लिए खाई खोद ली। अब आगे...आगे देखिए कि होता है क्या ?

“लेकिन आगे देखने के लिए थोड़ा और पीछे जाना होगा। मतलब बात उस समय

से शुरू करनी होगी, जब शिवनाथ बाबू के बाबूजी भवानी सिंह जीवित थे। गाँव के दबंग आदमी थे। पंचायत के मुखिया थे। अरियात-करियात में उनकी तूती बोलती थी। उनके मुख से निकला वचन आदेश होता था। मोटा-मोटी यह कि वह जो चाहे कहें, जो चाहे करें सब उनकी मर्जी पर था। तो यह भुतहा टीला भी उनकी मर्जी से ही उनके ढोर-डंगर बाँधने के काम आने लगा था। लेकिन वह कहावत है न ! सौ सुनार की एक लुहार की। वही हुआ ! एक दिन अचानक पता नहीं क्या हुआ कि भवानी बाबू के सारे जानवर खूँटे पर बँधे-बँधे ही पटपटा कर जमीन पर गिरे और देखते-देखते दम तोड़ गए। भवानी बाबू इस दुर्घटना से बुरी तरह आहत हुए। उनकी आत्मा काँप उठी। कई दिन तक अन्न-जल ग्रहण नहीं किया। बस एक ही जिद पकड़ ली, 'बथान में भूत-प्रेत का वास हो गया है। उसे खाली कर दो !' शिवनाथ बाबू और देवनाथ बाबू की एक न चली। अन्ततः वह जगह खाली कर दी गई। धीरे-धीरे वही बथान गिरते-पड़ते मिट्टी का ढेर हो गया। बच्चे तो बच्चे बड़े-बूढ़े तक उस ओर जाने से कतराने लगे। सनसनाती दुपहरिया में तो परिन्दा भी पर नहीं मारता और रात तो ऐसी भकसाइन लगती कि बड़े-बड़े का कलेजा मुँह को आ जाए। कहते हैं कि आधी रात के बाद भूत सब निकल कर नाच-गाना करता है। कभी-कभी भोंकार पार कर रोने की आवाज भी सुनी गई है।

"इस भुतहा टीला का किस्सा भी कम दिलचस्प नहीं है। बस, यही समझ लीजिए, कि आज जिस जगह पर भूत लोट रहे हैं, कभी वहीं शिवनाथ बाबू के दादा ईश्वर सिंह और बब्बन खाँ के दादा इसराइल खाँ का खून-पसीना गिरा था। दाँत-काटी रोटी की दोस्ती थी दोनों में। ईश्वर सिंह के बिना इसराइल खाँ और इसराइल खाँ के बिना ईश्वर सिंह की कोई कल्पना नहीं कर सकता था। लोग हँसी-हँसी में कहते—दोनों की नाल एक-दूसरे से जुड़ी है। भगवान जाने नाल जुड़ी थी या मन जुड़ा था, परन्तु इसी का नतीजा था कि दोनों दोस्त आजादी की लड़ाई में भी एक साथ कूदे और कितनी ही बार साथ-साथ जेल गए।

"ईश्वर सिंह और इसराइल खाँ के सुराजी हो जाने से मंगलपुर गाँव पर आए दिन आफत टूटती। गाँववाले रात-दिन कोसते और अपनी जान की खैर मनाते। हद तो यह थी कि ईश्वर सिंह का पुत्र भवानी सिंह भी अपने बाप की इन हरकतों से आजिज रहता और इसराइल खाँ का बेटा इजहारूल खाँ तो इस कदर तंग आ गया था कि एक दिन गाँव छोड़कर ही कहीं भाग गया।

"लाख बज्जर टूटे, दोनों दोस्तों पर कोई असर नहीं पड़ा। उल्टे दोनों दोस्त जितनी बार जेल जाते लौटने के बाद उनके हौसले और बढ़ जाते।

"बात उन्हीं दिनों की है। दोनों दोस्त जेल में थे। वहाँ तरह-तरह की योजना बनती और जेल से छूटने के बाद उन पर अमल की कसम खाई जाती। वहीं बनी थी गाँव में स्कूल खोलने की योजना। यह सुझाव रखा था मास्टरजी ने, 'देखिए भाई, हम सुराजी हैं। हमें ही आनेवाली पीढ़ी को इसका अर्थ समझाना है। उसे सुराज के लिए तैयार करना है। हम लोग तो बूढ़े हो चले, उन्हें शिक्षा के सिवा और दे ही क्या सकते हैं !'

''ईश्वर सिंह और इसराइल खाँ की बूढ़ी आँखों में चमक जाग गई थी। मास्टरजी के इस विचार को दोनों दोस्तों ने गाँठ बाँध ली और एक दिन मौका देखकर दोनों ने बातों-बातों में मास्टरजी के सामने मन की बात रख दी, 'मास्टरजी, हम अपने गाँव में स्कूल खोलना चाहते हैं।'

''जी, यह तो बड़ा पुण्य काम होगा।

''मास्टरजी का यह उत्तर पाकर दोनों दोस्तों का उत्साह दूना हो गया। दोनों ने इसरार करते हुए कहा, 'मास्टरजी, इस स्कूल को आपका आशीर्वाद चाहिए।'

''मास्टरजी की आँखें शून्य में खो गईं। बड़ी देर तक वह कुछ नहीं बोले। दोनों दोस्त उनकी ओर टकटकी लगाए देखते रहे। अक्सर ऐसा होता है। मास्टरजी जब निर्णय लेने की स्थिति में होते हैं तो अपने आप में खो जाते हैं। उनकी मुद्रा ऐसी होती है कि बीच में टोकने का किसी को साहस नहीं होता है।

''शुरू-शुरू में जब मास्टरजी से ईश्वर सिंह और इसराइल खाँ की मुलाकात हुई थी, तब वे उन्हें बहुत रहस्यमय लगे थे। दोनों दोस्त उनके रहस्य को भेदने के लिहाज से एक दिन पूछ बैठे थे, 'मास्टरजी, आप कहाँ के रहनेवाले हैं ?'

''पहली बार नहीं किया गया था मास्टरजी से यह सवाल। वह मन्द-मन्द मुस्कुराए थे। फिर दोनों की आँखों में बारी-बारी से झाँकते हुए बोले थे, 'भाई, मुल्क को हिस्सों में बाँटकर मत देखो। सुराजी का घर तो पूरा देश है।'

''झेंपकर रह गए थे दोनों दोस्त। फिर कभी मास्टरजी से पूछने-जानने की...हिम्मत नहीं हुई थी। धीरे-धीरे उन्हें पता चल गया था कि हमेशा पढ़ने-लिखने में व्यस्त रहनेवाले मास्टरजी की सभी सुराजी बहुत कद्र करते हैं। मास्टरजी खाली समय में सुराजियों को दुनिया-जहान की जानकारियाँ देते और दृढ़ विश्वास के साथ एलान करते, 'हमारी आजादी की लड़ाई निर्णायक दौर में है। फिरंगियों का सूरज डूबने ही वाला है।'

''मास्टरजी के इस ऐलान से सुराजियों के चेहरे पर रौनक छा जाती। जेल की दीवारें 'बन्दे मातरम्' और 'जय हिन्द' के नारों से हिल उठती। जेल के सिपाही धड़ाधड़ लाठयाँ भाँजनी शुरू कर देते। सुराजी दुगुने उत्साह से नारे लगाने लगाते। बड़ी मुश्किल से वातावरण शान्त हो पाता। जेल के अधिकारी यह जानते हुए भी कि इस हंगामे की वजह मास्टरजी हैं, मास्टरजी को छेड़ने की हिम्मत नहीं पर पाते।

''वही मास्टरजी इस समय ईश्वर सिंह और इसराइल खाँ के अनुनय को नकार नहीं सके, 'आप लोग निश्चिन्त रहिए ! जेल से छूटने के बाद मैं सीधा मंगलपुर पहुँच जाऊँगा। स्कूल का श्रीगणेश मैं स्वयं कराऊँगा।'

मास्टरजी का वचन पाकर दोनों दोस्त फूले नहीं समाए। जेल से रिहा होने के बाद दोनों दोस्तों ने अपने गाँव पूरबवारी ग्राम समाज की परती पड़ी जमीन पर स्कूल की नींव रख दी। दोनों दोस्तों ने तन-मन-धन से स्कूल भवन का निर्माण कार्य शुरू करा दिया। गजब उत्साह के दिन थे वे। गाँव के दूसरे लोग इसराइल खाँ और ईश्वर सिंह उन्माद का अपने-अपने ढंग से अर्थ लगा रहे थे। लेकिन दोनों दोस्त बगैर किसी की

परवाह किए अपने काम में लगे रहे।

''परन्तु कालचक्र का खेल ऐसा कि एक दिन अचानक इसराइल खाँ के सीने में बड़ी सांघातिक पीड़ा उभरी और उन्होंने खटिया पकड़ ली। सिपाहियों के बूटों से रौंदी गई छाती का यह दर्द आखिरकार उनकी मौत का कारण बन गया। दोस्त की मौत का सदमा ईश्वर सिंह भी अधिक दिनों तक बर्दाश्त नहीं कर पाए। एक रात वह ऐसी नींद सोए कि फिर दुबारा उठ नहीं सके। उठी तो उनकी लाश ही !

''उधर मास्टरजी जेल से छूटने के बाद जब मंगलपुर पहुँचे तो अपने साथियों की मौत की खबर सुनकर काठ हो गए। बड़ी देर तक वह इस सदमे से उबर नहीं पाए। लेकिन मास्टरजी दृढ़निश्चयी व्यक्ति थे। उन्होंने मंगलपुर में ही डेरा डाल दिया। इसराइल खाँ और ईश्वर सिंह की इच्छा पूरी करने का संकल्प लेकर गाँव के बच्चों को पढ़ाने के लिए घर-घर जाकर उन्हें जुटाना शुरू कर दिया।

''लेकिन इस काम में सबसे बड़ा अड़ंगा तो लगा दिया था खुद ईश्वर सिंह के बेटे भवानी सिंह ने। अधूरे स्कूल भवन में उन्होंने अपने ढोर-डंगर बाँधने शुरू कर दिए थे। मास्टरजी को इससे बड़ी तकलीफ हुई। उन्होंने भवानी सिंह से स्कूल भवन खाली कर देने का आग्रह किया। परन्तु भवानी सिंह ने मास्टरजी के आग्रह को इस कान से सुना और इस कान से निकाल दिया। थक-हार कर मास्टरजी स्कूल भवन के पास ही पीपल-पेड़ के नीचे बच्चों को पढ़ाने लगे। ये ही बच्चे अपने घर से सीधा-पिसान लाते, जिससे मास्टरजी कभी लिट्टी-चोखा तो कभी खिचड़ी बनाकर खा लेते।

''जब तक बरसात नहीं शुरू हुई थी, बच्चों की पढ़ाई जैसे-तैसे पीपल के पेड़ के नीचे चलती रही, लेकिन बरसात के साथ ही बच्चों की पढ़ाई ठप हो गई। मास्टरजी ने सिर छुपाने के लिए स्कूल भवन में जानवरों के बीच एक कोने में अपना आसन जमा लिया। उन्होंने सोचा भवानी बाबू स्कूल भवन खाली कर दें तो वह फिर से बच्चों को पढ़ाना शुरू करें। इसी ख्याली से उन्होंने कई बार भवानी बाबू से आरजू-बिनती की, लेकिन भवानी बाबू के कान पर जूँ न रेंगती थी, न रेंगी। तंग आकर मास्टरजी ने एक दिन भरी पंचायत में ही स्कूल भवन खाली करने की गुहार लगा दी।

''भवानी बाबू तो एकदम से आग बबूला हो गए। उन्होंने ठोठियाते हुए जवाब दिया 'इस भरी बरसात में जानवरों को कहाँ ले जाऊँ ? इतने दिनों तक जब गाँव के बच्चे नहीं पढ़े, तो अब पढ़कर क्या लाट बन जाएँगे।'

''मास्टरजी अवाक् रह गए। यह सुराजी ईश्वर सिंह का बेटा कह रहा है ? बड़ी कठिनाई से वह बोल पाए, 'भवानी बाबू भूल रहे हैं कि गाँव में शिक्षा का प्रसार करने की अन्तिम इच्छा इनके पिता ईश्वर सिंह और उनके मित्र इसराइल खाँ की थी। मैं तो महज कर्त्तव्य निभा रहा हूँ।'

'' 'आप कर्त्तव्य निभा रहे हैं या सरकार बहादुर के खिलाफ बच्चों को पाठ पढ़ा रहे हैं ?' भवानी बाबू ने तमतमाए स्वर में मास्टरजी को इंगित किया, 'सच बात तो यह है कि आप गोरी सरकार के फरार मुजरिम हैं और इस गाँव में छुपकर अपनी जान

बचाना चाहते हैं।'

"मास्टरजी को काटो तो खून नहीं। जड़ होकर रह गए। बड़ी देर तक सामान्य नहीं हो पाए।

"पंचायत में मौजूद तमाम लोगों के चेहरे पर हवाइयाँ उड़ने लगी थीं। पता नहीं यह गोरी सरकार का खौफ था या भवानी बाबू का डर, लेकिन कहीं कुछ ऐसा जरूर था, जिसकी जकड़ में लोगों की घिग्घी बँध गई थी। हवा का रुख देखकर भवानी बाबू ने आग में घी उड़ेल दिया, 'बहुत दिनों से आपका लिहाज कर रहा था, इसलिए चुप था। लेकिन आज मुँह खुलवा ही दिया है, तो सुनिए कि मुझे पक्की खबर है कि आपके गाँव में रहने से हम सबको खतरा है। किसी भी दिन सरकार बहादुर का कहर इस गाँव पर टूट सकता है। भलाई तो इसी में है कि आप जितनी जल्दी यह गाँव छोड़ दें।'

"मास्टरजी, को लगा लोग उनकी तरफ कुफ्र की निगाहों से ताक रहे हैं। वह चुपचाप उठे और सिर झुकाए हुए पंचायत से बाहर निकल आए। उनका शरीर काँप रहा था। अपमान की गहरी पीड़ा ने मन को बुरी मथ डाला था। पैरों में जैसे भारी पत्थर बँधे हों। कन्धों पर जैसे मनों बोझ लदा हो। इतनी भारी और थकी चाल कि बथान तक पहुँचते-पहुँचते उनकी साँसें फूलने लगीं। बदन पसीना-पसीना हो गया। कोने में पड़े बिस्तर तक बड़ी मुश्किल से पहुँच पाए। कंठ सूख गया था। प्यास के मारे जीभ ऐंठने लगी थी। लेकिन घड़े से लेकर पानी पीने की न इच्छा हुई, न हिम्मत। यूँ ही बिस्तर पर पड़े-पड़े छप्पर के पार तक बेधती आँखें टकटकी लगाए रहीं। धीरे-धीरे आँखें मुँदती चली गईं जैसे इन्द्रियाँ अपने वश में न हों। नीम बेहोशी तारी हो गई थी उन पर।

"अल्लसुबह जब भवानी बाबू अपने ढोर-डंगरों की खोज-खबर लेने बथान में पहुँचे तो उनके पाँवों के नीचे की धरती ही खिसक गई। पल-भर के लिए उनकी ऊपर की साँस ऊपर और नीचे की नीचे ही रह गई—हे भगवान, यह क्या ? अवाक् उनके मुँह से बोल फूटा और दूसरे ही पल उन्होंने हड़बड़ाकर मास्टरजी के शरीर को झिंझोड़ना शुरू कर दिया। निस्पन्द-निर्जीव शरीर के स्पर्श मात्र से भवानी बाबू की रीढ़ में सिहरन दौड़ गई। टकटकी बाँधे आँखों से आँखें मिलते ही भवानी बाबू की रूह काँप गई। उन्हें लगा, मास्टरजी की मौत के वही जिम्मेदार हैं। पंचायत में उन्हें सुनाई गई जली-कटी की याद आते ही भवानी बाबू के शरीर में झुरझुरी छूट गई। आँखों में अंग्रेज हाकिमों की बेहिस शक्ल और जेल की काल कोठरी सरसराकर घूम गई। मास्टरजी की मौत की खबर फैलते ही उनकी फाँसी का फन्दा तैयार हो जाएगा। वह अगर यह साबित भी कर दें कि मास्टरजी की मौत के जिम्मेदार वह नहीं, तो एक बागी को पनाह देने के जुर्म से कैसे बच पाएँगे ?...आँखों के सामने अँधेरा छाने लगा। बड़ी देर तक सनाके में डूबे रहे भवानी बाबू।

''अन्ततः ऊहापोह से उबरते हुए भवानी बाबू ने तत्काल मास्टरजी की लाश को भूसे के भीतर छुपा देने का फैसला किया। आनन-फानन उन्होंने भूसे के ढेर के बीच जगह बनाई और लाश को रखकर भूसे से ढक दिया। रात गए लाश ठिकाने लगाने की सोचकर वह चुपचाप बथान से बाहर निकल आए। उस वक्त उनका, पूरा शरीर पसीने से लथपथ था।''

गप्पी काका जैसे लम्बी-अँधेरी खोह पार करके लौटे हों। यहाँ आते-आते वह अक्सर खामोश हो जाते हैं। उनकी यह खामोशी उनकी इस गप्प से कम रहस्यमय नहीं लगती है। लोगों के मन में कई तरह के सवाल उठते हैं, मसलन, मास्टरजी को गाँव में न देखकर गाँववालों को कोई शक नहीं हुआ ? मास्टरजी अपनी मौत से मरे थे, फिर भवानी बाबू को यह सब करने की क्या जरूरत थी ?

गप्पी काका की गप्पों में इन सवालों और तर्कों के लिए कोई जगह नहीं है। असम्भव से असम्भव बात भी उनकी गप्पों में सम्भव है। मानें तो ठीक, नहीं मानें तो उनकी बला से। उनकी गप्पों से आपका वक्त कटता है, यह कम बड़ी बात नहीं है। अगर यह मंजूर तो उन्हें सुनिए, नहीं तो अपना रास्ता नापिए।

तो, गप्पी काका की रहस्यमय खामोशी जब टूटती है तो वह धीरे-धीरे सामान्य होते हैं और गमछे से पंखे का काम लेते हुए पसीना सुखाने लगते हैं। लोग उनकी ओर उत्सुकता से ताक रहे होते हैं। हिम्मत तो किसी में होती नहीं कि कोई उन्हें छेड़े। ऐसे में सुई की नोक पर टँगा हुआ सन्नाटा अब टूटा कि तब टूटा लगा रहता है और बड़ी चतुराई से अपनी गप्प का सिरा पकड़ लेते हैं–

''धीरे-धीरे मंगलपुरवाले मास्टरजी को भूल गए। उन्हें यकीन हो गया कि मास्टरजी भवानी बाबू के व्यवहार से दुखी होकर रातों-रात गाँव छोड़कर कहाँ चले गए। फिर कहाँ रहा स्कूल और कहाँ रही बच्चों को तालीम देने की मंशा ! भवानी बाबू का बथान आबाद रहा। ढोर-डंगर सानी-पानी करते रहे : लेकिन समय का फेर जो न करा दे। एक दिन पता नहीं क्या हुआ कि खूँटे पर बँधे भवानी बाबू ने जानवर पटपटा कर गिरे और देखते-देखते काल के मुँह में समा गए। भवानी बाबू की तो आत्मा तक काँप गई। कई दिनों तक अन्न-जल ग्रहण नहीं कर सके। रात में भयंकर सपने आते। सोते-सोते चीख कर ज़ाग उठते। गुनी-वैद्य बुलाए गए। झाड़-फूँक कराई गई। लेकिन भवानी बाबू ने एक ही जिद पकड़ ली, 'बथान खाली कर दो। भूत-प्रेत का वास हो गया है।'

''भवानी बाबू को उनके बेटों शिवनाथ बाबू और देवनाथ बाबू ने बहुत समझाने की कोशिश की, पर किसी की एक नहीं चली। आखिरकार, बथान को तज दिया गया। अर्सा हुआ, न रहे भवानी बाबू न रहा बथान। रह गई तो मिट्टी की ढेर, जिसे गाँववाले भुतहा टीला कहते हैं। रात तो रात दिन में भी भाँय-भाँय करता रहता है और इसके चारों ओर। कोई भूले-भटके भी नहीं फटकता इसके करीब।

"अब यह मति का फेर नहीं तो और क्या है कि उसी भुतहा टीला की खातिर मंगलपुर की जान सांसत में पड़ी हुई है। दिल दहला जा रहा है। छाती फटी पड़ रही है। लोग-बाग मरने-मारने पर आमादा हैं। पता नहीं यह अपशकुनी रात खत्म होगी भी या नहीं ? मंगलपुर बुरी रूहों की गिरफ्त से छूटेगा भी या नहीं ?"

गप्पी काका की आवाज में थकान उभर आती है। लोग लक्ष्य कर पाएँ इससे पहले ही वह अपनी नम हो आई आँखों को आकाश की ओर उठाते हुए, गहरी साँस के साथ बोल पड़ते हैं—"मंगलपुर गाँव कहाँ रहा ? वह तो हिन्दू-मुसलमान हो गया। बस, एक सूरा था, जो बुरी रूहों की गिरफ्त से बच निकला था। वह भी इस निचाट अँधेरे में सहमा-सिकुड़ा गाँव के बाहरवारी बूढ़े बरगद के नीचे सोने की जुगत कर रहा था। कभी इस करवट तो कभी उस करवट। किसी करवट चैन नहीं था उसे। एक बलाय हो तब न आए सूरा को नींद। उसकी नींद तो कभी कीर्त्तन मंडली ले उड़ती, तो कभी 'अल्ला हो अकबर,' की हहराती आवाज में गुम हो जाती। ऊपर से अगहनिया के खेत में सियारिन का फेंकरना चालू हो गया था। फेंकर भी तो ऐसी रही थी कि कलेजा-मुँह को आ जाता। रह-रहकर बिलख उठती थी सियारिन। सूरा का जी धुकुर-धुकुर करने लगा था—हो न हो सियारिन का सियार मर गया है।

"आजिज आकर उठ बैठा सूरा। आँखें मिचमिचाते हुए आसपास का जायजा लेने लगा। फिर टो-टोकर इकतार को खोजा और उसका तार कसने लगा। तार को तर्जनी से टफनटुनाया। मन माफिक नहीं कसाया था तार। थोड़ा और कसने के बाद फिर टुनटुनाया। फिर बात नहीं बनी। तार कसते-कसते पता नहीं कैसे तो सूरा की तर्जनी कच्च से कट गई। बिलबिला गया वह। झट से उँगली को मुँह में डालकर चूसने लगा। जीभ टटका खून के स्वाद से ऐंठ गई। मुँह में खूने-खून भर गया। एकदम से कसैला। पिपिनाते हुए ऐसे थूकने लगा, जैसे उल्टी कर रहा हो। कसैला स्वाद तालू और जबान से चिपक गया था। बड़ी देर तक 'गो-गो' करता रहा सूरा।

"जब जी थोड़ा हल्का हुआ तो फिर कीर्त्तन का शोर, अल्ला हो अकबर का हल्ला और सियारिन का फेंकरना उसका माथा खराब करने लगा। हड़बड़ा कर इकतारा उठा लिया और कन्धे पर कसकर भींचते हुए कटी हुई तर्जनी और अँगूठे के जोर से तार टुनटुनाने लगा। टुन्-टुन्-टुन्। खून के थक्के की तरह जम गई गाढ़ी रात छितराने लगी।

रहना नहीं देस बीराना है।
यह संसार कागद की पुड़िया बूँद पड़े गल जाना है।

सूरा का यह निर्गुण जैसे गप्पी काका की आत्मा में उतर गया हो। दोनों आँखें मूँदे गप्पी काका भाव-विभोर हो निर्गुण गुनगुनाने लगे थे। वह इस बात से बेफिक्र थे उनके इर्द-गिर्द बैठे लोग एक-एक कर खिसकने लगे हैं। तय है, कि गप्पी काका जब आँखें खोलेंगे और लोगों को नदारद पाएँगे, तो उन्हें गहरा आघात लगेगा। हो सकता है, वह अगिया बैताल भी हो जाएँ। और फिर अपना वही जुमला उछाल दें, "ससुरा, सगरे कूप में भाँग भरी है। क्या मंगलपुर क्या अमंगलपुर !"

तालीम

एक छोटा-सा गाँव है तराँव। इस गाँव की विडम्बना यह है कि आज की तारीख तक न तो इसने किसी सड़क का मुँह देखा है, न ही अस्पताल का। ले-देकर एक प्राइमरी स्कूल है, वह भी दो गाँवों की साझेदारी में—बेसिक प्राइमरी पाठशाला बलुआ—तराँव।

तो, स्कूल माने पाठशाला की शक्ल यह है कि इसकी दीवारें ईंटों की बनी हैं और छत के नाम पर है घास-फूस की छप्पर। सामने एक छोटा सा मैदान है। मैदान के आगे पोखर है—कीचड़-पानी से भरा हुआ। इस पोखर में गाँव के लोग शौच आदि से निवृत्त होते हैं। नहाते हैं। और अपनी-अपनी गाय-भैंस धोते हैं। इसी पोखर में स्कूल के बच्चे भी अपनी तख्तियाँ साफ करते हैं।

स्कूल में पढ़नेवाले बच्चों की संख्या चार-सवा चार सौ के करीब होगी। मास्टरों की संख्या कुल तीन। एक हेडमास्टर साहब भी हैं। नाम है पंडित रामप्रसाद तिवारी। उम्र अड़तालीस साल। गंजी, खोपड़ी आँखों पर पावरवाला चश्मा, मुँह में ठुँसी हुई खैनी, कान पर चढ़ा हुआ जनेऊ, खादी की बंडी और धोती, हाथ में 'सटा-सटमार्का' एक छड़ी। बच्चे इन्हें 'मरखैना बैल' कहते हैं। यहीं गाँव के ही रहनेवाले हैं। आसपास के कई गाँवों की यजमानी भी इनके पास है, सती, कथा-पूजा कराने से लेकर शादी-ब्याह जैसे सारे अनुष्ठान इन्हीं के जिम्मे हैं।

बाकी बचे मास्टर भी इसी गाँव के हैं। कमोवेश पंडितजी से ही मिलता-जुलता हुलिया है उनका। घर की खेती-बाड़ी सँभालने से लेकर गोरू-डंगर को सानी-पानी चलाते रहने की सुविधा इन्हें भी मिली हुई है। ऐसे में अक्सर होता है कि स्कूल में एकाध मास्टर ही हाजिर रह पाते हैं। हेडमास्टर साहब की हाजिरी का कोई हिसाब-किताब नहीं है स्कूल आ गए तो धन्यभाग, नहीं आते तो बच्चों का त्योहार।

ठीक ऐसे ही किसी त्योहार के दिन हेडमास्टर पंडित रामप्रसाद तिवारी को खोजता हुआ उनके दरवाजे पर पहुँचा रामबाबू। उसकी नई-नई नियुक्ति हुई थी बेसिक पाठशाला बलुआ-तराँव में। उसे पूरा भरोसा था कि हेडमास्टर साहब उसका नाम सुनते ही पुरजोर स्वागत करेंगे, लेकिन उसे यह जानकर बड़ी हैरत हुई कि हेडमास्टर साहब को किसी नए शिक्षक की नियुक्ति की कोई जानकारी नहीं थी। उन्होंने उसकी दी गई सूचना को भी बहुत ठंडे ढंग से लिया। उसने हेडमास्टर साहब को आश्वस्त करने के लिहाज से बताया, "आदेश शिक्षा अधीक्षक कार्यालय से भेजा जा चुका है। वैसे आदेश की एक कॉपी मैं अपने साथ लेता आया हूँ।"

फिर उसने बड़ी तत्परता से जेब में सटाकर रखा नियुक्ति-पत्र निकाल कर पंडित रामप्रसाद तिवारी के आगे रख दिया। पंडितजी ने उचटती नजर से उस कागज को देखते हुए अपनी प्रतिक्रिया जाहिर की, "अरे भाईजी, ई डाक विभागो स्साला एनको नमूने है। सब करमचारी हरामखोरी करता है।" वह उजबक की तरह उन्हें देखता रहा। पंडितजी ने इस बीच जेब से खैनी निकालकर हथेली पर रखी और चूना मलते हुए पूछा, "कहाँ घर पड़ेगा।"

"यहाँ वीरपुर का हूँ। बचपन में बाबूजी गुजर गए, तो मामा के साथ शहर में ही रहकर पढ़ाई-लिखाई की।"

"तब 'सहरे' में नियुक्ति काहे नहीं करवाए, कि ई भुच्चड़-देहात में चले आए ?" पंडितजी खैनी ठोकने लगे थे।

"यहाँ गाँव में जर-जमीन की कोई देखभाल करनेवाला नहीं है। सोचा गाँव के नजदीक नौकरी करते हुए यह सब भी सँभाल लूँगा।" रामबाबू ने खुलासा किया।

पंडितजी खैनी चुटकी से लेकर निचले होंठ में दबाते हुए गुल-गुलाए, "हाँ, ई तो है। गाँव के नगीच की नौकरी से बहुते फायदा रहता है।"

फिर बहुत देर तक पंडितजी उसके बारे में विस्तृत जानकरी लेते रहे।

तभी एक आदमी आकर उन्हें नेवत गया, "पंडितजी, बरम बाबा का संकल्प कराना है।"

पंडितजी ने उठते हुए संवाद समाप्ति का संकेत दिया तो रामबाबू ने भी अपनी साइकिल सँभालते हुए उन्हें प्रणाम किया और अपने गाँव लौट आया।

अगले दिन रामबाबू कुर्ता-पाजामा और सदरी में पूरा मास्टर होकर स्कूल पहुँचा। पता चला हेडमास्टर पंडित रामप्रसाद तिवारी अभी नहीं आए हैं। एक मास्टर बजरंगीलाल मिल गए, पीपल के नीचे बँसखट पर पसरे हुए। उनके इर्द-गिर्द जमीन पर तमाम बच्चे बैठे हुए थे।

दो लड़के उनके पैर दाब रहे थे। उनकी धोती जाँघों तक सिमटी हुई थी और वह इस सबसे बेखबर बीच-बीच में बच्चों पर खिसिया पड़ते थे, "अरे हरामजादो, हल्ला काहे करते हो ? मछरी बजार बूझ लिया है का ? मार-मार के भुरकुस निकाल दूँगा।"

उनकी डाँट के साथ कुछ देर तक सन्नाटा छा जाता, फिर भुनभुनाहट बढ़ते-बढ़ते गुल-गपाड़ा शुरू हो जाता था।

रामबाबू का परिचय जानकर मास्टर बजरंगीलाल ने एक लड़के को आवाज दी, "रमेसरा, एक ठो कुर्सी निकाल ले आ।"

बच्चे उसे औचक देखने लगे थे। वह दायाँ हत्था उखड़ी कुर्सी पर बैठ गया। बजरंगीलाल यथावत बँसखट पर पसरे रहे। बच्चों के बीच भुनभुनाहट शुरू हो गई थी। बजरंगीलाल एक बच्चे को पहाड़ा पढ़ाने का आदेश देते हुए उसकी ओर मुखातिब हुए,

"किस सन् में ट्रेनिंग किए थे ?"

एक बच्चा खड़ा होकर जोर-जोर से पहाड़ा पढ़ाने लगा था—दुका दू...दू दूनी चार...

रामबाबू ने जवाब दिया, "सन् 83 में।"

बजरंगीलाल की आँखें फैल गईं। लगभग उठते हुए उन्होंने अपनी प्रतिक्रिया व्यक्त की, "कईसा जमाना आ गया है, भाईजी ! भला बताइए, ट्रेनिंग के बादो सात-सात बरिस इन्तजार ? हद हो गई है। जानते हैं, हमारे समय में इधर ट्रेनिंग खतम कीजिए, उधर नियुक्ति मिल जाती थी।"

बच्चों का कोरस और तेज हो गया था—छः छहा के छत्तीस।

रामबाबू बगैर किसी रुचि के उन्हें सुन रहा था, "जानते हैं भाईजी, हर जगह 'भरस्टाचार' इतना बढ़ गया है, कि पूछिए मत ! बिना घूस के तो कोनो कामे नहीं हो सकता अब !"

बजरंगीलाल खैनी का थूक निगलने लगे थे। पहाड़ा का स्वर पंचम में पहुँच था—ग्यारह नभ निन्नानवे !

"अच्छा ई बताइए मा स्साब, कि नियुक्ति में आप कितना खरच किए हैं ?" बजरंगीलाल के प्रश्न में जिज्ञासा कम हमदर्दी ज्यादा थी।

सम्भवतः रामबाबू ऐसे किसी प्रश्न के लिए तैयार नहीं था।

पल-भर को अचकचाया, फिर बजरंगीलाल की मासूमियत पर उसके भीतर तुरन्त ही कुछ उमगा, बड़ी सहजता से उसने उत्तर दिया, "घूस नहीं दिया इसीलिए तो इतने साल इन्तजार करना पड़ा।"

पन्द्रह का पहाड़ा उतार पर था—धूम-धड़ाका डेढ़ सौ !

बजरंगीलाल की आँखों में आश्चर्य का भाव साफ उभर आया था। रामबाबू बच्चों की लय में विभोर होने लगा था। अचानक बजरंगीलाल चीख पड़े, "अरे किसना पहाड़ा काहे नहीं पढ़ता है, जो बिटर-बिटर ताक रहा है। ससुर, भइसे चराए में मन लगता है खाली ?"

किसना चोरी पकड़े जाने से सकपका गया था। बजरंगीलाल ने उसे अपने करीब आने का इशारा किया तो किसना सहमते हुए पास आया। बजरंगीलाल ने कहा, "अपना बाबू से बोल देना हम पाँच सेर दही माँगे हैं।"

यह रामबाबू की हैरानी की इन्तहा थी। वह इस माहौल में बिल्कुल नया था, इसलिए अपनी प्रक्रिया जाहिर करना उचित नहीं लगा।

किसना बजरंगीलाल के आदेश पर सहमति में सिर हिलाकर वापस अपनी जगह चला गया था। बजरंगीलाल ने बड़े गर्व से अकड़ते हुए अपनी गर्दन रामबाबू की ओर मोड़ी और एक सवाल दाग दिया, "कौन जाति के हैं ?"

इस बार रामबाबू सचमुच चकरा गया। ऐसे किसी प्रश्न की उम्मीद नहीं थी उसे। समझ नहीं पाया, क्या जवाब दें ?

बजरंगीलाल एकटक प्रश्नवाचक बने हुए थे। रामबाबू ने टालने के अन्दाज में कहा, ''शिक्षक की कोई बिरादरी होती है, मास्टर साहब ?''

रामबाबू की चतुराई पर बजरंगीलाल 'हें-हें-हें' करके हँस पड़े। फिर हँसी थमते ही बोले, ''लेकिन मा स्साब, हिन्दू धरम में जाति का बड़ा महातिम है। जातिए से तो आदमी का संस्कार पता चलता है।''

रामबाबू उकताने लगा था—किस कूढ़मग्ज से पाला पड़ गया। बजरंगीलाल हिन्दू धर्म के उद्‌भव, विकास, परम्परा और महत्त्व पर बोलते जा रहे थे। उसने घड़ी देखी—बारह बज गया था। हेडमास्टर साहब अभी तक नहीं पहुँचे थे।

बच्चों का शोर बढ़ गया था। अचानक बजरंगीलाल ने 'टिफिन' घोषित कर दिया। कोई पटाखा फटने की तरह बच्चों का शोर उमड़ा और देखते-ही-देखते आसपास धूल का गुबार उठ आया।

रामबाबू ने पूछा, ''ये हेडमास्टर साहब कब तक आएँगे ?''

बजरंगीलाल ने मुँह बिचका लिया, जैसे लाल मिर्च दाँतों के नीचे आ गई हो। तीताई भरे मुँह से बोल फूटे, ''ई पंडितवा है बहुत काइयाँ। इस्कूलों से पइसा फिरिए में उठाता है। सारा समय तो जजमानिए में बिताता है। देखिए, ई इस्कूल में ढूँढ़ो पंडित है, एक ठो बाबू साहेब। सभे अपना घरे का काम-धन्धा देखता है। हम तो ठहरे भाई, का पथ। हमको तीन-पाँच से का मतलब। अपना काम से काम। आप नया आदमी हैं, एही से सचेत कर दिया, तनी ई लोग से दूरे-दूरे रहिएगा।''

रामबाबू अभी बजरंगीलाल की नसीहत पर धन्यवाद देने को सोच ही रहा था कि हेडमास्टर रामप्रसाद तिवारी लपकते हुए आते दिख गए। पसीना-पसीना हो रहे थे वह। धोती घुटनों तक चढ़ी थी। पर कीचड़ में सने थे। मुँह में बबूल का दतवन दबा था। रामबाबू को देखकर पूछा, ''कब आए आप ?''

रामबाबू ने उठते हुए जवाब दिया, ''हम तो सुबह ही आ गए, पंडितजी !'' हेडमास्टर साहब पल-भर को झेंपे फिर स्वयं सफाई देने लगे, ''का बताएँ भाई, आज राते से खेत में पटवन चल रहा था। जानबे करते हैं, सरकारी 'टीबुल' से पानी मिलना कितना मुसकिल होता है। बड़ा हाथ-गोड़ जोड़ने पर तो रात पानी मिला। ऊ हो बीच-बीच में बिजलिए कठ जाए। राम-राम करके अब जाकर खेत पूरा हुआ है। सीधे खेत से चले आए।''

रामबाबू क्या कहता ?

बजरंगीलाल बीच में ही बोल पड़े ''पंडीजी, कल्ह हम छुट्टी पर रहेंगे। बचिया की बिदाई है न, कुछ बर-बजार करना है !''

''अच्छा...अच्छा !'' पंडित रामप्रसाद तिवारी को जैसे अचानक याद आ गया हो, ''मुनिया की बिदाई है ना भाई, जरूर जाइए। लेकिन हो, उ का है कि हमको भी कल्ह कचहरी जाना है। बाकी मास्टर लोग भी छुटिए पर हैं। क्षण भर को रुके पंडित रामप्रसाद तिवारी, फिर जैसे घोषणा ही कर दी, ''ऐसा कीजिए कि कल्ह इस्कूल की

छुट्टी कर दीजिए।"

यह रामबाबू के आश्चर्य की पराकाष्ठा थी। उसकी समझ में नहीं आया कि अपने निजी कामों के चलते स्कूल कैसे बन्द हो सकता है ? यह अधिकार इन्हें किसने दिया ? बच्चों की इन्हें कोई चिन्ता नहीं है ? पता नहीं कैसी बेचैनी होने लगी उसे। बिना कुछ सोचे-समझे उसके मुँह से अनायास निकल पड़ा, "स्कूल मत बन्द कीजिए। कल से मैं आ जाऊँगा !"

हेडमास्टर पंडित रामप्रसाद तिवारी एकदम से गड़बड़ा गए। लगा, जैसे रामबाबू उनके अधिकार को चुनौती दे रहा है। लगभग फुँफकारनेवाले लहजे में बोल पड़े "आप काहे आइएगा, भाई ? अभी आप 'जुआइन' कहाँ किए हैं ? कार्यालय से आदेश आ जाने दीजिए, तभिए न कुछ होगा ?"

रामबाबू भीतर-ही-भीतर तैश में आ गया, लेकिन स्वयं को संयत रखते हुए उसने दलील दी, "पंडितजी, हम आदेश की एक कॉपी तो साथ लाए ही हैं।"

"ऊ तो ठीक है। फिर भी कार्यालय से जब तक विधिवत सूचना नहीं आए...हम कौनो बबाल मोल नहीं लेंगे। सरकारी कागज में हम दुरुस्त रहते हैं।" दो टूक जवाब देते हुए पंडित रामप्रसाद तिवारी चापाकल की ओर हाथ-पैर धोने बढ़ गए।

बजरंगीलाल की मुस्कुराहट गहरा गई थी, जैसे कह रहे हों कहते थे न कि पंडितवा बड़ा काइयाँ है।

रामबाबू को लगा, बजरंगीलाल की मुस्कुराहट उसे बेध रही है।

ऐन उसी वक्त बजरंगीलाल ने गला फाड़कर एक बच्चे को आदेश दिया, "घंटी बजा, टिफिन खत्म हो गया।"

और आदेश की प्रतीक्षा में एक हफ्ता बीत गया।

जिस दिन रामबाबू स्कूल में योगदान के लिए पहुँचा दोपहर के साढ़े बारह बज रहे थे। आसमान में बादल छाए थे। मौसम काफी नम था। हेडमास्टर पंडित रामप्रसाद तिवारी सहित अन्य सारे अध्यापक भी जमे हुए थे, लेकिन बच्चे नहीं थे। पता चला, आज तनख्वाह का दिन है लिहाजा बच्चों की आधी छुट्टी कर दी गई है। रामबाबू एक कुर्सी खींचकर बैठ गया। हेडमास्टर साहब ने सबसे उसका परिचय कराया। परिचय की औपचारिकता खत्म होते न होते गौर-चिट्ठे, पहलवान छाप देहयष्टि मास्टर तपेश्वर राय ने जिज्ञासा रखी।

"माट् साब, सुना आप वीरपुर के रहनेवाले हैं ?"

"जी !" रामबाबू ने हामी भरी।

"हाँ जी, मास्टरी में एगो ईहे तो लाभ है। घर का कामोधाम देखिए और नौकरियो करिए।" मास्टर बदरी उपाधिया ने अपना विचार व्यक्त किया।

हेडमास्टर पंडित रामप्रसाद तिवारी ने छूटते ही फर्माइश रखी, माट् साब, आज

'जुआइन' किए हैं। मुँहों तो मीठा कराइए।"

इसके साथ ही "हाँ-हाँ, का समवेत स्वर फूट पड़ा। रामबाबू ने जेब से रुपए निकालने का उपक्रम करते हुए कहा, "जरूर-जरूर, लेकिन मँगवाइएगा किससे ?"

"मँगवाने की का जरूरत है। सभी भावरकोल चलिए रहा है, आपो वहीं चले चलिए।" बजरंगीलाल ने तपाक से रास्ता सुझा दिया।

"ई हे ठीक रहेगा !" एक बार फिर समवेत समर्थन का स्वर उभरा।

अजीब असमंजस की स्थिति में फँस गया था रामबाबू। अभी कुछ कहने का मन बना ही रहा था कि पीछे से आई एक अजनबी आवाज से ठहर गया।

सभी की निगाहें आवाज की ओर उठ गई थीं। रामबाबू ने देखा, करीब दस गज की दूरी पर खड़ा एक काला भुजंग आदमी अपने दोनों हाथ जोड़े "जय हो मालिक, जय हो" का जयकार लगा रहा था।

यह फेंकना मुसहर था। बिखरे बाल। बढ़ी हुई दाढ़ी। कमर में बँधा, महज एक गमछा। कन्धे से लटकती ढोलकी। उसे देखते ही मास्टर तपेश्वर राय ने उमगते हुए पूछा, "कारे फेंकना, कहाँ की जवाई है ?"

बलुआ से आल्हा गाँवें का बुलाया है, मालिक ! फेंकना के स्वर में जमाने भर की विनम्रता थी। उसके दोनों हाथ अभी भी जुड़े हुए थे।

मास्टर बदरी उपाधिया ने लगे हाथ फरमाइश जड़ दी, "तो एक ठो आल्हा होइए जाए, फेंकना !"

आदेश पाते ही "जय हो मालिक, जय हो !" का उद्घोष करते हुए फेंकना जहाँ खड़ा था वहीं बैठ गया। ढोलकी को बाएँ घुटने से दबाया और अलाप लेने लगा।

रामबाबू बड़े कौतूहल से फेंकना को निहारे जा रहा था। लेकिन अपने-आप में मस्त फेंकना ने ढोलकी पर थाप दी और गाना शुरू कर दिया।

सुमरि भवानि जगदम्बा के
जाके कथा बरनि नहिं जाय...

फेंकना की आवाज जैसे-तैसे लय पकड़ती जा रही थी, रामबाबू की नसों में रक्त का प्रवाह उतना ही तेज होता महसूस हो रहा था। रोमांच का यह अद्भुत क्षण था। ढोलकी पर फेंकना की थाप तीव्र से तीव्रतर होती जा रही थी। स्वर और ऊँचा होता जा रहा था। आल्हा-उदल भाइयों की शौर्य-गाथा सजीव होती प्रतीत हो रही थी। फेंकना पूरे तरन्नुम में था। उसकी गर्दन मस्ती से झूम रही थी। उँगलियाँ बिजली की तेजी से मचल रही थी।

और फिर एकाएक सब कुछ ठहर गया—फेंकना की आवाज, ढोलकी की थाप और रोमांच का क्षण।

"वाह भाई, वाह !" मास्टर तपेश्वर राय ने बेसाख्ता दाद दी।

रामबाबू की तन्मयता टूटी। पता नहीं क्या मन में आया कि तुरन्त जेब से दो का नोट निकालकर फेंकना की ओर बढ़ा दिया।

फेंकना "जय हो मालिक, जय हो !" का नारा लगाते हुए उठ खड़ा हुआ। नोट लेकर माथे पर लगाया और इजाजत माँग कर तेज-तेज कदमों से बलुआ की ओर बढ़ गया।

फेंकना के जाते ही हेडमास्टर पंडित रामप्रसाद तिवारी ने रामबाबू को टोका, "काहे को दू ठो रुपया बर्बाद कर दिया आप ? ई सब परजा है, जादा सह देने से स्साला सब सिर पर चढ़ जाता है।

मास्टर बदरी उपाधिया ने हेडमास्टर साहब की बात का समर्थन करते हुए कहा, "मुसहर स्साला वैसे हू कम बदमाश नहीं है। चोरी-चमारी सब करता है !"

रामबाबू उन लोगों का मुँह देखता रह गया। उसकी स्थिति किसी अपराधी की-सी हो गई थी। उन तमाम लोगों के चेहरे के भाव से साफ लग रहा था कि वे उसकी इस हरकत को बेवकूफी मान रहे हैं।

अगले दिन से रामबाबू विधिवत मास्टर हो गया था। पहले दिन बच्चों को अंग्रेजी पढ़ाने का जिम्मा उसे सौंपा गया। वह यह जानकर हैरान रह गया कि न तो किसी बच्चे के पास अंग्रेजी की किताब है, न ही आज से पहले उन्हें अंग्रेजी पढ़ाई गई है। पाँचवीं कक्षा के किसी भी बच्चे को 'ए-बी-सी-डी' तक याद नहीं थी।

पहले ही दिन रामबाबू को लग गया कि उसकी ली गई ट्रेनिंग एकदम अकारथ है, कि ट्रेनिंग के दौरान बनाए गए तमाम, 'लेशन प्लांस' और आलोचक अध्यापक की नसीहतों का यहाँ कोई उपयोग नहीं है। वह समझ नहीं पाया कि उसने जो ट्रेनिंग ली है वह सही है या जो परिस्थिति उसके सामने आ खड़ी हैं वह ?

उस यथार्थ और इस यथार्थ के बीच कई दिनों तक गड़बड़ाया रहा रामबाबू। उसके चाहने से भी कोई बदलाव होता नहीं दिख रहा था। उसे समझते देर नहीं लगी कि हेडमास्टर पंडित रामप्रसाद तिवारी से लेकर मास्टर बजरंगीलाल तक की पूरी चौकड़ी के चंगुल में बुरी तरह फँसा हुआ है—बेसिक प्राइमरी पाठशाला बलुआ-तराँव।

ऐसे में अक्सर उसे कामरेड विश्वनाथ की याद आ जाती। उसकी नियुक्ति की खबर सुनकर कामरेड विश्वनाथ ने कहा था—"साथी, गाँव में रहकर कुछ सार्थक काम करने का यह अच्छा मौका मिला है तुम्हें। दरअसल, हमारे गाँवों में तालीम की सबसे ज्यादा दुर्गति हुई है और दिलचस्प यह कि हमने कभी इस बुनियादी समस्या को गम्भीरता से नहीं लिया।

तब रामबाबू को कामरेड विश्वनाथ की वह टिप्पणी महज उसकी हौसला आफजाई लगी थी, लेकिन अब जिन स्थितियों से वह दो-चार हो रहा था, उससे उसे कामरेड विश्वनाथ की बात का आशय समझ में आने लगा था। लिहाजा उसने दस-बारह दिन के अपने अध्यापन अनुभव का ब्यौरा देते हुए कामरेड विश्वनाथ को पत्र डाला था, जिसके जवाब में उन्होंने लिखा था, साथी "यहाँ शहर में चार उत्साही कामरेडों के साथ

किताबी बहस से कहीं ज्यादा जरूरत इसी बात की है कि हम लोगों बीच जाकर समस्याओं का अध्ययन करें और उनसे लड़ने के लिए लोगों को तैयार करें।''

पता नहीं क्यों कामरेड विश्वनाथ की इन पंक्तियों से उसे बड़ी शक्ति मिली थी। उसने मन-ही-मन तय कर लिया था कि स्कूल के बच्चों को वह धीरे-धीरे अपने अनुकूल ढालेगा, कि अर्से से चल रही कुव्यवस्था को लेकर खीजने के बजाय उसे धैर्य से काम लेना है, कि वह बच्चों के अभिभावकों से मिलकर स्कूल का वातावरण सुधारने की पहल करेगा।

लेकिन अभी तक रामबाबू कोई पहलकदमी नहीं कर पाया था तो उसकी वजह थी रोपनी। धान की रोपनी चरम पर थी और अधिकांश अभिभावक से लेकर स्कूल के अध्यापक तक व्यस्त थे। उसे लग रहा था कि जब से उसने स्कूल के कार्यभार सँभाला है, तब से मास्टर बजरंगीलाल की व्यस्तता भी कुछ ज्यादा ही बढ़ गई है।

इन दिनों वह अकेले ही स्कूल के सारे बच्चों को सँभाल रहा था। सँभाल क्या रहा था, भेड़ों के रेवड़ को किसी तरह हाँक रहा था और अपनी उस ट्रेनिंग को कोस रहा था, जिसका सामनेवाले यथार्थ से कोई तालमेल नहीं बैठ पा रहा था।

उसकी इस कोफ्त को हेडमास्टर पंडित रामप्रसाद तिवारी ने और हवा दे दी। एक दिन अचानक स्कूल में प्रकट हुए हेडमास्टर पंडित रामप्रसाद तिवारी ने फरमान जारी किया, ''माट साब, ऊपर से आदेश आया है कि भोटर लिस्ट (मतदाता सूची) बनाने का। बाकी मास्टर लोग को तो फुर्सत नहीं है। खेत में रोपनी का काम चल रहा है। अब आपे को यह काम करना होगा !''

''लेकिन पंडितजी...!'' रामबाबू ने जिज्ञासा व्यक्त की ''स्कूल चलेगा कैसे ?''

''एकाध दिन बन्द रहेगा। लेकिन ई काम ज्यादा जरूरी है।'' पंडितजी ने लगभग निर्णायक तेवर में जवाब दिया, जिसका साफ मतलब था कि वह कुछ भी सुनने को तैयार नहीं हैं।

रामबाबू हेडमास्टर पंडित रामप्रसाद तिवारी के इस आदेश पर भन्ना कर रह गया, लेकिन नई-नई नौकरी होने के नाते कुछ भी नहीं कह पाया। फिर भी वह समझ नहीं पाया कि एक मास्टर का 'वोटरलिस्ट' बनाने से क्या रिश्ता हो सकता है और यह भी कि अगर मास्टर घर-घर घूमकर 'वोटर लिस्ट' बनाएगा तो बच्चों को पढ़ाएगा कौन ?'' अपने ही प्रश्नों का उसके पास कोई उत्तर नहीं था लिहाजा, वह चुपचाप मन मार कर 'वोटर लिस्ट' बनाने में जुट गया। वह घर-घर जाकर मतदान योग्य सदस्यों की जानकारी लेता और पुरानी लिस्ट से तुलना करता। नए मतदाता बन रहे योग्य सदस्यों का ब्यौरा अलग तैयार करता। निहायत उबाऊ काम था यह, लेकिन रामबाबू एक नए अनुभव से सम्पन्न हो रहा था।

'वोटर लिस्ट' बनाते हुए जब वह मुसहर टोली पहुँचा, तो दुर्गन्ध के एक तेज भभूके से उसका मन भन्ना गया। मुख्य आबादी से कटकर बसे पन्द्रह बीस झोंपड़ियोंवाले इस टोले में सूअरें खुलेआम घूम रही थीं। जहाँ-तहाँ बीस झोंपड़ियोंवाले इस टोले में

सूअरें खुलेआम घूम रही थीं। जहाँ-तहाँ थूथन घुसाकर "गौ-गौ" की आवाजें कर रही थीं। कुछ नंग-धड़ंग बच्चे "हुल्ल-हुल्ल" कर सूअरों को इधर-उधर खदेड़ रहे थे, तो कुछ सूअरों की खोभारों के पास खेलने में मसगूल थे। बच्चों के खेल के बीच कोई सूअर घुस आती तो एकाध लात खाकर किंकियाती हुई भागती। झोंपड़ियों के बाहर झुंड में बैठी औरतें और लड़कियाँ बाँस की खपच्चियाँ छील रही थीं। और सूप-दौरी बीन रही थीं। आपस में हँसी-ठिठोली भी करती जा रही थीं। लेकिन उसे देखकर अनायास उनमें चुप्पी छा गई। एक-दूसरे को आँखों-आँखों में ही इशारे करती हुई सभी उसे कौतूहल से देखने लगी थीं। थोड़ी दूरी तक एक टीलेनुमा चबूतरे पर घेरे में जमे हुए चार-पाँच पुरुषों की जमात गाँजे की चिलम तानने में दत्त-चित्त थी। कभी-कभार 'जय भोलेनाथ' का स्वर गूँजता और फिर धुएँ का एक बड़ा सा गुबार छा जाता। इस धुएँ के गुबार के पीछे से भी उसने फेंकना का चेहरा पहचान लिया था। परिचय का यह सूत्र पाते ही उसने राहत की साँस ली और जोर से आवाज लगाई, "फेंकना !"

फेंकना की नजर उस पड़ते ही वह हड़बड़ाकर खड़ा हो गया। उसे अपने टोले में देखकर शायद, फेंकना को घोर आश्चर्य हो रहा था। वह तेजी से लपकता हुआ फेंकना के पास आया तो जैसे अनायास की फेंकना के दोनों हाथ उसके सिर के ऊपर जाकर जुड़ गए और मुँह से जयघोष निकल पड़ा, "जय हो मालिक !"

"कहो फेंकना, कैसे हो ?" रामबाबू के इस सवाल पर गद्गद हो उठा फेंकना। हर्षातिरेक में उसने पूछा, "सरकार इहाँ कइसे आना हुआ ?"

टोले पर बैठे दूसरे लोग भी उसकी तरफ टकटकी लगाए देख रहे थे। अपरिचय बोध स्पष्ट था। रामबाबू ने उन सबको अपना परिचय देते हुए उनके टोले में अपने आने का मकसद बताया। सभी एक क्षण को एक-दूसरे का मुँह ताकने लगे। तो फेंकना ने बेहद दबी जुबान से बतलाया, "ए मालिक ई टोले का लोग तो आज तक कभी भोटे नहीं दिया।"

"लेकिन लिस्ट में तो इस टोले का नाम दर्ज है।" रामबाबू ने जानकारी दी।

"मालिक, नाम दरज रहे से का होता है। टोले का भोट तो दूसरे लोग डाल देता है।" फेंकना ने खुलासा किया।

वहाँ उपस्थित मुसहर टोले के दूसरे लोग फेंकना की इस हिमाकत पर कट कर रह गए। वस्तुतः उनके चेहरे पर भय का भाव उभर आया था। रामबाबू ने उन लोगों के चेहरे को पढ़ते हुए कहा, "देखिए, वोट डालने का आपका अधिकार है और आपको वोट जरूर डालना चाहिए।"

कोई कुछ नहीं बोला जैसे सबके सब गूँगे हों। रामबाबू को लगा, वह खामख्वाह भाषण देने लगा है। इसलिए कागज-कलम निकालकर अपने काम में जुट गया। एक-एक आदमी का ब्यौरा लिया और नई जानकारियाँ नोट कीं। इस पूरी प्रक्रिया में फेंकना ने मुतवातिर उसका साथ दिया।

काम खत्म करके चलने लगा तो अनायास उसने फेंकना से पूछ लिया, "कितने

बाल-बच्चे हैं तुम्हारे ?"

"चार ठो मालिक !" फेंकना ने बताया, "एक ठो लड़की अउर तीन ठो लड़िका !"

"पढ़ता-लिखता है कि नहीं सब ?" स्वभावतः पूछ लिया रामबाबू ने। इस सवाल पर फेंकना का स्वर एकदम कातर हो आया, अइसा भाग कहाँ, सरकार।

"क्यों, इसमें भाग्य की बात कहाँ है ? गाँव में स्कूल है। वे पढ़ तो सकते ही हैं।"

"नहीं मालिक, ई बात नहीं !" फेंकना ने फिर हाथ जोड़ लिया था, "हम सब मुसहर हैं, सरकार, हमारा बच्चा-बुतरू को पढ़ाई कउन ?"

रामबाबू को लगा, उसने फेंकना की दुखती रग को छू लिया है। वस्तुस्थिति समझते देर नहीं लगी। वह कई पल तक असमंजस में पड़ा रहा, फिर एक गहरी साँस लेकर बोला, "देखो फेंकना, आजकल बच्चों का पढ़ना-लिखना बहुत जरूरी है। उन्हें स्कूल भेजो। मैं हेडमास्टर से बात करता हूँ।"

फेंकना सहित वहाँ मौजूद सभी लोग रामबाबू को अजूबे की तरह ताकने लगे किसी को उसकी बात पर विश्वास नहीं हो रहा था। सभी उसे टुकुर-टुकुर देख रहे थे। वह उन्हें उसी तरह हैरत में छोड़कर आगे बढ़ गया।

अगले दिन फेंकना पोखर के पास रामबाबू की प्रतीक्षा करता हुआ मिला। फेंकना के साथ उसके बच्चे भी थे। चीकट जाँघिया और गंजी पहने उन बच्चों की नाक बह रही थी। बाल रूखे-सूखे। उनके साथ में काली तख्ती और सीने से कसकर चिपकी हुई 'मनोहर पोथी।' उसे सहमी दृष्टि से देखते हुए वे अनायास फेंकना की ओट हो गए। फेंकना ने "जय हो मालिक" का उद्‌घोष करते हुए बच्चों को उसके पाँव छूने का आदेश दिया। सहमे-सकुचाए फेंकना के बच्चों ने आगे बढ़कर रामबाबू के पाँव छूए। वह अजीब पुलक से भर गया, "बहुत अच्छा किया तुमने कि बच्चों को लेकर आए।"

"सरकार, आपे का आसरा है। एही से ले आए ई सबको। टोलावाला तो बहुत मना किया। बस ठट्‌ठा कर रहा था कि फेंकना बउरा गया है।"

फेंकना की डूबती हुई आवाज रामबाबू को गहरे तक छू गई। उसने बेहद गौर से फेंकना की आँखों में झाँका। गहरा काला अन्धेरा पसरा पड़ा था। न चौंध न चमक। इतनी निरीहता बयान करती आँखें वह पहली बार देख रहा था। उन आँखों की चुनौती स्वीकार करते हुए उसने फेंकना को अपने पीछे आने का इशारा किया।

स्कूल कई दिनों बाद खुला था। उपस्थिति अपेक्षाकृत कम थी। ज्यादातर बच्चे खेलने और धमा-चौकड़ी करने में व्यस्त थे, लेकिन उसे देखते ही जो जहाँ था, वहीं थम गया। फिर 'प्रणाम' का समवेत स्वर उभरा और देखते-देखते कलरव में बदल गया। शोर थमते ही उसने एक बच्चे को कुर्सी निकालने का आदेश दिया। कुर्सी लेकर आनेवाले लड़के ने फेंकना को हिकारत से देखा और जाते-जाते उसके बच्चों को मुँह बिचका गया। रामबाबू उस लड़के की इस हरकत को को देख रहा था। जी में आया कि उसे कस

कर थप्पड़ लगाए, लेकिन उसकी तनी हुई त्योरियाँ लड़के से छुपी नहीं रही, वह फुर्र से नौ-दो ग्यारह हो गया।

फेंकना अपने बच्चों के साथ वहीं जमीन पर बैठ गया। रामबाबू कुर्सी पर बैठते हुए बोला, "हेडमास्टर साहब को आने दो। उनसे बात करता हूँ।"

फेंकना चुप बैठा आसपास निहारने लगा तो रामबाबू ने संवाद का सिला उसकी ओर किया, "फेंकना, तुम आल्हा बहुत अच्छा गाते हो। कहाँ सीखा है ?"

"सीखे कहाँ हैं, मालिक !" फेंकना आसमान की ओर टकटकी लगाए हुए ही बोला, "हमरा बाबा गाते थे। उनके से सुन-सुन से हमू गाने लगे।"

"जो गाते हो, उसको समझते भी हो ?"

'हम का बूझें, सरकार ! अच्छा लगता है एही से गाते हैं।"

"फेंकना ने निहायत मासूम जवाब के बदले रामबाबू कुछ कहना चाहता था, लेकिन हेडमास्टर पंडित रामप्रसाद तिवारी को लपकते हुए आते देखकर चुप रह गया।

हाथ में 'कईन' की छड़ी लिए हेडमास्टर पंडित रामप्रसाद तिवारी करीब आए तो रामबाबू ने अभिवादन किया। उसके अभिवादन का बगैर जवाब दिए उन्होंने अपनी राय में सूचित किया, "माट्साब, इयाद है न, कि कल पनरह अगस्त है। सब बच्चा लोग को कह दीजिए कि कपड़ा-लत्ता साफ पहिन के आए।"

ऐन इसी वक्त फेंकना ने पंडित रामप्रसाद तिवारी को पाँव लागी की। फेंकना पर नजर पड़ते की उनकी त्योरी चढ़ गई। लगभग घुड़कते हुए उन्होंने पूछा, "कारे फेंकना, ई पलटन लेके इहाँ कइसे ?"

फेंकना के बदले रामबाबू ने तपाक से जवाब दिया, "इसको हमने बुलाया है, पंडितजी !"

"लगता है, इसका आल्हा आपको बहुत पसन्द आया।" पंडितजी ने कयास लगाते हुए ठिठोली की, "इहो ससूरा बूझ गया है कि बढ़िया मुल्ला धराया है ?"

"ऐसी बात नहीं है, पंडितजी !" रामबाबू ने बगैर किसी भूमिका से अपनी बात का खुलासा किया, "फेंकना अपने बच्चों को स्कूल में भर्ती कराने आया है।"

मानो बिजली का नंगा तार छू लिया हो पंडित रामप्रसाद तिवारी ने। क्षणांश में ही उनके चेहरे पर कई भाव आए-गए। उनकी तीखी-तन्नाई आवाज में भी गहरा आश्चर्य चस्पा था, "का कहते हैं आप ? अब मुसहर डोम स्कूल में पढ़ेगा ?"

"क्यों ? इसमें हर्ज क्या है ?" पंडितजी के तेवर को भाँप लिया था रामबाबू ने। उसका स्वर अनायास कठोर हो गया था।

पंडित रामप्रसाद तिवारी को इस सीधे प्रश्न का उत्तर देते नहीं बना। उनके नथुने-फूलने-पिचकने लगे थे। रामबाबू की आँखों का सामना करना कठिन हो रहा था उन्हें। बड़ी मुश्किल से अपने आपको संयत रखते हुए उन्होंने समझाया, "आप बूझ नहीं रहे हैं। बात ई है कि ई सब ठहरा मुसहर। स्कूल का बाकी लड़का सब भड़क जाएगा। अभिभावक लोग भी बरदास्त नहीं करेगा। गाँव का मालिक है। आप जानते

नहीं न हैं, बड़कवा लोग जीना हराम कर देगा।''

फेंकना के शरीर से झुरझुरी छूट गई। लेकिन रामबाबू की सख्ती पूर्ववत बनी हुई थी, ''गाँव को मारिए गोली। यह बताइए कि आप क्या चाहते हैं ?''

''आप मार सकते हैं गाँव को गोली। आप सान गाँव के आदमी हैं। लेकिन हमें तो यहीं रहना है। बड़कवा लोग से हम तो दुश्मनी नहिए मोल ले सकते हैं।'' पंडित रामप्रसाद तिवारी भी आवेश में आ गए।

''इसका मतलब तो यह हुआ पंडितजी, कि स्कूल भी बड़कवा लोग की बपौती है ?''

''अब आप जो समझिए !'' तिलमिलाते हुए जवाब दिया हेडमास्टर पंडित रामप्रसाद तिवारी ने, ''बाकी इस मामिला में हम कुछ नहीं कर सकते !''

''फिर भी पंडितजी, आप एक बार ठंडे मन से सोचिए।'' रामबाबू ने निवेदन किया।

पंडितजी एकदम भड़क उठे, ''इसमें सोचना का है ? जो आज तक नहीं हुआ, वह अब कैसे हो सकता है ?''

''आप जानते हैं कि यह सरकारी नियम के विरुद्ध है ?'' रामबाबू ने अस्त्र छोड़ा।

''सुनिए, बड़ा-बड़ा सरकारी नियम देखा है कि इस नौकरी में। अभी आप चार दिन को छोकरा है, हमको नियम मत सिखाइए।'' पंडित रामप्रसाद तिवारी ने उसका उपहास उड़ाते हुए दो टूक जवाब दिया।

रामबाबू तिलमिला उठा, लेकिन उसे यह भी लगा कि पंडितजी से तर्क करना बेकार है। मन को गहरी चोट पहुँची, फिर भी स्वयं को जज्ब कर गया। फेंकना की ओर देखा, वह कातर भाव से उसकी ओर निहार रहा था। एक टीस-सी उठी उसके मन में, निश्चित ही यह अपमानबोध की पीड़ा थी। उसने भी आव देखा न ताव और ललकारनेवाले भाव में घोषणा कर दी, ''ठीक है पंडितजी, अब हम भी देखते हैं कि आप फेंकना के बच्चों को कैसे नहीं दाखिला देते हैं ?''

पंडित रामप्रसाद तिवारी ने रामबाबू को खा जानेवाली निगाहों से घूरते हुए चेतावनी दी, ''आपके मन में जो आए कीजिए, लेकिन नतीजा ठीक नहीं होगा।''

यह खुली धमकी थी। रामबाबू की कनपटी झनझना गई। होंठ भिंचे और मुट्ठियाँ कसकर रह गईं। वह फेंकना से आँख मिलाने की हिम्मत नहीं जुटा पा रहा था।

पंडितजी कईन की छड़ी फटकारते हुए चापाकल की ओर बढ़ गए थे। स्पष्ट था कि संवाद की सारी सम्भावना समाप्त हो गई थी।

रामबाबू भारी मन से फेंकना और उसके बच्चों को लौट जाने की हिदायत देते हुए वहीं अपमानित-सा बैठ गया।

इस घटना को लेकर बड़ी तीखी प्रतिक्रिया हुई। स्कूल में साफ तौर पर दो गोल बन गए। एक तरफ अकेला रामबाबू था, जबकि दूसरी तरफ बाकी सारे शिक्षक।

रामबाबू कई दिनों तक बुरी तरह मानसिक तनाव में रहा। आखिरकार उसे कोई

रास्ता नहीं सूझा और उसने शिक्षा मन्त्री से लेकर शिक्षा विभाग के अनेक अधिकारियों को शिकायत पत्र लिख भेजे।

इस खबर से सनसनी फैल गई। यहाँ तक कि गाँव का मुखिया एक दिन स्कूल में आ धमका। कड़ी-कड़ी मूँछों और चढ़ी-चढ़ी आँखोंवाला वह विशालकाय आदमी देखने से ही उजड्ड लग रहा था। उसे देखते ही सारे के सारे उपस्थित अध्यापक उठकर खड़े हो गए। वह एक कुर्सी पर पसरते हुए सीधे रामबाबू से मुखातिब हो गया, "तो आप हैं नवका मास्टर ? समाज-सुधारने आए हैं इहाँ ?"

रामबाबू ने धैर्य से काम लिया। बेहद विनम्रता से बोला, "मैं आपका मतलब नहीं समझा ?"

"देखिए मास्टर, जादा तीन-पाँच करिएगा तो मतलब हम बढ़िया से समझा देंगे।" फिर लगभग घुड़कते हुए उसने सवाल दागा, "ई मुसहर-डोम का उद्धार करे खातिर सरकार आपको भेजा है का ?"

"तालीम पाने का अधिकार तो सबको है, मुखियाजी !" रामबाबू का धैर्य भी टूट गया, "इसे मुसहर क्या, राजपूत क्या ?"

रामबाबू की इस तुर्की-बतुर्की से मुखिया छन-छना उठा। बेसाख्ता उसके मुँह से गालियाँ फूट पड़ीं। इससे पहले कि रामबाबू प्रतिवाद करता, तपेश्वर राय ने स्थिति को सँभालने के लिहाज से हस्तक्षेप किया, "जाने दीजिए मुखियाजी, अभी नया खून है। धीरे-धीरे सब समझ जाएगा।"

यह दलील रामबाबू को कड़ी नागवार गुजरी। वह कसमसा कर रह गया। मुखिया उसे 'अपनी औकात' में रहने की चेतावनी देकर चला गया। वह अपमान का घूँट पीकर रह गया। एक अजीब सी बन्धक पीड़ा से रामबाबू की नसें तन गईं। चेहरा तमतमा गया।

उस शाम छुट्टी के बाद अपने गाँव जाते हुए रामबाबू मुसहर टोली में चला आया। साइकिल एक पेड़ के सहारे टिकाकर वह फेंकना को आवाज देने लगा। कुछ औरतों ने उसे कौतूहल से देखा, लेकिन उनकी आँखों में अजनबीपन नहीं था। टीलेनुमा चबूतरे पर कुछ मर्दों की बैठकी जमी थी, पर उनमें फेंकना नहीं था। उसकी आवाज सुनकर चबूतरे पर बैठे लोगों का ध्यान उसकी ओर गया। उनमें से एक ने फेंकना को जोर से पुकारा, "ऐ फेंकना भाई, मालिक आए हैं।"

रामबाबू वहीं चबूतरे के पास तक गया। चबूतरे पर बैठे लोग उठकर खड़े हो गए। उनमें से कई ने हाथ जोड़कर उसे प्रणाम किया। उसने प्रणाम का उत्तर देते हुए कहा, "बैठिए-बैठिए !"

फेंकना आवाज सुनकर अपनी झोंपड़ी से बाहर आया तो रामबाबू को देखकर चकित रह गया। रामबाबू ने उसे पुकारते हुए कहा, "आओ फेंकना। घर जा रहा था,

सोचा, तुमसे मिलता चलूँ।''

फेंकना करीब आकर उसके सामने हाथ बाँधकर खड़ा हो गया। रामबाबू ने क्षण-भर फेंकना को गौर से निहारा, फिर पूछा, ''बच्चे कहाँ हैं ?''

''ऊ सब सूअरी चरावे गया है, मालिक !''

रामबाबू भीतर तक हिल गया। अपराध बोध की पीड़ा गहरे तक कसक गई। उसे लगा कि वह कठघरे में खड़ा है और वहाँ मौजूद लोग उससे कैफियत माँग रहे हैं, लेकिन उसे जैसे काठ मार गया है। कुछ बोलते नहीं बन रहा।

उसे चुप देखकर फेंकना ने आशंका व्यक्त की, ''मालिक, सुने कि मुखियाजी आपको धमकाए हैं।''

''हाँ, फेंकना !'' यकायक रामबाबू का स्वर तिक्त हो आया, ''मुखियाजी स्कूल में आए थे। काफी आग बबूला हो रहे थे।''

फेंकना के चेहरे पर भय की परछाई तिर आई थी। वहाँ मौजूद दूसरे मुसहरों की आँखों में भी असमंजस का भाव साफ था।

फेंकना ने दोनों हाथ जोड़ लिए और रिरियाते हुए अर्ज किया, ''मालिक, हमरा खातिर मुखियाजी से दुश्मनी मत लीजिए। हम सब जन्में के अभागा हैं, सरकार, एमें कोई का कर सकता है। हमरा बाल-बच्चा ना पढ़े तो कुछ बिगरे बाला नहीं है, बाकी आपके कुछ हो जाए, हुजूर, तो एगो कलंक लगेगा।''

''हम एक बात पूछें फेंकना ! बच्चे तालीम न पाएँ, इससे बड़ा भी कलंक कुछ हो सकता है क्या ?''

रामबाबू के इस प्रश्न ने फेंकना को निरुत्तर कर दिया। वहाँ उपस्थित तमाम दूसरे मुसहर, जो उन दोनों की बातें चुपचाप सुन रहे थे, कुछ उत्सुकता और कुछ कौतुक से रामबाबू को ताके जा रहे थे।

रामबाबू ने पास ही खड़े एक बुजुर्ग की ओर मुखातिब होते हुए पूछा, ''आप ही बताइए, आप सबके बच्चे भी चार अक्षर पढ़ जाएँ, तो क्या बुरी बात होगी ?''

वह बजुर्ग एकदम दयार्द्र हो उठा। हाथ जोड़ते हुए बोला, ''ए बाबू, आपके कहनाम सोलहो आना सही है। बाकी आप तो देखवे कर रहे हैं, हम लोग का जिनगी दाँत के बीच में जीभ जइसन है।''

''सुनिए, स्कूल किसी की जमींदारी नहीं है।'' रामबाबू ने उन्हें हिम्मत बँधाई, ''हमने ऊपर तक शिकायत भेजी है, तो सब बौखला गए हैं।''

''सरकार आप धन्न हैं।'' यह पशुपति मुसहर था, ''आपके बात सुनि के मन जुड़ा गया, हुजूर !''

अनायास ही सबसे संवाद कायम हो जाने से रामबाबू के मन की कड़वाहट घुलने लगी थी। मुखिया द्वारा किया गया अपमान पता नहीं कहाँ तिरोहित हो गया था। वह एक सुखद संकल्प से भरा हुआ लग रहा था।

वही बुजुर्ग बोला, ''ये मालिक, ई मुखियाजी को आप नहीं बूझते हैं। आप ऊ

सबसे रार मत लीजिए !"

रामबाबू ने सबके चेहरे को गौर से पढ़ा। आतंक का आलम जस का तस था। उसने इस अहसास को झटका देने के लिहाज से बड़ी लापरवाही से कहा, "हमको जो करना था, हमने कर दिया। अब जाए आम चाहे आए लबेदा !"

सबके सब उसका मुँह ताकते रह गए।

आज वेतन का दिन था इसलिए सभी शिक्षक स्कूल में मौजूद थे। रामबाबू पाँचवीं कक्षा को अंग्रेजी पढ़ा रहा था। उसी समय मुखियाजी के एक आदमी ने आकर सूचना दी, "मुखियाजी के यहाँ एम.एल.ए. साहब आए हैं। सभी शिक्षकों को वहीं बुलाया गया है।

बुलावा मिलते ही हेडमास्टर पंडित रामप्रसाद तिवारी ने बच्चों की छुट्टी कर दी और सभी शिक्षकों के साथ मुखियाजी के दुआर की ओर लपके। रामबाबू सबसे पीछे था। वह समझ नहीं पा रहा था कि एम.एल.ए. साहब के आने की खबर से सभी शिक्षकों के पावों में पंख क्यों लग गए हैं ?

मुखियाजी के दुआर पर अच्छा-खासा जमघट लगा था। सफेद झकझक कुर्ता-धोतीवाले एम.एल.ए. दीनानाथ पासवान एक कुर्सी में ठूँसे हुए थे। उनके बगल में मुखियाजी बैठे थे, निहायत विनम्रता की प्रतिमूर्ति बने। बात-बात पर खींसें निपोरते हुए।

मुखियाजी के दो कारिन्दे नाश्ता-पानी और पान तम्बाकू चलाने में व्यस्त थे। मुखियाजी स्वयं अपने हाथों से दूध का गिलास एम.एल.ए. दीनानाथ पासवान की ओर बढ़ाते हुए कह रहे थे, "ए दीनानाथ बाबू, ई घर का खाँटी दूध है। अब एमे जादा ना नुकूर नहीं चलेगा।"

"आपो मुखियाजी, हदे जिद करते हैं। लाइए, भाई, जब ई है बात है तो..." एम. एल.ए. दीनानाथ पासवान ने दूध का गिलास मुखियाजी के हाथ से लेते हुए मुखियाजी को कृतार्थ किया।

मुखियाजी गदगद हो आए थे। वहाँ उपस्थित लोगों की आँखों में चमक आ गई थी।

दूध का गिलास गटागटा खाली करते हुए ही एम.एल.ए. दीनानाथ पासवान की नजर हेडमास्टर पंडित रामप्रसाद तिवारी पर पड़ गई। जैसे उल्लास का फव्वारा फूट पड़ा हो, दोनों हाथ उठाते हुए एम.एल.ए. दीनानाथ पासवान ने हेडमास्टर साहब को सम्बोधित किया, "काजी, हेडमास्टर साहब, सुनाइए का हाल-चाल है ?"

"सब सरकार की किरपा है।" हेडमास्टर पंडित रामप्रसाद तिवारी ने खींसें निपोर दीं, "आप कइसे हैं ?"

रामबाबू को बड़ी गहरी लिजलिजाहट महसूस हुई। वह यह देखकर हैरान था कि एम.एल.ए. दीनानाथ पासवान से लिपटते-चिपटते हुए न तो मुखियाजी को परहेज हो रहा था, न ही हेडमास्टर पंडित रामप्रसाद तिवारी को कोई हेठी महसूस हो रही थी।

इस बीच पंडित रामप्रसाद तिवारी एम.एल.ए. दीनानाथ पासवान के बगल में जाकर विराजमान हो गए तो एम.एल.ए. दीनानाथ पासवान ने पान का बीड़ा मुँह में ठूँसते हुए कहा, "अरे पंडितजी, हमरा हाल का पूछते हैं। एक ठो जंजाल हो तब न !" फिर पिच्च से अपने ठीक सामने थूकते हुए उन्होंने अपनी बात जारी रखी, "अब ई—हे लीजिए, जोन बवाल आप लोग खड़ा किए हैं, ऊ का कम चिन्ता का विषय है।"

एम.एल.ए. दीनानाथ पासवान नाटकीय ढंग से ठिठके, तो हेडमास्टर साहब का चेहरा उतर गया। रामबाबू की साँसें भी जहाँ की तहाँ ठहर गईं। मुखियाजी ने बेचैनी से पहलू बदला।

एम.एल.ए. दीनानाथ पासवान मुट्ठी भर सुर्ती फाँकते हुए बोले, "सुना है, पंडितजी, कि आप गाँव के मुसहर सबका बच्चा को स्कूल में दाखिला नहीं दे रहे हैं। ये सम्बन्ध में लिखित शिकायत मिली है।"

रामबाबू का सीना धड़क उठा। पंडित रामप्रसाद तिवारी ने उसे आग्नेय आँखों से देखा, फिर मुखियाजी का मुँह ताकने लगे। मुखियाजी अपनी कड़ी-कड़ी मूँछों पर उँगलियाँ फेरने में व्यस्त थे।

एम.एल.ए. दीनानाथ पासवान पूर्ववत बोलते रहे, "जानते हैं, ई बहुत गम्भीर मामिला है। हमको एजूकेशन मन्त्री के सामने कुछ बोलते नहीं बना। भागते-भागते आए हैं कि देखें भइया, हमारे क्षेत्र में एतना बड़ा अनर्थ कइसे हो रहा है। कहिए तो भला, का मामिला है ?"

हेडमास्टर पंडित रामप्रसाद तिवारी इस तरह हो गई अपनी पेशी पर सकते में आ गए। जबान हकलाने लगी, "ऊ...ऊ...का है सर कि...मुसहर सबका बच्चा लोग खुदे पढ़ना नहीं चाहता है।"

यह सफेद झूठ रामबाबू से सहा नहीं गया। वह जहाँ खड़ा था वहीं से लगभग फट पड़ा, "यह बात नहीं है, सर ! पंडितजी, झूठ बोल रहे हैं। मैं बताता हूँ कि असलियत क्या है ?"

यह एक अप्रत्याशित हिमाकत थी। एम.एल.ए. दीनानाथ पासवान सहित सभी की निगाहें रामबाबू की ओर उठ गईं। उन उठी निगाहों में मुखियाजी का तेवर सबसे ज्यादा हिंस्र था। वह खून का घूँट पीकर रह गए थे। एम.एल.ए. दीनानाथ पासवान मुखियाजी की तरफ गर्दन घुमाते हुए प्रश्नवाचक हो गए थे। मुखियाजी ने आश्चर्य समझकर हिकारती भाव से फुसफुसाते हुए रामबाबू का एम.एल.ए. दीनानाथ पासवान को परिचय दिया तो वह सजग स्फूर्ति के साथ अपने पूरे थुल-थुल शरीर को हिलाते हुए हो-हो कर हँसे और रामबाबू से मुखातिब हो गए। "तो आप हैं रामबाबू ! और भाई, वहाँ क्यों खड़े हैं ? यहाँ आइए न !"

सहज आमन्त्रण से वशीभूत रामबाबू आगे बढ़कर एम.एल.ए. दीनानाथ पासवान के करीब चला आया। इस बीच वहाँ मौजूद पूरी भीड़ का केन्द्र रामबाबू बना हुआ था। रामबाबू के अपने निकट आते ही एम.एल.ए. दीनानाथ पासवान ने पूछा, "माट साब,

ऊ सिकायत पत्रवा आपे भेजे थे ?'' ''हाँ सर !'' रामबाबू ने भरे हुए आत्मविश्वास के साथ खुलासा किया, ''वो क्या है कि इसी गाँव में एक गरीब मुशहर है फेंकना। वह अपने बच्चों को पढ़ाना चाहता है। मैं चाहता था कि उसके बच्चों को स्कूल में दाखिला दे दिया जाए। इससे दूसरे मुसहरों के बच्चों को भी पढ़ने की प्रेरणा मिलती। लेकिन फेंकना के बच्चों को स्कूल में दाखिला नहीं दिया गया। सिर्फ इसलिए कि वे मुसहर हैं।'' अपनी बात कहने के आवेश में रामबाबू की आवाज काँपने लगी थी।

''आयं ! ई बात है ?'' एम.एल.ए. दीनानाथ पासवान का मुँह खुला का खुला रह गया। बड़ी मुश्किल से पान की पीक घोंटते हुए बोले, ''मुखियाजी, हम ई का सुन रहे हैं ? जानते हैं, यदि विरोधी दलबाला सब ई मामला विधान सभा में उठा दिया तो हमको जवाब देते नहीं बनेगा कि एक हरिजन विधायक के इलाके में एतना बड़ा अनेत कइसे हो गया।''

एम.एल.ए. दीनानाथ पासवान की आवाज में उभर आई तुर्शी का असर कुछ ऐसा था कि एक पल को लगा जैसे चीज जहाँ थी, वहीं ठहर-सी गई है। इस बहराव को अगले ही पल स्वयं एम.एल.ए. दीनानाथ पासवान ने झटका दिया, ''रामबाबू आप तो काफी 'पोरोगरेसिव' मालूम पड़ते हैं। आप जइसा नौजवाने से अइसी उम्मीद की जा सकती है।'' एम.एल.ए. दीनानाथ पासवान द्वारा रामबाबू की इस तरह खुल्लम-खुल्ला की जा रही हौसलाअफजाई हेडमास्टर पंडित रामप्रसाद से लेकर मास्टर बजरंगीलाल तक को नागवार गुजर रही थी। लेकिन किसी में प्रतिवाद करने का साहस नहीं था, सो भीतर ही भीतर कसमसा कर रहे गए वे लोग। रामबाबू की आँखों से अपने सहकर्मियों की यह मनःस्थिति छुपी नहीं रह सकी।

उधर एम.एल.ए. दीनानाथ पासवान के स्वर में यकायक चाशनी घुल आई थी, ''देखिए भाई, हेडमास्टरजी ठहरे बूढ़े आदमी। पुराने विचार के हैं। उमिर बीत गई इनकी। इनके विचार और आपके विचार में फरक तो रहबे करेगा।'' वहाँ मौजूद जन समुदाय पूरा-का-पूरा कान बन गया था। यह अहसास होते ही एम.एल.ए. दीनानाथ पासवान क्षण-भर को ठिठके, फिर एक-एक शब्द सँभाल-सँभालकर बोले, ''देखिए माटसाब, हम आपके विचार से बहुत प्रभावित हुए हैं। आप कौनो बात की फिकिर मत कीजिए। आप जौन चाहते हैं। वही होगा।''

एम.एल.ए. दीनानाथ पासवान की इस घोषणा से जैसे जलजला आ गया हो। जो चीज जहाँ थी, वहीं हिलने लगी। हिलने की यह आवाज तेज तीखी, बेचैन प्रतिक्रिया का रूप ग्रहण करने लगी थी।

रामबाबू के चेहरे पर किसी विजेता का-सा भाव उभर आया था। उसने उत्साह में भरकर चारों ओर निगाहें दौड़ाई। मुखियाजी से निगाहें मिलते ही उसके अन्दर अनायास झुरझुरी छूट गई। मुखियाजी की जलती आँखों में उसे जिन्दा भस्म कर देने का हिंसक भाव उफन रहा था।

एम.एल.ए. दीनानाथ पासवान को माहौल का तेवर समझते देर नहीं लगी। पानी

का गिलास उठाकर घूँट हलक के नीचे उतारने के बाद उन्होंने हेडमास्टर साहब को लगभग आदेश देने के अन्दाज में कहा, "ये तिवारीजी, अब आप लोग जाइए। हमको मुखियाजी से पार्टी के बारे में कुछ जरूरी बात करना है।"

हेडमास्टर पंडित रामप्रसाद तिवारी बेहद थके लग रहे थे। भारी मन से उठे और घिसटते कदमों से चल पड़े। उनके पीछे सारे शिक्षक भी चल दिए।

रामबाबू यह खबर मुसहर टोलीवालों को सुनाने के लिए जिस वक्त मुसहर टोली में पहुँचा, फेंकना की झोंपड़ी के बाहर अच्छी खासी गोल जमी थी। फेंकना पूरे तरन्नुम के साथ 'आल्हा' गाने में मस्त था। कई लोग झूम-झूमकर सिर हिला रहे थे। कई गाँजे की मस्ती में झूम रहे थे। खोभारों में 'कि कि' की आती सूअरों की चिल्ल-पों का न तो फेंकना के आलाप पर कोई असर था, न ही सुननेवालों की बेख्याली पर। लेकिन रामबाबू की साइकिल की 'खड्ड-खड्ड' की आवाज ने सबका ध्यान खींच लिया। फेंकना की नजर उस पर पड़ी तो वह ढोल को एक तरफ सरकाते हुए उठा और दोनों हाथ जोड़कर प्रणाम किया। रामबाबू को अच्छा लगा। उसने महसूस किया कि अपरिचय की दीवार ढह रही है। उसने सबके अभिवादन का उत्तर देते हुए उतरकर कुशलक्षेम पूछा। फिर छूटते ही बोला, "आपको पता है, आज एम.एल.ए. दीनानाथ बाबू आए थे ? वह आप लोगों के बच्चों को स्कूल में दाखिला नहीं देने की खबर सुनकर बहुत नाराज थे।"

रामबाबू की बात नहीं, देववाणी हो जैसे। सबके सब चकित। रामबाबू ने फेंकना पर नजर टिकाते हुए अपनी बात पूरी की, "एम.एल.ए. साहब आपके बच्चों को स्कूल में दाखिला देने को बोल गए हैं।"

कोई प्रतिक्रिया नहीं। अचानक जैसे सन्नाटा छा गया हो। रामबाबू को हैरानी हुई। उसने वहाँ मौजूद एक-एक चेहरे को गौर से देखा। हर चेहरे पर अविश्वास की डोलती हुई परछाई। उसने परछाई को पकड़ने की कोशिश की, "लगता है, आप लोगों को मेरी बात का विश्वास नहीं हो रहा।"

"ये मालिक, आप धन्न हैं।" हलक साफ करते हुए बड़ी मुश्किल से बोला पशुपति मुसहर, "जो हमारा सबके खातिर एतना कर रहे हैं। बाकी हमनी सबके तो ई सपने बुझाता है।"

पशुपति की यह पीड़ा रामबाबू को अन्दर तक छू गई। वह कुछ कर नहीं पाया। उसे चुप देख बिसुन मुसहर हाथ जोड़ते हुए बोला, "ये मालिक आप हमनी सबके वास्ते एतना जवाल काहे लेते हैं ?"

रामबाबू चौंका। वह समझ नहीं पाया कि वह बिसुन का प्रश्न है या आग्रह। असमंजस की इस स्थिति से स्वयं को उबारते हुए उसने समझानेवाले अन्दाज में कहा, "देखिए मैं एक शिक्षक हूँ, इसलिए मेरी इच्छा है कि आपके बच्चों को भी तालीम मिले।

लेकिन मुझे नहीं मालूम था कि यह एक छोटी सी बात इतना बड़ा बबाल बन जाएगी।" वह पल-भर को रुका। सभी उसकी बात चाव से सुन रहे थे।

"धीरे-धीरे मुझे लगा कि यह एक लम्बी लड़ाई है, जो चाहे-अनचाहे शुरू हो गई है। अब इसे लड़ना मेरी मजबूरी समझिए या कुछ और, लेकिन मुझे लगता है कि जो गलत हो रहा है, उसे आँख मूँदकर चुपचाप मानते रहना मुझसे नहीं हो पाएगा।"

दो टूक मन की बात कह डाली रामबाबू ने। उसकी बात का असर वहाँ मौजूद हर आदमी पर साफ दिख रहा था। कई आँखों में अनजानी सी चमक थी। लेकिन यह चमक रामबाबू की चुप्पी के साथ ही काफूर भी हो गई। रह गया तो बस एक ठहरा हुआ आतंक, एक अव्यक्त भय। रामबाबू पूरी शिद्दत से महसूस कर रहा था कि एक अत्यन्त कठिन कोशिश कर रहा है वह, फिर भीतर भी से उसे उकसाती हुई कोई शक्ति थी, जो उसे बार-बार स्थितियों से दो-चार हो जाने के लिए प्रस्तुत कर रही थी।

बीच में व्याप्त चुप्पी को तोड़ा पशुपति मुसहर के कातर स्वर ने "सरकार, आपके बात सुनी के मन अघा गया। बाकी हम सब गरीब गुरबा हैं, हुजूर। ई तो पानी में रहि के मगरमच्छ से बैर लेनेवाली बात है।"

रामबाबू को लगा कि यह पशुपति का अकेला स्वर नहीं है। उसने एक-एक चेहरे को गौर से देखा। थके, उदास, लाचार, निरीह और हताश चेहरों का दर्द उसके भीतर उतरता चला गया। अनदेखा-अनजाना आतंक वहाँ मौजूद हर आदमी की आँखों में तैर रहा था। रामबाबू ने एक गहरी साँस ली, जैसे अपने भीतर नए सिरे से संकल्प-शक्ति भर रहा हो, "आप क्यों नहीं समझते कि इस मामले को लेकर एम.एल.ए. साहब तक को गाँव में क्यों आना पड़ा ? उन्हें आपके बच्चों को स्कूल में दाखिले का आदेश क्यों देना पड़ा ? देखिए, कानून आपके साथ है। डरने से काम नहीं चलेगा। अपना अधिकार लेने में डर कैसा ?"

कोई कुछ नहीं बोला। सन्नाटा गहरा था। रामबाबू ने बेबसी के साथ सबकी ओर निहारा, फिर हौसलाअफजाई करते हुए बोला, "ठीक है, मैं चलता हूँ। कल से आप लोग अपने बच्चों को स्कूल भेजिए। मैं सब सँभाल लूँगा।"

शाम ढल चुकी थी। रामबाबू ने अपनी साइकिल सँभाली। फेंकना सहित वहाँ मौजूद सभी मुसहरों ने प्रणाम करते हुए उसे विदा किया।

लेकिन अगले दिन मुसहर टोली के बच्चे स्कूल नहीं पहुँचे।

रामबाबू को जब पता चला कि मुखियाजी ने मुसहर टोलीवालों को बर्बाद कर देने की धमकी दी है, तो वह सन्न रह गया। उसकी समझ में नहीं आया कि वह क्या करे। आखिर अपनी बेबसी और मुसहरा टोलीवालों की स्थिति का खुलासा करते हुए उसने कामरेड विश्वनाथ को एक लम्बा पत्र लिखा।

एक हफ्ते की लम्बी प्रतीक्षा के बाद कामरेड विश्वनाथ का लम्बा पत्र रामबाबू को

मिला। वह पत्र को कई बार पढ़ गया। हर बार इस पत्र की पंक्तियाँ कुछ नए अर्थ खोलती प्रतीत होतीं। उसे आश्चर्य हो रहा था कि कामरेड विश्वनाथ के शब्दों में इतनी ताकत कैसे आ जाती है कि वह भीतर से और ज्यादा पुख्ता होने लगता है ? कामरेड विश्वनाथ की ये पंक्तियाँ उसे बहुत गहरे तक झकझोरती रहीं : ''साथी, तुम हालात को सरलीकृत करके देख रहे हो। दरअसल, दलितों के बच्चों को स्कूल में 'एडमीशन' देने को लेकर इतना बवाल किए जाने के पीछे छुआ-छूत कोई कारण है, ऐसी बात नहीं। आजकल, यह जकड़ सुविधानुसार ढीली भी हुई है, तो समस्या यह नहीं है। तुम गौर करो तो पाओगे कि वे तथाकथित 'मालिक लोग' अपनी रियाया पर से अपनी पकड़ छूट जाने के खतरे को सूँघ रहे हैं। वे महसूस कर रहे हैं कि आज तक सिर झुकाकर उनका हुक्म बजानेवाले कल उनकी बराबरी पर उतार आएँगे। उन्हें आशंका है कि उनमें कहीं हक लेने और लड़ने की हिम्मत आ गई तो उनकी सत्ता खतरे में पड़ जाएगी और वे यह सब इतनी आसानी से नहीं होने देंगे। इसीलिए कहता हूँ कि तुम जिन लोगों के लिए लड़ रहे हो उन्हें इस पूरे सच से वाकिफ कराओ। लड़ाई दोहरी है। एक साथ चतुर-चालाक शत्रु इन दोनों के खिलाफ लड़ने की तालीम देनी होगी। यही व्यावहारिक है, वैज्ञानिक भी।''

रामबाबू को पहली बार अपनी मासूमियत पर खीज हुई। उसे लगा कि वह अब तक जिस 'आदर्शवादिता' में जी रहा था, वह सही मायने में एक रोमानियत के सिवा कुछ नहीं। उसे हैरत हो रही थी कि वह अभी तक इन हालात से इतना अनजान कैसे था, कि वह अपने आसपास से इतना असंपृक्त कैसे रहा ? बहुत सारे सवाल उसके मन में उठते रहे और वह अपने आपको निहायत मूर्ख की तरह पा रहा था।

लेकिन उसका हौसला कामरेड विश्वनाथ की ये पंक्तियाँ लगातार बढ़ा रही थीं, ''साथी, इस सबके बावजूद इतना याद रखना कि तुम अकले नहीं हो। जब भी तुम्हें हमारी जरूरत महसूस हो, याद करना। हम तुम्हारे साथ हैं।''

फिर भी इस पूरे माहौल में रामबाबू अकेला था और बेहद कोफ्त महसूस कर रहा था। उसकी बेचैनी तब और बढ़ जाती है, जब वह देखता कि तालीम के नाम पर मासूम बच्चों के साथ मजाक किया जा रहा है। उसे कोई राह नहीं सूझ रही थी। वह बेमन से अपनी नौकरी बजाने में जुटा हुआ था।

इसी बीच एक अप्रत्याशित घटना हो गई।

उस दिन रामबाबू रोज की तरह जैसे ही स्कूल पहुँचा, हेडमास्टर पंडित रामप्रसाद तिवारी सहित स्कूल के शेष, शिक्षकों को एक साथ देखकर दंग रह गया। उसे याद आया कि आज वेतन का दिन तो नहीं है। फिर ? उसके चेहरे पर आश्चर्य का भाव स्पष्ट हो आया था, क्योंकि उसे देखते ही बदरी उपाधिया ने तपाक से कहा, ''आइए, माट साब, हम लोग आपके इन्तजार में थे।''

''क्यों ? ऐसी बात हो गई ?'' उसने एक कुर्सी खींचते हुए पूछा।

''अरे भाई, बात ई है कि...।'' हेडमास्टर पंडित रामप्रसाद तिवारी उछाह से भरकर

बोले, "आपका तबादला आदेश आ गया है।"

रामबाबू जैसे आसमान से गिरा। उसने मुँह से बेसाख्ता निकल पड़ा, "क्यों ?"

"हाँ भाई, राते एक विभागीय मुलाजिम आपका तबादला आदेश लेकर आ गया।" मास्टर तपेश्वर राय बोले, "आपको तुरन्त 'रिलीभ' हो के नई जगह पर जोगदान देने को कहा गया है।"

तमाम शिक्षकों की एक साथ मौजूदगी का रहस्य खुल गया था। रामबाबू कसमसा कर रह गया। उसने बेबसी से एक बार सभी की ओर उचटती नजर दौड़ाई। मास्टर बजरंगीलाल के होंठों पर गाढ़ी हो आई मुस्कुराहट उससे छिपी नहीं रह सकी। उसने बड़ी कठिनाई से पूछा, "आदेश कहाँ है ?"

"ई लीजिए।" तपाक से तबादला आदेशवाला कागज बढ़ाए हेडमास्टर पंडित रामप्रसाद तिवारी बोले, "आजे रिलीभ हो जाइए। हम सब कागज तैयार कर लिए हैं।"

तबादला-आदेश को गौर से देखने के बाद रामबाबू यकायक सख्त स्वर में बोला, "पंडितजी, आप भले ही जल्दी में हों। मुझे 'रिलीभ' होने की कोई जल्दी नहीं है।"

"क्या कहते हैं ?" अचकचाए हेडमास्टर पंडित रामप्रसाद तिवारी।

"जी !" रामबाबू ने घोषणा की, "मैं इस आदेश को रद्द कराऊँगा।"

सभी रामबाबू का मुँह ताकने लगे। बड़ी देर से चेहरों पर छलक रही खुशी पता नहीं कहाँ काफूर हो गई थी।

मास्टर बजरंगीलाल ने झेंप मिटानेवाले अन्दाज में कहा, "हाँ भाई, कोशिश करे में हर्ज का है।"

रामबाबू और ज्यादा देर तक रुककर कोई तनाव नहीं मोल लेना चाहता था। झटके से उठा और तबादला आदेश की प्रति लिए बगैर स्कूल से बाहर चला आया।

जिला शिक्षा अधीक्षक कार्यालय में रामबाबू का एक परिचित क्लर्क था। उसे ढूँढ़ने में रामबाबू को काफी मशक्कत करनी पड़ी। बड़ी मुश्किल से पता चल पाया कि वह क्लर्क शिक्षा अधीक्षक के कमरे में चल रही गोपनीय बैठक में है। और कब तक मीटिंग चलेगी यह किसी को मालूम नहीं। उसे बड़ी कोफ्त हुई। इस कार्यालय में वह जब भी आया है, एक अजीब किस्म की घबराहट उसे घेर लेती है। इस कार्यालय से उसका पहला साबका अपनी नियुक्ति के दिनों में पड़ा था। तब कामरेड विश्वनाथ ने ही इस क्लर्क के नाम एक चिट्ठी दी थी, जिसके जरिए उससे रामबाबू का परिचय हुआ था। और उस क्लर्क ने उस वक्त उसकी भरपूर मदद की थी। इसी विश्वास के सहारे वह सीधे शिक्षा अधीक्षक कार्यालय चला आया था। करीब दो-ढाई घंटे की लम्बी और उबाऊ प्रतीक्षा के बाद उस क्लर्क को शिक्षा अधीक्षक के कमरे से बाहर निकलते देख रामबाबू ने राहत की साँस ली। उस क्लर्क की नजर भी उस पर पड़ गई थी। अभिवादन का उत्तर देते हुए उस क्लर्क ने पूछा, "कहिए, कैसे आना हुआ ?"

"मेरा तबादला कर दिया गया है !"

आपका तबादला ? इतनी जल्दी ? खैरियत तो है ?" क्लर्क के चेहरे पर हैरानी उभर आई थी।

"यही तो मैं भी जानना चाहता हूँ।" रामबाबू में स्वर में आग्रह था।

"अच्छा देखता हूँ, मामला क्या है ?" क्लर्क ने कुर्सी का इशारा करते हुए कहा, "थोड़ी देर बैठिए !"

लगभग आधे घंटे बाद लौटकर उस क्लर्क ने कहा, "आइए, चाय पीते हैं।"

रामबाबू क्लर्क के साथ बाहर आया और चाय की दुकान में चाय समोसे का ऑर्डर देकर बेंच पर बैठ गया। वह क्लर्क उसके बेहद निकट बैठते हुए फुसफुसाया, "माट्साब, आपके खिलाफ गम्भीर शिकायतें हैं। आप पर गाँव में गुटबाजी करने और लोगों को भड़काने का आरोप है। सरकारी काम में बाधा पहुँचाने की भी शिकायत है। आपका तबादला तो इलाके के विधायक दीनानाथ पासवान के कहने पर किया गया है।"

सहसा विश्वास नहीं हुआ रामबाबू को वह हैरानी से उस क्लर्क का चेहरा ताकने लगा। वह क्लर्क बता रहा था, "ऐसे गम्भीर आरोपों के चलते तो निलम्बित किया जा सकता था, लेकिन चेतावनी के रूप में फिलहाल तबादला कर दिया गया है।"

यह सारी जानकारी रामबाबू के लिए हैरतअंगेज थी। वह बुरी तरह लहूलुहान हो गया था। भीतर-ही-भीतर अपना तबादला आदेश रद्द कराने की उसकी इच्छा ने दम तोड़ दिया था। वह बड़ी देर तक खामोश रहा। उसकी खामोशी को लक्ष्य करते हुए उस क्लर्क ने कहा, "देखिए माट्साब, नौकरी में यह सब चलता ही है। अभी आप नए हैं, इसीलिए हैरानी हो रही है। धीरे-धीरे आप खुद एडजस्ट कर जाइएगा।"

रामबाबू के भीतर सनसनी दौड़ गई। वह उठा और उस क्लर्क से बिदा लेकर सीधे सड़क पर चला आया।

रामबाबू गाँव लौटने के पूर्व विश्वनाथ से मिलने उनके डेरे पर गया, लेकिन वहाँ ताला बन्द मिला। थक-हारकर वह गाँव लौट आया।

उस रात रामबाबू सो नहीं पाया। एक अजीब-सी बेचैनी थी, जो उसे सारी रात परेशान किए रही। उसकी आँखों के सामने कभी बेसिक प्राइमरी पाठशाला बलुआ-तराँव घूम जाता, तो कभी खूँखार मुखिया का चेहरा, तो कभी एम.एल.ए. दीनानाथ पासवान का चेहरा। कभी इन सारे चेहरों के बीच से उभरती कातर आँखें और दयनीय मुद्रा लिए फेंकना, पशुपति और बिसुन मुसहर के चेहरे। रामबाबू के लगता ये सारे चेहरे उससे मुखातिब हैं, और वह इन सभी से अपनी आँखों चुरा रहा है। वह भाग जाना चाहता है।

उधेड़-बुन संकल्प-विकल्प की यह रात उस पर बेहद भारी गुजरी थी। वह असमंजस में फँसा, ऊहापोह में उलझा किसी निश्चित उत्तर की तलाश नहीं कर पाया

था। बड़ी देर तक आँखें बन्द किए बिस्तर पर पड़ा रहा।

अन्ततः वह उठा। जल्दी-जल्दी तैयार हुआ। तबादला आदेश की प्रति जेब में डाली। साइकिल उठाई और चल पड़ा बेसिक प्राइमरी पाठशाला बलुआ-तराँव की ओर।

लेकिन मुसहर टोली के करीब पहुँचते-पहुँचते रामबाबू की साइकिल की रफ्तार धीमी पड़ गई। उसके कानों में आल्हा गाते फेंकना की आवाज रस घोल गई। उसकी मुट्ठियाँ साइकिल के हैंडिल पर जोर से कसीं और वह रुक गया। फेंकना की झोंपड़ी के बाहर गाल जमी थी। फेंकना पूरे तरन्नुम में था। ढोलकी पर उसकी उँगलियाँ बिजली की गति से नाप रही थीं। वह आँखें मूँदे गाए जा रहा था :

बहुत देर आल्हा को हुई गई।
मालिखे सोचि-सोचि रहि जाय॥
मालिखे सोचे अपने मन में।
अरू उदल से कहि सुनाय॥

रामबाबू के भीतर जैसे तनाव घुलता-सा लगा। वह मन्त्रमुग्ध बिना कोई व्यवधान पैदा किए, चुपचाप 'आल्हा' की पंक्तियाँ सुनता रहा। अचानक चिलम टानते गोल में से किसी की नजर उस पर पड़ गई। वह फुसफुसाया और देखते-देखते सब कुछ थम गया। क्षण-भर को एक गहरा सन्नाटा उभरा। रामबाबू सकपकाया। अपने चारों ओर झेंपते हुए देखा। जब तक वह सँभले, "जय हो मालिक" का समवेत स्वर उभरा और वह सराबोर हो गया।

सबके अभिवादन का हाथ उठाकर उत्तर देते हुए रामबाबू ने साइकिल को स्टैंड पर खड़ा किया। पशुपति और बिसुन उसके करीब आए। फेंकना घुटने में फँसी ढोलकी की रस्सी निकालने लगा। कुछ सूअरें "गुर्र...गुर्र..." की आवाजें निकालतीं रामबाबू के करीब से गुजरीं। दुर्गन्ध का एक तेज भभूका उठा। उन सूअरों के पीछे कई छोटे-छोटे बच्चे दोड़े। दुर्गन्ध यकायक कहीं विलीन हो गई। रामबाबू को लगा, उसके बगल से बच्चे नहीं, कुछ सवाल गुजरे हैं।

हाथ बाँधे पशुपति मुसहर ने आश्चर्य व्यक्त किया, "सुना है सरकार, कि आपकी बदली हो गई है ?"

एक फीकी मुस्कुराहट रेंग गई रामबाबू के होंठों पर, "हाँ, पशुपति मेरा तबादला कर दिया गया है। मुझे यहाँ से जाना होगा।"

फेंकना का चेहरा उतर गया था। बड़ी मुश्किल से बोल पाया, "हमीं अपराधी हैं, सरकार, जो आपको मुसीबत में डाला।"

उसकी पनियाई आवाज रामबाबू को छू गई। हिम्मत नहीं हो रही थी कि वह फेंकना से आँख मिला सके। किसी तरह स्वयं को संयत करते हुए वह फेंकना से सम्बोधित हुआ, "ऐसी बात नहीं है, फेंकना भाई। एक अध्यापक होने के नाते मुझे जो करना चाहिए था, मैंने वही किया। मलाल तो इस बात का है कि मैं चाह कर भी तुम्हारे बच्चों के लिए कुछ नहीं कर पाया।"

"सरकार ! ई का कम है कि आप हमनी सबको आदमी बूझे !" विह्वल हो आया बिसुन अपनी रौ में बोला, "ई गाँव के बड़कवा लोग के खातिर तो हमनी सब जानवरे हैं, मालिक।"

रामबाबू चौंका। बिसुन का उस पर यह भरोसा अनायास है क्या ? बिसुन के मन में आदमी और जानवर के फर्क की बात अचानक उठी है क्या ? नहीं...यह सब अनायास नहीं है। उसे लगा कि ये लोग उसकी बात का अर्थ समझने लगे हैं। अपने होने को महसूस करने लगे हैं। उसने बिसुन से मुखातिब होते हुए पूछा, "अच्छा बिसुन, तुम सबकी इस बदहाली का जिम्मेदार कौन है ?"

यह एक अबूझ प्रश्न था। किसी को कोई उत्तर नहीं सूझा। सबके सब रामबाबू को अवाक् देखते रहे। उनकी चुप्पी का अर्थ बहुत स्पष्ट नहीं था। उसने एक-एक चेहरे को निहारते हुए कहा, 'भाई, आप लोग स्वयं अपनी बदहाली के जिम्मेदार हैं। लेकिन यही बदहाली आपके बच्चे भी भोंगे, यह जरूरी है क्या ?"

"सरकार आपके कहनाम तो ठीक है।" पशुपति मुसहर ने थोड़ा दृढ़ होते हुए मन की बात रखी, "बाकी हमनी सब अब का कर सकते हैं ? एक तो आपका सहारा था। तो उहो टूट गया।"

पशुपति मुसहर की यह खालिस पीड़ा रामबाबू के सामने तनकर खड़ी हो गई थी। उसके भीतर बड़ी तेज उथल-पुथल होने लगी। उससे कुछ कहते नहीं बना। फेंकना, बिसुन, पशुपति सहित तमाम लोग प्रश्नवाचक की तरह उसकी ओर मुखातिब थे। उसे लगा कि वह सख्त परीक्षा की घड़ी से गुजर रहा है। निर्णय का यह क्षण बहुत ही कठिन था, लेकिन रामबाबू को लगा कि वह आखिर भागकर जाएगा भी कहाँ ? कहाँ-कहाँ भागेगा ? और किस-किससे भागेगा ? फिर...फिर...यह मोर्चा जो उसने स्वयं खोला है, यह लड़ाई, जो उसने स्वयं छेड़ी है, उसे यूँ अधूरी छोड़ देना उसकी विवशता क्यों है ? क्या महज एक नौकरी ही उसका अभीष्ट है। सारे नुकीले सवाल उसे कोसने लगे और वह भीतर-ही-भीतर निर्णय-अनिर्णय के ऊहापोह में ऊभचुभ होता रहा।

सन्नाटा कहीं ज्यादा बेधक हो आया था। लेकिन इस सन्नाटे को अचानक उभरी किसी की सिसकी ने बेध कर रख दिया। रामबाबू ने देखा, यह फेंकना था, उसकी आँखें डबडबाई हुई थीं। वह अपने अँगोछे को मुँह में ठूँसे अपनी फूट पड़ती रुलाई को रोकने की जबरन कोशिश कर रहा था। रामबाबू हिल गया। रोम-रोम आर्द्र हो उठा। अपने इर्द-गिर्द खड़े लोगों को गौर से देखा, सबकी आँखों में उसके प्रति छलकती अगाध आस्था। उलझन के गुँजलके तार-तार होने लगे। सधे कदमों से फेंकना के पास पहुँचकर उसके कन्धे थपथपाते हुए उसने झिड़की दी, "नहीं फेंकना, रोते नहीं। आल्हा गानेवाला आदमी रोए यह अच्छा नहीं लगता।"

फेंकना को प्यार सहेजते हुए रामबाबू वहीं बैठ गया। फिर तमाम लोगों को बैठने का इशारा करते हुए उसने बेहद उमंग के साथ फेंकना से इसरार किया, "फेंकना, भाई, आल्हा सुनाओ।"

फेंकना ने चुपचाप यन्त्रवत अपनी ढोलकी खींची और घुटनों में फँसा लिया। अँगोछे, से आँखें पोंछी, खँखार कर गला साफ किया और फिर ढोलकी पर थाप देने लगा। ढोलकी से टन-टनाटन के तीखे स्वर फूटे। फेंकना ने आलाप लिया और 'भवानी जगदम्बा' को सुमिरने के बाद ढोलकी पर उसके हाथों की थाप तेज होती चली गई। उसकी आवाज ठोस हो गई थी। सिर मस्ती में झूमने लगा था। आँखें मूँदे वह गाए जा रहा था :

दगी सलामी दानों दल में।
धुँअना रहो सरग मड़राय॥
अरर्रर-अरर्रर गोला छूँटें।
बादर गर्जन के उनहार॥
सन्-सन्-सन्-सन् गोली छूटे।
ज्यों पुरवइया चले बयार॥

ढोलकी पर फेंकना की बिजली-सी नाचती उँगलियों ने रोमांच पैदा कर दिया था। युद्ध के गहराते-गहराते क्षणों को दृश्य रूप में बाँधने की अद्‌भुत कला थी फेंकना के पास। रगें फड़कने लगीं। रक्त का प्रवाह तेज होने लगा। पंक्ति-दर-पंक्ति साँसें रोके सुनता रहा रामबाबू।

अजीब बेख्याली तारी होने लगी थी उस पर। बेख्याली के इस आलम में कब उसका हाथ कुर्ते के जेब में गया। कब तबादला आदेशवाला कागज बाहर निकला और कब कागज का वह टुकड़ा चिन्दियों में तब्दील हो गया, वह नहीं जान पाया। उसकी तन्द्रा तो तब टूटी, जब फेंकना का सुर एक झटके से थमा, ढोलकी की आवाज एक तेज थाप के साथ रुकी और यकायक जैसे सब कुछ ठहर गया। उसने बेहद इत्मीनान और आत्मविश्वास से मुट्ठी में बन्द चिन्दियों को हवा में उड़ा दिया। उसे लग रहा था। जैसे उसने अपनी नौकरी की नहीं, हेडमास्टर पंडित रामप्रसाद तिवारी, मुखिया और एम. एल.ए. दीनानाथ पासवान की साजिश की चिन्दियाँ उड़ाई हैं।

फेंकना, बिसुन, पशुपति सहित वहाँ मौजूद तमाम मुसहरों ने रामबाबू की इस हरकत को हैरानी से देखा, लेकिन कोई कुछ समझ नहीं पाया। रामबाबू झटके से उठा और फेंकना के बच्चों को आवाज देने लगा, "बेटा, कल से सारे बच्चे तैयार रहना। मैं तुम लोगों को पढ़ाऊँगा। यहीं इसी बस्ती में।"

ग्रासरूट

रघुपति जिस वक्त राजधानी में दाखिल हुआ, गीली राख में से पुता आसमान उजास से भर गया था। परिन्दे हवा में पर मारने लगे थे। सन्नाटा काँव-कच्च-काँव-कच्च की आवाजों से भर गया था। कोहरे की नीली धुन्ध छँटने लगी थी और दृश्यों की पहचान साफ होने लगी थी।

उसने गाँधी मूर्तिवाले चौराहे पर पहुँचकर अपने-आपको संयत किया और फिर इत्मीनान की लम्बी-लम्बी साँसें लेते हुए भीतर तक ताजगी महसूस की। एकबारगी लगा, रास्ते की सारी थकान काफूर हो गई है और वह पूरी तरह ताजादम हो आया है। रात-भर लगी रही धुक-धुकी और किसी भी क्षण पकड़ लिए जाने की दहशत गायब हो चुकी थी। वह सुरक्षित क्षेत्र में पहुँच जाने की निश्चिन्तता से द्वन्द्वमुक्त हो चुका था।

उसे अपना होशो-हवास लौटता-सा लगा, और उसने पाया कि बदहवासी में गुम गई उसकी सोचने-समझने की शक्ति वापस आ गई है। उसे आश्चर्य हुआ कि केंचुए-सी अंझुराई जिन सड़कों के बारे में सोच-सोचकर वह सारी राह हलकान होता रहा था...इस वक्त उन्हें पहचानने में उसे कोई दिक्कत नहीं हुई, बल्कि वह उनके नाम लेकर सकता है कि कौन सी सड़क राजभवन जाती हैं...कौन सी मुख्य मन्त्री आवास...कौन सी विधान सभा और कौन सी एम.एल.ए. फ्लैट सचमुच यह चमत्कार ही था कि विस्मृति के अँधेरे में भक्क से कुछ कौंधा था। और सारा का सारा नक्शा दिमाग में रोशन हो गया था जैसे कोरी स्लेट इबारतों से भर गई हों।

वह पटना पहले भी दो-तीन बार आ चुका था। तब उसके साथ पार्टी कामरेड हुआ करते थे...धरना-प्रदर्शन...जलसा-जलूस की गहमा-गहमी हुआ करती थी...भाग-दौड़ ...आपा-धापी...मेला घूमने आए बच्चे का-सा उत्साह हुआ करता था। एक लापरवाह बेफिक्री जैसे उसे पटना से क्या लेना-देना ? तब उसे क्या पता था कि एक दिन उसे अकेले पटना आना पड़ सकता है, वह भी विकट परिस्थितियों के बीच ?

पटना भेजने की जिद पर अड़े उसके साथियों ने उससे कहा था, "रघुपति भाई, इस मुसीबत से छुटकारा कामरेड रामराज ही दिला सकते हैं। तुम्हारा पटना जाकर उनसे मिलना बहुत जरूरी है।"

उस कुच-कुच अन्हरिया में भी दीये की लौ टिमटिमाई थी और रोशनी की लकीर दूर तक खिंचती चली गई थी। कामरेड रामराज का ताँबई चेहरा...स्निग्ध आँखें...प्रशस्त ललाट...जोशीला स्वर...आत्मीय व्यवहार सबकुछ आँखों में नाच गया था। उन कठिन

क्षणों में भी कामरेड रामराज प्रकाश स्तम्भ की तरह उभरे थे और वह तत्काल किनारा पा लेने की उत्तेजना से भर गया था।

कामरेड रामराज से मिलना हमेशा उत्तेजक हुआ करता है। हर बार नए अनुभव, विचार और विवेक की नई ऊँचाइयाँ छूने की-सी उत्तेजना। पहली बार, ज़ब वह उनसे मिला था तो सहसा विश्वास नहीं हुआ था कि जिस शख़्स के नाम से बड़े-बड़े भू-पतियों का खून सूखने लगता है, वह इतना सरल...सहज और करुणा से भरा हुआ है। वह तो बहुत बाद में जान पाया था कि सच्चा क्रान्तिकारी स्नेह और साहस की दोधारी तलवार हुआ करता है। उन्हें देखकर उसे अक्सर 'नारिकेल सदृश' उक्ति की याद आती रही है।

वह इस वक्त भी कामरेड राजराज से मिलने की उत्तेजना से भरा हुआ था। एम. एल.ए. फ्लैट जानेवाली सड़क को तजबीजते हुए उसने अन्दाज लगाया, हद से हद बीस मिनट की दूरी होगी। बीस मिनट बाद वह कामरेड रामराज के सामने होगा, यह ख्याल ही उसे रोमांचित कर गया। आवेग के अतिरेक में वह उभ-चुभ होने लगा। कई-कई प्रश्न सिर उठाने लगे। कामरेड रामराज का कैसे सामना करेगा वह ? क्या कहेगा उनसे ? किस तरह शुरू करेगा अपनी बात ?

बैठक देर तक चलती रही थी !

वातावरण में सनसनी व्याप्त थी और निर्णय का क्षण सुई की नोक पर टँगा थरथरा रहा था। आशंका...कुशंका...ऊहापोह...असमंजस...संकल्प...विकल्प...निर्णय...अनिर्णय की धुन्ध छँट गई थी। सबने एक स्वर से सहमति जताई थी–बेगारी बन्द ! जब तक वाजिब मजदूरी नहीं मिलती हरवाही...चरवाही...दौनी...कटनी सब ठप्प !

खबर बिशुनपुर में जंगल की आग की तरह फैली थी और देखते-ही-देखते बबुआन टोल धू-धू कर जलने लगा था।

ग्राम प्रधान राघव राम अगिया बेताल हो गए थे। एड़ी की लहर कपार पर चढ़ गई थी। पोरसा-पोरसा भर कूदते हुए उन्होंने आग उगली थी, "चमार...दुसाध सबका दिमाग खराब हो गया है...स्साला सब आग में मूतने लगा है...बाकी हम ऊ सबका हड़ताल ऊ सबकी...में नहीं घुसेड़ दिया तो हमारा नाम भी प्रधान राघव राय नहीं।"

उन्होंने 'ग्राम प्रधान राघव राय' का उच्चारण भूतो न भविष्यतो के अन्दाज में किया था, लिहाजा बबुआन टोल पर गहरा रुआब ग़ालिब हुआ। रुआब के इस तार को और कसते हुए उन्होंने एलान किया था, "स़सुर चमरटोली को फूँक कर ताप नहीं गए तो हम भी असल की औलाद नहीं।"

उनकी असलियत पर बबुआन टोल को कभी कोई सन्देह नहीं रहा। ऐसे अनेक अवसर आते रहे हैं, जब उन्होंने अपने-आपको असल साबित करके दिखाया है और हर बार उनकी मूँछों में कुछ ज्यादा ऐंठन आई है, नाक कुछ और ऊँची हुई है, सीना

कुछ और चौड़ा हुआ है, सो इस बार भी वह अपना असल रंग जरूर दिखाएँगे, यह विश्वास पूरी बबुआन टोल को था।

मामला विश्वास का था और ग्राम प्रधान राघव राय सबके विश्वास पर खरा उतरने को वचनवद्ध थे, इसलिए देर रात तक अपनी बैठक में टकटकी बाँधकर जमे बाबू साहब लोगों को उन्होंने आश्वस्त करते हुए विदा किया था, "आप लोग फिकिर मत करिए...बस, देखते जाइए कइसे ई सबका दिमाग ठिकाने लगाते हैं हम...गोड़धरिया करेगा स्साला सब...गोड़धरिया !"

ग्राम प्रधान राघव राय की मूँछों में खेलती मुस्कुराहट बबुआन टोल को निहाल कर गई थी। लोग इत्मीनान से उठे थे और अपने-अपने घरों को रुखसत हो गए थे।

उस रात ग्राम प्रधान राघव राय को नींद नहीं आई थी। कभी इस करवट तो कभी उस करवट बिछावन पर गरई मछरी-सा तड़फड़ाते रहे थे वह, लेकिन किसी कल चैन नहीं था उन्हें। जबरन सोने की कोशिश में आँखें मूँदते भी सिपहिया-सुरसतिया का बेटा रघुपतिया की सूरत आँखों के आगे नट्नृत्य करने लग जाती—तक-तक-धिन्न-धिन्न ! धिन्न-धिन्न-तक-तक...धम्म !

धम्म...धम्म...धम्म ! कोई भारी चीज उनके सीने में उतरती चली गई थी, मानो कोई घन चला रहा हो। हड़बड़ाकर बिछावन पर उठ बैठे थे। सामने करियत साँप-सा अँधेरा कुंडली मारे फुँफकार रहा था। देह पसीने-पसीने हो आई थी। साँस भाथी की तरह चलने लगी थी। अवश-असहाय से वह छत की कड़ियों को घूरने लगे थे। गोया उन कड़ियों में ही नींद उल्टे सिर लटकी हो। भीतर-ही-भीतर सिहरन-सी दौड़ गई थी। आँखें फाड़-फाड़ कर अँधेरे को फाड़ने की कोशिश नाकाम होती लगी थी।

वह पलंग से उठकर खड़े हो गए थे। पैरों से टो-टो कर चप्पल पहनी थी। अँधेरे में ही चहलकदमी शुरू कर दी थी। इस छोर से उस छोर। उस छोर से इस छोर। बेचैनी के इस आलम में उन्हें लगा था, कोई परछाईं लगातार उनका पीछा करते हुए ललकार रही है, "बहुत अनेत कर दिए बाबू साहेब...अब नहीं चलेगी बाबू साहिबी !"

अछोर-अँधेरे में भी तर्जनी ताने रघुपतिया उन्हें चुनौती देता दीख रहा था। जिनगी-भर जिसके माँ-बाप उनकी बेगारी करते-करते मर-खप गए, उन्हीं का बेटा उनके सामने सिर ताने खड़ा था, इस ख्याल से ही तड़पकर रह गए थे वह। मन-ही-मन रघुपतिया की सूरत को पचासों जूते लगाते हुए दाँत किटकिटाए थे—"सब खुराफात का जड़ ईहि है, स्साला ! इसकी नेतागिरी छटकाना अब जरूरी हो गया है।"

निर्णय के इस बिन्दु पर भी उनकी बेकली कम नहीं हुई थी। बाहर अँधेरा-भाँय-भाँय कर रहा था, भीतर उसकी गिरफ्त कसती जा रही थी। उन्हें पहली बार रात इतनी भारी लग रही थी जैसे अपने हाथ-पाँव तुड़ा कर हमेशा के लिए बैठ गई हो।

भुरुकवा कब डूब गया। भिनसार कब हुई। कुछ नहीं जान पाए थे ग्राम प्रधान राघव राय।

अपनी दुआरी पर मचे कुहराम से उनका ध्यान टूटा था। पल-भर को अचकचाए, फिर वहीं खड़े-खड़े बाहर उठते शोर का जायजा लेने लगे थे।

"ई तो सूरजदेव है।" अपने बेटे की आवाज पहचान कर उनके कान खड़े हो गए थे, "काहे इतना हकड़ रहा है, ससुरा ? क्या हुआ उसे जो भोर-भिनसारे पगहा तुड़ाए हुए है ?"

झटपट धोती ठीक की। लपक कर कोने में पड़ी लाठी खींची और चीखते हुए बाहर की ओर दौड़ पड़े, "का हुआ सूरजदेव ? का हुआ ?"

दुआरी पर मजमा लगा हुआ था। बबुआन टोला के लोगों को जमा देख राघव बाबू का माथा घूम गया। उनकी समझ में कुछ नहीं आया—आखिर माजरा क्या है ?

सूरजदेव मरखन्ने बैल-सा पैंतरा दे रहा था। बाप को देखते ही वह अपने पंजों में जकड़े रमेसरा और रजुली को गर्दनिया देकर चिंघाड़ा, "ई स्साला, मरद-मेहरारू अपने खेत से आलू चुरा रहा था...हम दिसा-मैदान गए थे तो हमको देखकर भागने लगा सब...खदेड़ कर पकड़ा है दोनों को।"

ग्राम प्रधान राघव राय को सारा माजरा एक झटके में समझ में आ गया। वह बेटे की चालाकी पर मन ही मन मुस्कुराए। उन्होंने लाठी जमीन पर पटकते हुए सूरजदेव को टिटकारी दी, "मार, मादर...को...हाथ-गोड़ तोड़कर रख दे...देखते हैं, कौन बचाता है ई सबको !"

सूखे पत्ते-सा थर-थर काँप रहे रमेसरा और रजुली की तो जैसे घिग्घी ही बँध गई थी। दोनों अर्रा कर राघव राय के पैरों में जा गिरे, "दुहाई हो मालिक, दुहाई ! हम मरद-मेहरारू खेतवा में झाँकहूँ नहीं गया, सरकार ई सूरज बाबू हमनी सबका सोते उठा लाए हैं।"

यह हिमाकत थी ! सरासर हिमाकत ! ! सूरजदेव का माथा खराब हो गया। तन-बदन में आग लग गई। वह कटखन्ना कुत्ते-सा झपटा और रजुली का झोंटा पकड़कर भीड़ के बीचोंबीच घसीट ले आया। उसके मुँह से थूक और गालियों की बौछार एक साथ निकल रही थी, "मुँहजोरी करेगी स्साली...मुँहजोरी। हम तोरा घर से उठा के लाए हैं, तो खेतवा में अपने भतार के साथ का कर रही थी ?"

रजुली का चेहरा लाल भभूका हो आया। वह तमतमा कर पलटी और सूरजदेव पर बिफर पड़ी, "एतना बड़ा झूठ काहे बोल रहे हैं, सूरज बाबू ? ई अनेत भगवानों देख रहा है !"

"भगवान की अठराजी ! अभिए हम देखाते हैं तोरा तीनों तीरलोक !" सूरजदेव के नथुने फूलने-पिचकने लगे थे। उसने रजुली को हुरपेटते हुए उसके कूल्हे पर इतनी जोर से लात जमाई कि वह 'बाप रे, बाप' चीखती हुई औंधे मुँह जमीन पर जा गिरी। रजुली की आर्तनाद से रमेसरा का कलेजा फट गया। वह चोटिहल साँप-सा फुँफकारने

लगा, "खबरदार बाबू साहेब, ओके जो हाथ लगाया।"

धरती मानो चक्करघिन्नी की तरह घूम गई। ब्रह्मांड नाचता-सा दिखा। धिक्कार हो ग्राम प्रधान राघव राय। धिक्कार ! ! जिसका सात पुश्त सिर उठाके नहीं चला ऊहे आज सगरी बिरादरी के सामने तुमरी औकात दिखा दिया। धिक्कार है तुमरी बाबू साहिबी पर ! धिक्कार !!

अगले ही क्षण ग्राम प्रधान राघव राय पगलाए हाथी की तरह रमेसरा पर टूट पड़े। लप्पड़-थप्पड़, लात-घूँसा कुछ नहीं सूझा। उनके सिर पर जैसे खून सवार हो गया था। उन्होंने रमेसरा को ठेहुनिया देते हुए पटका और सीने पर चढ़ बैठे। रमेसरा की हड्डियाँ तड़-तड़ा गईं। वह दर्द के मारे बुरी तरह छपटाने लगा।

जब तक कोई समझता सूरजदेव ने तेल पिआई लाठी तान ली थी। निशाना साधकर रमेसरा के सिर पर इतनी जोर से वार किया कि रमेसरा की खोपड़ी खुल गई। फुटहरी की तरह दो फाँक हो गए रमेसरा के माथे से बल-बल खून बहने लगा था। धरती खून-खून हो गई। जिबह होते खस्सी की तरह रमेसरा तड़फड़ाया और फिर उसका शरीर निश्चेष्ट पड़ गया।

अपने मरद की यह हालत देखकर तो जैसे रजुली के भीतर हाहाकार मच गया। वह पछाड़ खाकर रमेसरा की देह पर गिरी और उससे लिपट-लिपटकर अपने सीने पर दोहत्थड़ मारने लगी, "अरे हमरा रजवा के जान ले लिहिस कसइया...! पपीया सबके उठावऽहे दइब !"

"स्साली, नौटंकी करती है।" किचकिचाकर दाँत पीसते हुए ग्राम प्रधान राघव राय आपे से बाहर हो गए। आव-देखा न ताव बाज की तरह झपट्टा मारकर रजुली की गर्दन अपने पंजों में जकड़ी और फिरकिन्नी की तरह उसे हवा में घुमाते हुए चीखने लगे, "आउर सरापेई, स्साली आउर ! बोल तो इन्हें टेंटुआ दबा दें तोरा !"

रजुली की साँस घुटने लगी थी। मुँह से 'गों-गों' की आवाजें निकलने लगीं। ग्राम प्रधान राघव राय के चंगुल से छुड़ाने की कोशिश में छटपट करने लगी वह। हाथ-पैर फेंकते हुए उसने सारा जोर लगा दिया, लेकिन ग्राम प्रधान राघव राय की जकड़ ढीली नहीं हुई। उल्टे उसके इस दुस्साहस पर ग्राम प्रधान राघव राय का खून खौल उठा। वह रजुली को कस कर झपिलाते हुए चीखे—"रंडी कहीं की...जवानी का जोर दिखाती है...ढेर उफनाएगी तो सारा जोश ठंडा कर देंगे...!"

रजुली की देह में झुरझुरी छूट गई। सहमी-कबूतरी-सी उसने भीड़ को निहारा। उसकी कातर आँखें शिव शंकर बाबू...रामदहिन बाबू...गजाधर पांडे...चरित्तर सिंह पर एक-एक कर घूमती चली गईं। लेकिन वहीं कोई हिलडुल नहीं हुई। कठकरेज-से खड़े थे लोग जैसे सबको साँप सूँघ गया हो।

वह हिकारत से भर गई। भीतर हूल उठी और उसने धरती पर थूक दिया—आक् थू !

चर्र ! चर्र !! चर्र !!!

रजुली की पुरानी चीकट लुगरी फटती चली गई थी। ब्लाउज के चीथड़े उड़ गए थे। पीठ नंगी हो गई थी। छातियाँ उघाड़ हो गई थीं। देखते-ही-देखते आपाद-मस्तक निर्वसन हो गई थी।

रजुली की आँखों के आगे अँधेरा छा गया था। उसका रोम-रोम कलप उठा—फटो हे धरती मइया, फटो ! लाज रखो हे डीह बाबा। दुहाई हो नकटी माई ! सहाय हो काली माई !

मन-ही-मन सभी देवी-देवता गुहार गई वह, लेकिन कोई सहाय नहीं हुआ बाँहों में अपनी छातियों को छुपाए वह वहीं धरती में गड़ गई। उसकी सृष्टि में प्रलय मच गई थी। उसकी दुनिया में भूचाल आ गया था। वह फूट-फूटकर रो पड़ी।

रजुली की आँखों के आँसू सूखने से पहले ही ग्राम प्रधान राघव राय की जिन्दगी में प्रलय आ गई।

रमेसरा को बड़का गाँव थाना पहुँचा कर लौट रहे ग्राम प्रधान राघव राय और उसके बेटे सूरजदेव को रघुपतिया ने अपने साथियों के साथ उसी शाम गाँव के बाहर सीवान में घेर लिया।

साँझ के धुँधलके में भाँय-भाँय करते निचाट सीवान में दूर-दूर तक कोई आगम नहीं था। न चिरई, न चुरूंग। न आदम, न आदमजात। रह-रहकर अगहनिया के खेत में किसी सियार के फेंकरने की आवाज उठती और फिर सीवान कहीं ज्यादा भकसावन लगने लगता। निस्तब्धता कहीं ज्यादा हौलनाक हो उठती। छवर के नीचे थाह लगा कर बैठे रघुपति और उसके साथियों के सीने तेजी से धड़कने लगते। मुट्ठियाँ लाठियों पर मजबूती से कस जातीं। रगों में रक्त प्रवाह और तेज हो जाता।

प्रतीक्षा का क्षण-क्षण भारी गुजरा। दूर से आती मोटरसाइकिल की आवाज सुनकर रघुपति का धैर्य छूट गया। उसने अपने साथियों को आँखों से इशारा किया और फिर छलाँग लगाकर छवर के किनारे पंजों के बल उकडूँ बैठ गया। मोटरसाइकिल जैसे ही निकट पहुँची उसने अगले चक्के में लाठी भिड़ाकर मोटरसाइकिल को उलट दिया। पटखनिया खाती मोटरसाइकिल बनबिलाव-सी गुर्राती दूर तक घिसटती चली गई। मोटरसाइकिल पर सवार सूरजदेव मुँह के बल जमीन पर आ गिरा। उसके पीछे बैठे ग्राम प्रधान राघव राय ढिमलाते हुए छवर के बीचोंबीच छितरा गए। उनके मुँह से कराह निकल गई। दोनाली कन्धे से छिटक कर दूर जा पड़ी।

छवर के नीचे छिपे रघुपति के साथी बर्रे के झुंड की तरह बन्न-बन्न बाहर निकले और देखते ही देखते ग्राम प्रधान राघव राय पर काल की तरह टूट पड़े। साँय-साँय सनसनाती लाठियाँ हवा में नाचीं और ग्राम प्रधान राघव राय का शरीर दोहरा हो गया। माथा पके फूट की तरह फट पड़ा। देह खून से नहा गई। जीभ बाहर खिंच गई, आँखें उलट गईं। गर्दन ऐंठी। एड़ियाँ फड़फड़ाईं और वह थोड़ी देर तड़पकर वहीं शान्त पड़

गया।

इस आपा-धापी में सूरजदेव बच निकला। जब तक रघुपति का ध्यान उसकी तरफ जाता वह अँधेरे को चीरता हुआ अगहनिया के खेत में जा घुसा।

बालियाँ दूर तक हिलती दिखाई दीं। कुछ लोग उस ओर दौड़े भी पर उसने हाथों के इशारे से उन्हें रोकते हुए कहा, "कोई फायदा नहीं !"

ग्राम प्रधान राघव राय की लाश छवर के बीचोबीच औंधे मुँह पड़ी थी। उसने हिकारत से लाश को ठोकर मारी और हाथ हवा में लहराते हुए नारा लगाया—"इन्कलाब !"

आसमान 'जिन्दाबाद ! जिन्दाबाद !!' के जयघोष से भरा गया।

नारों की अनुगूँज कानों में अभी भी गूँज रही थी।

एम.एल.ए. फ्लैट जानेवाली सड़क पर रघुपति के पाँव आगे बढ़ रहे थे। मन पीछे भाग रहा था। लग रहा था, रास्ता लम्बा होता जा रहा है। डग छोटे पड़ते जा रहे हैं।

कामरेड रामराज ने यह दूरी कैसे तय की होगी ? अचानक कौंधे इस प्रश्न पर रघुपति सिहर गया। उसे कामरेड रामराज की वह पीड़ा अन्दर तक बेध गई, जब उन्होंने गहरे अवसाद में डूबकर कहा था, "इस दूरी को तय करने में पूरे बीस बरस लगे हैं, साथी, बीस बरस !"

बीस बरस लम्बी लड़ाई निर्णायक मोड़ पर आ खड़ी हुई थी। कामरेड रामराज ने पार्टी नेताओं की मीटिंग में विरोध का झंडा बुलन्द कर दिया था, "कामरेड, यह पार्टी के मूल सिद्धान्तों और उद्देश्यों से सरासर पलायन है। अगर हमने भी चुनाव का ही रास्ता अख्तियार किया तो हममें और दूसरी बुर्जुवा पार्टियों में फर्क ही क्या रहा?"

"फर्क पार्टी लाइन का नहीं है, कामरेड !" वरिष्ठ कामरेड मधुसूदन पाठक ने हस्तक्षेप किया था, "हम पार्टी लाइन में कोई तब्दीली करने नहीं जा रहे हैं...हमारी प्राथमिकताओं में कोई बदलाव नहीं होनेवाला है !"

कामरेड रामराज इस दलील से सन्तुष्ट नहीं हुए थे। उन्होंने कहीं ज्यादा सख्ती से प्रतिवाद किया था, "लेकिन कामरेड, ऐसा कैसे हो सकता है कि हम चुनाव भी लड़ें और हमारी प्राथमिकताओं...लाइन ऑफ एक्शन पर भी कोई असर न पड़े ?"

प्रश्न नुकीला हो गया था। माहौल असहज। पूरी उपस्थिति पर रहस्यमय सन्नाटा छा गया था।

कामरेड पाठक ने बेचैनी से पहलू बदला था और कामरेड रामराज की आँखों में आँखें डालकर कुछ इस तरह मुस्कुराए थे कि क्षण-भर को सारी सृष्टि थम गई थी। अजीब सम्मोहन था उनकी आँखों में।

"कामरेड, हममें और दूसरी पार्टियों में यही फर्क है।" कामरेड पाठक के स्वर में जादू-सा बोल रहा था, "हमारे लिए चुनाव प्राथमिकता नहीं, महज प्रयोग है। हम इस तरीके से जनता में अपनी पहचान को विस्तार देने और अपनी पैठ को मजबूत बनाने

में कामयाब होंगे। हम सशस्त्र संघर्ष के रास्ते को भी नहीं छोड़ेंगे और क्रान्तिकारी संसदीय विकल्प के रूप में भी जनता के सामने जाएँगे, ताकि जन-संघर्ष की लड़ाई को और तेज कर सकें। आज समय की यही माँग है। तजुर्बे का यही तकाजा है।''

सम्मोहन तालियों की गड़गड़ाहट से टूटा था। थिराए जल में हलचल-सी हुई थी। कामरेड रामराज ने पाया था कि इस समवेत स्वर में निर्णायक घोष निहित है। अपनी असहमति के बावजूद वह अनुशासित कार्यकर्त्ता के नाते चुप लगा गए थे। उन्हें पार्टी का निर्णय स्वीकार करना पड़ा था।

''व्यक्ति पार्टी से बड़ा नहीं होता।'' कामरेड रामराज का यह सूत्र वाक्य अन्ततः उन्हीं के गले आ पड़ा था।

पार्टी ने उन्हें उम्मीदवार बनाने का निर्णय ले लिया था। वह पार्टी के इस निर्णय पर छान-पगहा तुड़ाकर भाग खड़े हुए थे। उन्होंने अपने सूत्र वाक्य को तिलांजलि देते हुए अपना दो टूक जवाब सुना दिया था, ''मैं ग्रासरूट का वर्कर हूँ...चुनाव-उनाव का झमेला मेरे वश की बात नहीं।''

इस बार भी उन्हें वश में किया था वरिष्ठ कामरेड मधुसूदन पाठक ने ही। उनकी सम्मोहक मुस्कुराहट में एक बार फिर बँध गए थे कामरेड रामराज। ना-नुकुर के बावजूद उन्हें पार्टी का आदेश शिरोधार्य करना पड़ा था। उनका नामांकन स्वयं कामरेड मधुसूदन पाठक ने अपनी मौजूदगी में दाखिल कराया था।

नामांकन के तुरन्त बाद पार्टी कार्यकर्त्ताओं की मीटिंग बुलाई गई थी। कामरेड रामराज ने अपने पहले ही भाषण में समाँ बाँध दिया था। पार्टी कार्यकर्त्ताओं का आह्वान करते हुए उन्होंने कहा था, ''साथियो, हमारी ताकत मेहनतकश अवाम है। यह चुनाव हम उसी के भरोसे लड़ रहे हैं। एक तरफ निरंकुश राजसत्ता, माफिया गिरोह और पूँजीपतियों की पिट्ठू पार्टियाँ हैं, तो दूसरी तरफ इन सबसे लोहा लेती मेहनतकश जनता। हम उस जनता के पास जाएँगे। शोषितों, दलितों वंचितों की जिस लड़ाई को हम खेत-खलिहान में लड़ते रहे हैं, अब उसे संसद और विधान सभा में भी लड़ेंगे। हमें पूरा यकीन है कि हम यह लड़ाई अपने जनाधार के बूते जीतेंगे...जीतकर रहेंगे !''

हहराती नदी का-सा आवेग थमा था और तमाम कार्यकर्त्ता तूफानी जोश से भर गए थे। एक साथ सैकड़ों मुट्ठियाँ हवा में तनी थीं जैसे हौसले को पंख लग गए हों। आसमान बुलन्द इरादों से भर गया था—इन्कलाब ! जिन्दाबाद ! जिन्दाबाद !

पटना पुलिस की फर्राटेदार जीप रघुपति के बगल से हवा काटती हुई सन्न से गुजर गई।

रघुपति तेजी से छलांग लगाकर फुटपाथ पर न जा चढ़ा होता तो निश्चित ही जीप की चपेट में आ गया होता। जीप धुएँ का गुबार छोड़ती हुई बहुत आगे जा चुकी थी,

लेकिन वह अभी भी सनाके से उबर नहीं पाया था।

पुलिस ने उसे रोक कर कुछ पूछ लिया होता तब ? इस ख्याल से ही उसकी रीढ़ की हड्डियों में ठंडी लहर दौड़ गई। माथे पर पसीना चुहचुहा आया। क्या जवाब देता वह ? क्या कहता वह कि पुलिस की पकड़ से भाग कर पटना आया है ? क्या बताता यह कि बिशुनपुर के ग्राम प्रधान की हत्या करके भागा है वह ?

सुरक्षित क्षेत्र में होने की बेफिक्री यक-ब-यक बेचैनी में बदल गई। किसी भी क्षण पकड़ लिए जाने का भय फिर सिर उठाने लगा।

पुलिस जीप आँखों से ओझल हो चुकी थी, लेकिन पुलिस का खौफ अभी भी बरकरार था।

पुलिस चमरटोल में आक्रमणकारियों की तरह दाखिल हुई थी।

प्राथमिक विद्यालय बिशुनपुर के खल्वाट मैदान में जिस वक्त हाँफती-हुँकारती पुलिस की गाड़ियाँ रुकीं, कच्ची-कमजोर दीवारोंवाले मकान थरथरा गए। पेड़ों पर दुबके पक्षी कच्ची नींद में पंख फड़फड़ा कर उड़ने लगे। आसमान में तना अँधेरा तार-तार हो गया।

इंजनों की घरघराहट थमते न थमते ट्रक में लदे पुलिस जवान धड़-धड़ जमीन पर छलाँग लगाते हुए अपनी राइफलें सँभालने लगे। बूटों से उठी धूल के सैलाब में गाड़ियों की हेडलाइटों से फूटती रोशनियाँ धूसर हो गई थीं। मैदान अटेंशन की मुद्रा में खड़े जवानों से भर गया था।

गाड़ियों के इस काफिले में खड़ी नई-नकोर जीप की अगली सीट से एक आला अफसर चीते की फुर्ती से जमीन पर कूदा और तन कर सीधा खड़ा हो गया। उसकी गर्वीली मुद्रा दर्प से भरी हुई थी। स्टेनगन लिए एक सुरक्षागार्ड ने उसे 'कवर' कर लिया था। वह पंजों पर दबाव डालते हुए, एड़ियाँ उचकाकर मैदान में खड़े जवानों का जायजा लेने लगा। जवान सावधान की मुद्रा में उसके हुक्म की प्रतीक्षा में खड़े थे।

एक जीप की पिछली सीट से सूरजदेव उतरा। उसके साथ था उसका चचेरा भाई चन्द्रदेव। दोनों के चेहरों पर हवाइयाँ उड़ रही थीं। आँखें सूजकर लाल हो गई थीं। चाल इतनी भारी मानो पाँव शरीर का बोझ न सँभाल पा रहे हों। सूखे होंठों पर जीभ फिराता सूरजदेव आला अफसर के निकट आ खड़ा हुआ।

आला अफसर की गर्दन तनी। पीठ अकड़ी। सीना फूला। और वह गला फाड़कर चीख पड़ा, "इंस्पेक्टर पासवान, पूरी चमरटोल को घेर लो ! कोई बच के जाने न पाए।"

लम्बा-छरहरा, साँवला-सा इंस्पेक्टर पासवान दाहिने हाथ में वाकी-टाकी थामे दो कदम आगे बढ़ा। उसकी एड़ियाँ बजीं 'ठक्क' और मुँह चाबी भरे खिलौने की तरह खुला, "साब !"

"प्रोसीड !" आला-अफसर ने दुश्मन पर हमला बोलने के-से हिंस्र स्वर में आदेश

दिया, "हरी अप !"

इंस्पेक्टर पासवान 'लियो गुड्डे' की तरह खट्ट से मुड़ा और हाथ के इशारे से पुलिस जवानों को अपने पीछे आने का संकेत करते हुए चीखा, "मार्च !"

जैसे किसी बिजली का बटन दबा दिया गया हो, सारे के सारे जवान एक साथ हरकत में आए और इंस्पेक्टर पासवान के पीछे-पीछे दौड़ पड़े। ठक-ठाँय करती उनकी बूटों की आवाज पल-भर में ही सब कुछ रौंद कर रख देने की आतुरता से भरी हुई थी मानो उन्मत्त फौज विश्व-विजय पर निकली हो।

हा ! हा ! ! हा !!! कूच करती अपनी फौज को एकटक देखते आला अफसर का बेसाख्ता अट्टहास स्कूल भवन की दीवारों से टकराया और उसकी अनुगूँज मैदान में भरती चली गई। अपनी ही हँसी पर चकित रह गया वह—वाह क्या बात है ! उसकी इच्छा हुई कि फिर हँसे...अनुगूँज खत्म हो इससे पहले एक बार फिर हँसे। हा ! हा !! हा !!!

"पुलिस आ गई रे, पुलिस !"

"जुलुमिया अब फउज भेजा है, फउज !!"

"भाग रे, रघुपति, बउआ, भाग !!!"

हाँय ! हाँय !!! उठते शोर के बीच आला अफसर की हँसी को जैसे ब्रेक लग गया। स्कूल की दीवारों से टकराता समवेत स्वर उसके कानों में बजने लगा—झन्न ! झन्न !! झन्न !!!

शोर चमरटोल की ओर से उठा था मानो काला समुद्र ठाठें मार रहा हो।

आला अफसर ने बेबसी में अपने होंठ काटे। हाथ पटकता हुआ वह तेजी से जीप की ओर लपका और वायरलेस सेट पर झपट-सा पड़ा। रिसीवर मुँह से सटाते हुए वह किसी बम के धमाके की तरह फट पड़ा, "इंस्पेक्टर पासवान...इंस्पेक्टर पासवान... रघुपतिया उन सबका लीडर है...उसे दबोचो...जिन्दा या मुर्दा मुझे रघुपतिया चाहिए... ओवर...ओवर...दैट्स आल !"

आला अफसर के चेहरे का दर्प लौट आया था। गर्दन फिर तन गई थी। पीठ फिर अकड़ गई थी। उसके बाजुओं पर टँका स्टार दम-दम दमकने लगा था। वह एड़ियों के बल चकरी की तरह घूमा और सामने खड़े सूरजदेव को देखकर इस तरह मुस्कुराया मानो कह रहा हो—"देखा, इसे कहते हैं पावर !"

जबरन मुस्कुराने की कोशिश में सूरजदेव की आँखें डबडबा गईं। कुर्ते की बाँह से गीली कोरों को पोंछते हुए वह वह आला-अफसर से आँखें चुराने लगा।

आला अफसर ढीला पड़ गया। उसने सूरजदेव के कन्धों पर सहानुभूति भरी थपकी दी, "नो मिस्टर देव, नो ! धैर्य से काम लीजिए। मैं स्सालों को किसी कीमत पर नहीं छोड़ूँगा।"

सूरजदेव टूट गया। आला अफसर की सहानुभूति पाकर उसका मन भर आया। बड़ी मुश्किल से स्वयं पर काबू रखते हुए उसने जैसे अपने-आपको दिलासा दी, "अब

तो सर, आप ही का भरोसा है !"

आला-अफसर अपने पंजों पर उचका। सीना-बाहर निकल आया। वर्दी के बटन चरमराने लगे। उसने सूरजदेव को लक्ष्य करते हुए सम्बोधित किया, "मिस्टर देव, आइए आपके यहाँ चलते हैं। आपके लोगों का बयान लेना है।"

जीप गाँव के बीचोंबीच एक भव्य भवन के आगे आकर रुकी।

दूर-दूर तक मुर्दनगी पसरी पड़ी थी। घरों में या तो घुप्प अँधेरा था या फिर मरियल रोशनियों से काला धुआँ उठ रहा था। भाँय-भाँय करते सन्नाटे में ऐसी भयावह चुप्पी व्याप्त थी मानो कोई कापालिक शव-साधना में लीन हो।

आला-अफसर ने अपने आपको झकझोरते हुए सचेत किया।

"मिस्टर देव, अपने लोगों से कहिए, सभी बाहर आ जाएँ। मैं उनसे बात करना चाहता हूँ।" पुलिसिया रौब लौट आया था।

जीप से उतरे सूरजदेव ने चन्द्रदेव का सहारा लेकर वहीं से खड़े-खड़े हाँक लगाई, "ये बाबा, बाबा हो ! बाहर आइए ! फूलन काका...बटेसर भाई...बाहर आ जाइए आप लोग। हमरा संगे डी.एस.पी. साहेब हैं। पुलिस लेके आए हैं हम !"

अचानक भव्य भवन के भीतर जलजला आ गया। बुक्का फाड़कर रोती औरतों के प्रलाप से सन्नाटे का कलेजा फट पड़ा। दरवाजों-खिड़कियों के पट आधे-पूरे खुले और लोगों की ताक-झाँक का सिलसिला शुरू हो गया। लोग बाहर के माहौल की टोह लेने लगे थे।

आला-अफसर का अन्दाजा था कि भव्य-भवन के ठीक सामनेवाले मकान में मौजूद लोग घातक हथियारों से लैस हैं। उसका पुलिसिया तजुर्बा सही साबित हुआ। एक-एक कर लोग बाहर निकलने लगे थे। लाठी, भाले, गंडासे, रायफलें...हर हाथ में हथियार...हर आँख में रोष...हर चेहरे पर बदहवासी...अफसोस भरी ऐसी बेचैनी जैसे उनका सर्वस्व लुट गया हो।

आला-अफसर भव्य भवन के बरामदे में लगाई गई कुर्सी पर बैठ गया। उसके होंठों पर बारीक मुस्कुराहट रेंग गई—गोया तैयारी खून-खराबे की है !

उसने पाया कि उसके इर्द-गिर्द जमा हो रहे लोगों में भिनभिनाहटें तेज होने लगी हैं, "सरकारे सब चमार-दुसाध का मन बढ़ाई है...पुलिस खाली नाटक करती है...।"

आला अफसर चौकस हो गया। उसे लगा कि उसके चेहरे पर 'रुआब' ढीला पड़ गया है। सायास कसाव लाने की कोशिश में उसका चेहरा विद्रूप हो गया। तमाम कोशिशों के बावजूद उसके भीतर का कड़क अफसर भुरभुराने लगा था।

उसने अपने सामने उफनाती भीड़ को शान्त करने की लिहाज से दोनों हाथ उठाकर आग्रह किया, प्लीज, आप लोग धैर्य से काम लें...पुलिस-सरकार सभी आपके साथ है...आप हमारी मदद करें...हम अपराधियों को बख्शेंगे नहीं।"

आला अफसर की अपील का असर हुआ। भीड़ की उत्तेजना थमी। उत्सुक निगाहें उस पर केन्द्रित हो गईं।

आला अफसर खड़ा हो गया। इस बार उसकी आवाज में कसक भरी नर्मी थी, "इस दुःख की घड़ी में मैं आपके साथ हूँ...।"

"राघव बबुआ का ल्हास कहा है...ल्हास ?" बीच में ही एक बुजुर्ग ने टोक दिया। उसका गला रुँधा हुआ था।

आला अफसर सँभला। बेहद नर्मी और सावधानी की जरूरत थी। इस वक्त। वह मौके की नजाकत को बखूबी समझ रहा था। उसने एक-एक शब्द तौल कर जवाब दिया, "लाश का पोस्टमार्टम होगा। उम्मीद है, कल दोपहर तक लाश आपको मिल जाएगी।"

"अब तो हदे हो गया, सर ! स्साला चमार-सियार सब जब गाँव के परधान को खतम कर दिया तो हमा-सुमा का होगा ?" पहलवान सरीखा तलवार कट मूँछोंवाला एक नौजवान भड़क उठा था।

भीड़ का तेवर फिर तल्ख होने लगा था। इस बार आला अफसर ने मन ही मन तय किया कि ढील देना ठीक नहीं। अपने आपको कड़ा करते हुए उसने कड़क कर ऐलान किया "नहीं...अब ऐसा नहीं होगा। हमने पूरी चमरटोल को घेर लिया है। स्सालों को हमेशा के लिए कुचलकर रख देंगे। बस ! आप हमारा साथ दीजिए !"

लोगों को जैसे शह मिल गई थी। भीतर-ही-भीतर बड़ी देर से खदबदा रहा लावा तड़-तड़ाकर फूट पड़ा, "खून का बदला खून ! खून का बदला खून ! !"

आला अफसर को जमीन खिसकती-सी लगी। अप्रत्याशित हंगामे के बीच अपने पैर मजबूती से जमाते हुए उसने हिंस्र शोर को रोकने की कोशिश की। लेकिन शोर थमने का नाम नहीं ले रहा था। वह आवेश में बुरी तरह चीख पड़ा, "किसका खून ?"

"रघुपतिया का !"

"रघुपतिया का !!"

'रघुपतिया का !!!"

पछाड़ खाती गर्जना के बीच आला अफसर धम्म से कुर्सी पर बैठ गया। उसकी समझ में नहीं आया कि वह इस बवंडर को किस तरह थामे।

सहसा अंधड़ थम गया। आला अफसर की जीप में लगे वायरलेस सेट पर सन्देश आने लगा था। आला अफसर उछला। ड्राइवर ने फुर्ती से रिसीवर उसकी ओर बढ़ा दिया। वह बेसब्री के साथ माउथपीस में दहाड़ पड़ा—"यस, डी.एस.पी. स्पीकिंग !"

आतंक जम गया था। रौब गालिब हो गया था। अदृश्य भय सिर उठाने लगा था। सन्नाटा तन गया था।

आला अफसर की मुख-मुद्रा बदलती जा रही थी। आवाज विकृत हो गई थी। वह वायरलेस सेट पर ही गरजने लगा, "क्या ? रघुपतिया भाग गया ? सारे मर्द फरार हो गए ?...यू डैम फुल...! सर्च देम। आय वांट रघुपतिया ऐट एनी कास्ट।"

रिसीवर करियत साँप-सा हवा में झूलने लगा था। आला अफसर हाथ पैर झटकता

हुआ पलटा और अपनी ओर अवाक देख रहे लोगों पर बरस पड़ा, "देख क्या रहे हैं, आप लोग ? घेर लीजिए पूरे इलाके को। चप्पा-चप्पा छान मारिए। रघुपतिया का बच्चा बच के जाना नहीं चाहिए। जो होगा मैं देख लूँगा।"

सुरक्षा गार्ड हरकत में आया। जीप लोगों के घेरे को काटते हुए मुड़ी और अपने पीछे धूल और धुएँ का गुबार छोड़ती उड़ गई।

दूर-दूर तक फैले गन्ने के खेतों में अँधेरा कहीं ज्यादा भकसावन लग रहा था।

मीलों-मील अनवरत भागते रहे थे सभी। साँसें उखड़ने लगी थीं। दम फूलने लगा था। जीभ तालू से चिपक गई थी। कंठ में काँटे चुभने लगे थे। देह पसीने-पसीने हो आई थी। गाढ़े-घुप्प अँधेरे में हाथ को हाथ नहीं सूझ रहा था। यह अन्दाज लगा पाना कठिन हो गया था कि बिशुनपुर से कितनी दूर निकल आए हैं और इस वक्त कहाँ हैं ?

दोनों ओर फैले झंखाड़ खेतों के बीच यह जगह निरापद लगी थी। रघुपति ने अपने पीछे आ रहे लोगों को रुकने का इशारा किया था। सबके-सब एक साथ रुके थे। निस्तब्धता में साँसों का शोर बजने लगा था—हुँफ ! हूँ !! हुँफ ! हाँ !!

रघुपति खेत की मेड़ पर बैठ गया था। अपने साथियों को भी वहाँ बैठ जाने का संकेत करते हुए उसने अपने शरीर को ढीला छोड़ दिया था।

उसके साथी बिल्कुल करीब सिमट आए थे। एक-दूसरे से साए की तरह चिपके हुए। सिरों को जोड़कर बैठे साथियों ने रघुपति को छाप-सा लिया था।

कुच-कुच अँधेरे में टोह लेते हुए रघुपति फुसफुसाया, "लगता है, हम लोग अलावलपुर की ओर निकल आए हैं !"

"बुझाता तो ईहि है !" अँधेरे में आँखें मिचमिचाते दीपन ने जैसे पुष्टि की।

"ठीक है।" रघुपति सीधा बैठ गया। आँखें अँधेरे की अभ्यस्त हो चुकी थीं। उसने एक-एक कर अपने सभी साथियों को घूरते हुए अपनी योजना समझाई, "यहीं से दो कोस शहनीना है। वहीं कामरेड सुरेन्द्र सिंह रहते हैं। ऐसा करते हैं, वहीं चलकर शरण लेते हैं।"

"एके जगह सभे लुके ई ठीक नहीं बुझाता है।" जीवछ ने आशंका प्रकट की। बात जँची। रघुपतिया ने उत्सुकता से पूछा, "तब ?"

"एक-एक, दू-दू आदमी अपना हित-नात के हिंया चला जाए !" बटेसर ने सुझाव रखा, "उधर हमरा समझ से तो अभी रघुपति भाई का एम.एल.ए. साहेब से मिलना जरूरी बुझाता है। उनका सब हाल बता के जल्दी से जल्दी कउनो उपाय करवाना पड़ेगा, नाहीं तो बाबू सहबा सब तबाही मचा के रख दे !"

अँधेरे में आतंक की ठंडी लहर दौड़ गई।

कोई कुछ नहीं बोला। बड़ी देर तक चुप्पी छाई रही।

रघुपति को लगा, बटेसर के स्वर में अपने पीछे छूट गए घर-परिवार की चिन्ता शामिल हो आई है। उसने बेचैनी से पहलू बदला। चुप्पी काटने लगी थी।

"रघुपति भाई, बटेसर का कहना बिलकुल ठीक है।" आँखों में उम्मीद की लौ टिमटिमाने लगी थी। रोशनी की लकीर दूर तक खिंचती चली गई, "पटना जाकर एम. एल.ए. साहब से भेंट करिए...ऊहे ई मुसीबत से छुटकारा दिला सकते हैं।"

करुणा ! याचना ! जिद ! मनुहार !

अपने साथियों को इस संकट की घड़ी में अकेला छोड़ते हुए उसकी आत्मा काँप गई थी।

एम.एल.ए. कामरेड रामराज के फ्लैट के आगे दो सफेद एम्बेसडर कारें खड़ी थीं। उन कारों पर कुहनी टिकाए कुछ लोग बातों में मशगूल थे तो कुछ लोग पीठ टिकाए खामोश खड़े थे। मुख्य द्वार के आगे भी कई लोग जमे थे।

अनजान चेहरों के बीच स्वयं को पाकर रघुपति असहज हो आया। उचटती नजर से किसी परिचित चेहरे को तलाशने की कोशिश की, लेकिन वहाँ मौजूद आँखों में अजनबी-सी उदासीनता थी। मुख्य द्वार से प्रवेश करने में उसे साहस जुटाना पड़ा।

फ्लैट के बाहरी कमरे में एक-दूसरे से जुड़ी दो चौकियों पर बैठे लोग प्रतीक्षा की मुद्रा में बैठे ऊब रहे थे। दाहिनी दीवार के सहारे लगी कुर्सियों पर काबिज चार युवक किसी बहस में उलझे थे। उनकी आँखें कभी-कभी उठती थीं और फ्लैट के अन्दर जानेवाले बन्द कमरे के दरवाजे पर जाकर टिक जाती थीं। मानो वे उसके खुलने की प्रतीक्षा में ही बतकही जारी रखे हुए हैं।

रघुपति की व्यग्रता भी बढ़ने लगी। कामरेड रामराज से सामना होने की उत्तेजना में उसने पहलू बदला और कमरे की दीवारों पर टँगी तस्वीरों को निहारने लगा। कार्ल मार्क्स...लेनिन...माओ-त्से-तुंग...। आँखों में चमक उभरी। धड़कन तीव्र हो आई। अपनी मनःस्थिति पर काबू पाने की कोशिश में उसने गर्दन घुमाई। पीठ पीछे तनी हुई अनगिनत मुट्ठियोंवाला बड़ा-सा पोस्टर देखकर बेतरह जोश हिलोरें मारने लगा। पोस्टर पर छपे अक्षर बेसाख्ता गुनगुनाहट में तब्दील हो गए—"हम होंगे कामयाब, एक दिन...। मन में है विश्वास...पूरा है विश्वास...हम होंगे कामयाब एक दिन।"

चारों युवक जोर-जोर से बोलने लगे थे। उनकी बेफिक्री से जाहिर था कि वे औरों की तरह न ऊबे हुए हैं, न उन्हें कोई जल्दी है।

प्रतीक्षा की कोई इन्तेहा नहीं थी। अपनी उपस्थिति जताने का कोई जरिया नहीं था, लिहाजा अनायास ही रघुपति उन युवकों की बहस में शामिल हो गया।

नीले रंग की जींस पर गन्दुमी रंग का कुर्ता पहने युवक भाषण की मुद्रा में आ गया था, "सुनो साथी, सोवियत रूस के पतन में जो लोग कम्युनिज्म के नुक्स देख रहे हैं, दरअसल, वे सही कारणों को जान-बूझकर नजरअन्दाज कर रहे हैं। सच्चाई तो

यह है कि सोवियत रूस अमरीकी साम्राज्यवाद की साजिशों का शिकार हुआ है।''

''तुम तस्वीर को उलट कर देख रहे हो, साथी !'' उलझी दाढ़ी, बिखरे बालोंवाले युवक ने टोका, ''साम्राज्यवादी ताकतों को घुसपैठ का मौका कम्युनिज्म में उभर आई दरारों के जरिए ही तो मिला। पूरे विध्वंस के लिए निश्चित ही वहाँ का संशोधनवादी नेतृत्व जिम्मेदार था !''

''लेकिन...ठीक यही बात चीन में क्यों नहीं हुई ?'' यह दुबला-पतला साँवला-सा युवक था। उसके स्वर में कम्पन थी।

''क्यों, वहाँ विद्रोह नहीं हुआ ? लोकतन्त्र की धमक नहीं सुनी गई ?'' चौथा युवक लगभग फट-सा पड़ा, ''आर्थिक सुधार लागू करके हवा का रुख पहचानने की कोशिश नहीं हुई।''

युवकों की बहस दिलचस्प हो गई थी। प्रतीक्षा की ऊब छँटने लगी थी।

''इसका मतलब यह कतई नहीं हुआ कि कम्युनिज्म अप्रासंगिक हो गया है।'' पहला युवक बहस पर हावी हो रहा था, ''कम्युनिज्म एक वैज्ञानिक अवधारणा है। आप इसे चाह कर भी नकार नहीं सकते। भारत के सन्दर्भ में तो यह और ज्यादा अनिवार्य हो गया है।''

दूसरे युवक ने और खुलासा करने की गरज से पहले युवक के समर्थन में अपनी बात जोड़ी, ''अपने देश में शोषण...उत्पीड़न...दमन...आज भी अपने बर्बर आदिम रूप में मौजूद है।''

रघुपति ने उस युवक की ओर उत्सुकता से देखा। उसकी बात में सच्चाई थी। उसे यह युवक अच्छा लगा।

वह युवक रघुपति की प्रतिक्रिया से बेफिक्र अपनी बात जारी रखे हुए था, ''बेशक गरीबों...शोषितों...मजदूरों...किसानों का एक बड़ा तबका आज भी वामदलों की ओर उम्मीद से देख रहा है।''

''किन वामदलों की ओर ?'' दुबला-पतला साँवला-सा युवक तल्ख हो गया था, ''सत्ता के पिट्ठू वामदलों की ओर ?''

चौथा युवक साँवले युवक के पक्ष में कहीं ज्यादा तीखेपन से बोल पड़ा, ''साथी ! अपने देश में वाम आन्दोलनों को सबसे ज्यादा नुकसान वाम शक्तियों के बिखराव से पहुँचा है। आज जरूरत है कि सभी वाम ताकतें समान मुद्दों और कार्यक्रमों पर एकजुट हों और इतिहास से सबक हासिल करें !''

वे युवक अनजाने ही गुटों में बँट गए थे। उनकी बहस नोक-झोंक में बदल गई थी।

प्रतीक्षा की ऊब सिर उठाने लगी थी। उद्विग्न मन रघुपति की इच्छा हुई थी इन युवकों से पूछे—तुम्हें पता है कि मेरे गाँव बिशुनपुर में क्या हो रहा है ? तुम जानते हो कि पुलिस-सामन्त गठजोड़ हमें दर-दर भटकने के लिए मजबूर कर रहा है ? तुम्हें अन्दाज है कि रजुली जैसी औरतें हर रोज क्यों नंगी की जा रही हैं ?

दरवाजा भड़ाक से खुला। चीजें जहाँ की तहाँ ठिठक गईं।

यह कविजी थे। कवि रक्ताभ। ! कमरे के भीतरी दरवाजे से बाहर निकलते कविजी को देखकर रघुपति हुलस गया। परिचय की चमक आँखों में उभरी और वह हाथ जोड़कर खड़ा हो गया। कविजी के क्रान्तिकारी गीतों के बोल मन में गूँज गए। रगों में रक्त का संचार तीव्र-सा लगा।

कविजी हवा में झोंके की तरह बाहर निकल गए। प्रणाम में जुड़े रघुपति के हाथ शिथिल पड़ गए। गीतों के बोल गड्ड-मड्ड हो गए। वह बेजान लोंदा-सा वहीं चौकी पर धम्म से बैठ गया।

दरवाजा फिर खुला। दरवाजे के बीचोंबीच इस बार केदारजी प्रकट हुए। एम.एल.ए. कामरेड रामराज के दहिनबार। उनके पी.ए.। झक्क-झक्क कुर्ता-पाजामा में तरोताजा।

कमरे में प्रतीक्षारत लोग केदारजी की ओर उमड़ पड़े। केदारजी भीड़ में घिर गए थे। लोगों की पीठ दीवार की तरह अड़ गई थी।

रघुपति कसमाया। जी में आया कि चीख कर कहे—"यहाँ जान पर आफत है और आप लोग पैरवी में जुटे हैं।"

"अरे रघुपति भाई, आप ?" चमत्कार हो गया था जैसे। केदारजी दीवार को ठेलते हुए उसके करीब आए, "कहिए, कब आए आप ?"

हताशा...निराशा...व्याग्रता...प्रतीक्षा और यह आत्मीयता उत्तेजना के मारे काँपने लगा रघुपति। उसका गला भर आया, "भाईजी, मुझे अभी...इसी वक्त एम.एल.ए. साहेब से मिलना जरूरी है...एकदम अरजेंट।"

"आइए ! अन्दर आइए !!" उसके उतावलेपन को नजरअन्दाज नहीं कर पाए केदारजी, "आपको इन्तजार करने की क्या जरूरत थी, साथी, सीधे अन्दर चले आना चाहिए था।"

अपने आप पर जबर्दस्त कोफ्त हुई रघुपति को। मन-ही-मन खुद को कोसा औरों की तरह खामख्वाह इन्तजार क्यों करता रहा ?

उसे सोफे पर बैठाते हुए केदारजी ने ताकीद की, "आप यहाँ आराम से बैठिए। हम लोगों को निबटाकर आते हैं !"

बन्द होते दरवाजे की आवाज रघुपति के भीतर तक उतरती चली गई। कमरे का खालीपन उस पर हावी होने लगा।

कमरा बहुत करीने से सजा था। चारों तरफ गद्देदार सोफे। बीच में बड़ी-सी टेबल। एक छोटी सी गोलाकार तिपाई पर लाल रंग का चमचमाता फोन। बाईं ओर दीवार के सहारे लगी स्टील की बुकशेल्फ। सामने दीवार पर दाहिना हाथ हवा में लहराते नेलशन मंडेला, श्वेतकेशी कार्ल मार्क्स, एंजेल, लेनिन चे ग्वेरा, चारू मजूमदार की चिर-परिचित मुद्राओंवाले चित्र। सहसा ही सन्नाटा संवाद में तब्दील होता-सा लगा।

वह स्वतःस्फूर्त उठा। बुकशेल्फ के शीशे से झाँकती किताबों पर निगाह फिसलती चली गई—भागो नहीं, दुनिया को बदल डालो, दस दिन जब दुनिया हिल उठी, आदि

विद्रोही स्पार्टाकस, समाजवाद, मार्क्सवाद, कम्युनिस्ट पार्टी का घोषणा-पत्र, माओ के भाषण, पूँजी, पार्टीलाइन... । उसने किताबों को छूने की कोशिश की। बुकशेल्फ बन्द था। शायद ताला लगा था। वह मायूस हो गया।

ऐसी ही मायूसी उसे तब भी हुई थी, जब मैट्रिक से आगे पढ़ने की अपनी इच्छा पूर्ण नहीं कर पाया था। माई-बाबू की असमय मौत से पढ़ाई छोड़नी पड़ी थी। लेकिन किताबें नहीं छूटी थीं। किताबों की दिवानगी देखकर लोग कहते—रघुपति तो किताबों का कीड़ा है, कीड़ा। इस वक्त भी उसके अन्दर वही कीड़ा कुलबुलाया था—कामरेड रामराज से माँग कर इन्हें पढ़ेगा जरूर।

वह दरवाजा खुलने की आहट से चौंका। बाहरी कमरे में खुलनेवाले द्वार से तीन लोग अन्दर घुस आए थे। उनके पीछे-पीछे हड़बड़ाए-से केदारजी भी दाखिल हुए।

"बैठा जाए, सर ! हम अभी साहब को खबर करते हैं।" केदारजी ने उन आगन्तुकों से इसरार किया।

तीनों आगंतुक बेतकल्लुफी से सोफे पर काबिज हो गए थे। उनकी उपस्थिति अत्यन्त रोबदार थी। सिमटा-सिकुड़ा रघुपति सोफे के एक कोने में दुबक गया।

आगंतुकों ने उसकी नोटिस नहीं ली थी। ऐसा कैसे हो सकता है ? उसके मन में सवाल उठा और कोई जवाब न पाकर वह अनेक आशंकाओं से भर गया—कामरेड रामराज ने भी नोटिस नहीं ली तो ? उसकी मौजूदगी उन्हें नागवर गुजरी तो ? उन्होंने उसे पहचानने से ही इनकार कर दिया तो ? इस 'तो' का उसके पास कोई उत्तर नहीं था।

अपनी बेचैनी टालने की कोशिश में वह आगंतुकों का मुआयना करने लगा। उसके सामने सोफे पर बैठे सफारी सूटवाले सज्जन सिगरेट सुलगाने लगे थे। उसी सोफे के बाएँ कोने में जमे लक-दक कुर्ता-पाजामावाले सज्जन अपना बैग खोलकर कुछ ढूँढ़ने में मशगूल थे—शायद कोई जरूरी कागज। थोड़ी देर बाद बैग से पुड़िया निकाली। पुड़िया में लिपटे पान खोलते हुए उन सज्जन का चेहरा दिव्य आभा से खिल उठा। वह पान की गिलौरी मुँह में डालकर जर्दा फाँकने लगे। सोफे के सिंगल पीस पर कुर्ता धोतीवाले सज्जन बैठे थे। वह स्टील की चुनौटी से खैनी निकाल कर चूना मलने की तैयारी में थे। दाहिने हाथ की तर्जनी से बाईं हथेली पर खैनी-चूना मिलाते यह सज्जन भाव-विभोर थे।

रघुपति के मुँह में पानी भर आया। खैनी की तलब जोर मारने लगी। इच्छा हुई, कहे, "भाईजी, थोड़ा अधिक लगाइएगा...एक चुटकी हम भी लेंगे।" लेकिन हिम्मत नहीं हुई, सो जोर मारती तलब को स्थगित कर देना पड़ा।

वह स्वयं को कमरे में फालतू पा रहा था। आगंतुकों की उपस्थिति का दबाव बढ़ता जा रहा था। वह उस पर्दे को घूरने लगा, जिसे हटाकर अभी-अभी केदारजी अन्दर गए थे।

पर्दे के पीछे पदचाप उभरी। उसका सीना धड़क उठा।

पर्दा हटाकर कामरेड रामराज कमरे में दाखिल हुए। सौम्य मुस्कुराहट के साथ उन्होंने तीनों आगन्तुकों का अभिवादन किया। उसे हड़बड़ाकर सोफे के उठते देख कामरेड रामराज ने उसके कन्धे पर गर्मजोशी से हाथ रखकर पूछा, "कहिए रघुपतिजी, कैसे हैं ? सब ठीक तो है?"

जबान तालू से चिपक गया। होंठ फड़फड़ाकर रह गए। वह आगन्तुक के अदृश्य आतंक से अब तक नहीं उबर पाया था।

"माफ करेंगे कामरेड, रात काफी देर से सोया, इसीलिए सुबह जल्दी नहीं उठ पाया।" कामरेड रामराज के सोफे पर उसे अपने बगल में बिठा लिया था।

तीनों सज्जन 'हो-हो-हो' कर हँस पड़े। रघुपति को उनकी हँसी चुभती-सी लगी। तड़प कर रह गया वह।

उसकी मनःस्थिति को शायद कामरेड रामराज ने भाँप लिया था। उन सज्जनों से उसका परिचय कराते हुए उन्होंने कहा, "अरे हाँ, कामरेड, ये हैं रघुपति। मेरे क्षेत्र के होलटाइमर। कमिटेड वर्कर। हार्ड कोर।"

"अच्छा। अच्छा !!" उन तीनों सज्जनों के चेहरे पर पहली बार उसके लिए प्रशंसा के भाव उभरे। आतंक कम होता-सा लगा।

रघुपति सोफे के कोने में कुछ ज्यादा ही धँस गया। उसके मन में कामरेड रामराज के प्रति सम्मान बढ़ गया था। उसने मन-ही-मन अपनी बात कहने की भूमिका शुरू कर दी।

"सर, स्टूडेंट विंग के लड़के मिलना चाहते हैं।" केदारजी ने बाहरी कमरे के दरवाजे के बीचोंबीच खड़े-खड़े सूचना दी।

"हाँ...हाँ, भेजिए उन्हें।" कामरेड रामराज ने आदेश दिया, फिर तीनों सज्जनों की ओर मुखातिब हो गए, "बस कामरेड, तुरन्त निबटा देते हैं।"

ये वे ही युवक थे, जो थोड़ी देर पहले बाहरी कमरे में बैठे बहस में उलझे थे। इस वक्त वे चहक रहे थे। मानो उन्होंने सुलह कर ली हो। उनकी एकजुटता देखने लायक थी।

कामरेड रामराज उन युवकों को पहचानते थे। उन्हें उनके नामों से सम्बोधित करते हुए उन्होंने पूछा, "कहिए रजनीशजी, क्या हाल है ? कहिए अरुणजी, क्या आदेश है ?"

नीली जींस और गन्दुमी कुर्तेवाला युवक कामरेड रामराज के कान के पास झुक गया, "सर, हम लोग युनिवर्सिटी कैम्पस में एक सेमिनार कर रहे हैं...आपको उद्घाटन करना है।"

"ठीक तो है।" कामरेड रामराज ने सहमति में सिर हिलाते हुए पूछा "कब है सेमिनार ?"

"परसों, सर ! बारह तारीख को। सुबह दस बजे से !" इस बार अरुण ने उत्तर दिया।

"लेकिन कामरेड...!" सिगरेटवाले सज्जन तपाक से टपक पड़े, "परसों तो पार्टी स्टेट कमेटी की मीटिंग है ?"

सहसा युवकों के चेहरे पर मायूसी छा गई। उनके भकुआए चेहरों को कामरेड रामराज ने लक्ष्य किया, लिहाजा उन्हें निराशा से उबारने की गरज से बोल पड़े, "देखिए, थोड़ी देर के लिए ही सही, आऊँगा जरूर।" साथ ही उन्होंने हिदायत भी दी, "लेकिन कार्यक्रम टाइम से शुरू कर दीजिएगा।"

युवक फिर भी पूरी तरह सन्तुष्ट नहीं लग रहे थे। रजनीश ने तो अपनी निराशा हिचकिचाते हुए भी जाहिर ही कर दी, "हम लोग बड़ी उम्मीद से आए थे, सर ?

"इतनी जल्दी नाउम्मीद हो जाइएगा तो कैसे काम चलेगा, साथी।" संशय के माहौल को मजाक के नेपथ्य में डालते हुए कारमेड रामराज ने बात बदल दी, "सेमिनार का विषय क्या है ?"

"साम्राज्यवाद के खतरे और तीसरी दुनिया !"

"अच्छा विषय है। एकदम मौजूँ।" पानवाले सज्जन चहक पड़े।

"थैंक्यू, सर !" युवक विनम्रता की प्रतिमूर्ति हो आए थे।

"अच्छा तो अब जाइए, आप लोग ! अपनी तैयारी कीजिए !" कामरेड रामराज ने युवकों को आश्वस्त किया, "हम जरूर आएँगे।"

आखिरकार युवक सहमति की पक्की मुहर लगवाकर ही माने थे। कमरे से जाते वक्त उनका सीना फूला हुआ था।

रघुपति के दिमाग में 'तीसरी दुनिया' अभी भी ठक्-ठक् बज रही थी। कैसी है यह तीसरी दुनिया ? कहाँ है यह तीसरी दुनिया ? कौन रहता है इस तीसरी दुनिया में ? उसे किसी रहस्यलोक-सी लगी यह तीसरी दुनिया। वह 'तीसरी दुनिया' की खोज में उलझ कर रह गया।

"कामरेड क्या सोचा है आपने ?" खैनीवाले सज्जन कामरेड रामराज से मुखातिब थे, "स्टेट कमेटी की मीटिंग में आपकी स्ट्रेटेजी क्या होगी ?"

"मैं आप लोगों से अलग तो हूँ नहीं ? आप लोग जो तय करेंगे वह मुझे मानना ही पड़ेगा।" कामरेड रामराज्य ने उन्हें विश्वास दिलाया।

सिगरेटवाले सज्जन आश्वस्त नहीं दिखे। उन्होंने एकदम से हमलावार मुद्रा अख्तियार कर ली, "कामरेड, आप तो देख ही रहे हैं कि स्टेट नेतृत्व को लेकर पार्टी में जबर्दस्त असन्तोष है ? निष्ठावान पार्टी वर्कर में निराशा गहराती जा रही है। अब भी नेतृत्व के खिलाफ आवाज नहीं उठाई गई तो लोगों को समझाना मुश्किल हो जाएगा कि दीर्घकालिक जुझारू संघर्ष के बजाय हमारी इस लम्बी चुप्पी का रहस्य क्या है ?"

कामरेड रामराज चुप थे। रघुपति कौतूहल से कभी उन्हें तो कभी तीनों सज्जनों को देखने लगा।

"मौजूदा सरकार ने एक लाख से अधिक कर्मचारियों की छँटनी कर दी है। लाखों कर्मचारियों को महीनों से वेतन नहीं मिल रहा है। युनिवर्सिटी टीचर भूखमरी से जूझ रहे हैं। छात्रों पर गोलियाँ चलाई जा रही हैं। महिलाओं का उत्पीड़न चरम पर है। गरीबों पर दमन तेज हो गया। हजारों सवाल जल रहे हैं और हम हाथ पर हाथ धरे बैठे हैं।" एक ही साँस में पूरा खाका खींचकर रख दिया था पानवाले सज्जन ने। उनका तमतमाया चेहरा लाल हो गया था।

कामरेड रामराज के चेहरे पर रंग आते-जाते रहे। फिर उनकी आवाज कहीं बहुत दूर से आती हुई-सी लगी, "मैं खुद इन सवालों को लेकर चिन्तित हूँ, कामरेड। लेकिन पार्टी अनुशासन से बँधा हूँ। जब तक हमारी पार्टी इस सरकार को सपोर्ट देती रहेगी, तब तक हम कर भी क्या सकते हैं ?"

"कामरेड, हम उस पार्टी को सपोर्ट दे रहे हैं, जो पूरी तरह बुर्जुवा है।" पलीते को जैसे आग दिखा दी गई थी। वे तीनों सज्जन लगभग एक साथ फट पड़े थे, "जो सामाजिक न्याय के नाम पर न सिर्फ घटिया तिकड़में कर रही है, बल्कि जातीय विद्वेष को भी उभार रही है...।"

"भारत में जाति एक बड़ी सच्चाई है, कामरेड।" बीच में ही दखल देते हुए कामरेड रामराज ने दलील दी, "हम जातीय चेतना के बगैर वर्गीय चेतना को ठीक से नहीं समझ सकते। दलितों...वंचितों...शोषितों की लड़ाई में इस जातीय उभार का कारगर इस्तेमाल किया जा सकता है। आप यकीन मानिए, पिछड़ी, दलित जातियों का इन बुर्जुवा... दृष्टिहीन पार्टियों से मोह भंग अवश्यंभावी है।" उन्होंने अपनी दलील में अपना निर्णय जोड़ा "अन्ततः ये लोग हमारे साथ ही गोलबन्द होंगे। यह एक अनिवार्य परिणति है।"

"लेकिन कामरेड, यह अवधारणा सही नहीं है। आप एक गलत प्रयोग को जायज नहीं मान सकते।" कामरेड रामराज को निरस्त करने की कोशिश की खैनीवाले सज्जन ने।

रघुपति हैरान था, कामरेड रामराज इतने हमलों के बावजूद किस कदर संयत हैं ? उनका स्वर अभी भी रुई के फाहे-सा नर्म था, "कामरेड राय, आपकी बात किसी हद तक सही हो सकती है। लेकिन नतीजे से पहले किसी प्रयोग को गलत ठहराना जल्दबाजी होगी। जमीनी सच्चाइयों और अनुभवों की बिनाह पर भी पौरी फैसले लेने पड़ते हैं...रणनीति बनानी पड़ती है।"

अपनी बात का असर जाँचने के लिए कामरेड रामराज क्षण-भर को रुके तीनों सज्जनों को उन्हें गौर से सुनते देख उन्होंने इत्मीनान से अपनी बात जारी रखी, "मेरी समझ है कि दूसरे देशों के पैटर्न पर चलते हुए यहाँ वाम आन्दोलन ने अपना बहुत अहित किया है। अब हमें लकीर पीटने के बजाय अपनी परिस्थितियों के मद्देनजर संघर्ष और क्रान्ति की रणनीति तय करनी होगी। इसके लिए प्रयोग का जोखिम तो उठाना ही होगा।"

कामरेड रामराज की लम्बी तकरीर का असर इतना गहरा था कि कमरे में गहरी खमोशी छा गई थी। तीनों सज्जन निरुत्तर से दिख रहे थे। रघुपति इस पूरे दृश्य में

मन्त्रमुग्ध दर्शक-सा ठिठका हुआ था।

ट्रिन ! ट्रिन !! ट्रिन !!! फ्रिज होते दृश्य में फोन को घंटी ने हरकत पैदा की। केदारजी हनुमान की तरह प्रकट हुए और लपक कर रिसीवर उठा लिया, ''हैलो !''

''कविजी हैं !'' दूसरी ओर से मिले उत्तर के साथ ही केदारजी ने रिसीवर कामरेड रामराज की ओर बढ़ा लिया।

कामरेड रामराज रिसीवर पर झपट-से पड़े। उनकी आवाज में गजब की गर्मजोशी आ गई थी, ''हल्लो रक्ताभजी ! हम रामराज बोल रहे हैं। कहिए, क्या खबर है ?''

दूसरी ओर की बातचीत सुनते हुए कामरेड रामराज की मुखमुद्रा बदलती जा रही है। भंगिमा में नाटकीयता आ गई थी, ''अच्छा ! ! अच्छा !!...हाँ ! हाँ !!'' गर्दन हिलने लगी थी। स्वर में ठहराव आ गया था, ''हाँ, हम अभी यहीं हैं।'' जैसा भी हो, आप फोन कीजिएगा।''

फोन कट गया था। बातचीत खत्म हो गई थी। रिसीवर केदारजी को थमाते हुए कामरेड रामराज ने उन्हें टोका, ''क्या भाई, चाय-वाय नहीं पिलवाइएगा क्या ?''

''चाय आ रही है, सर !'' केदारजी चायवाले को फिर से ताकीद करने के लिए बाहर की ओर लपके !

तीनों सज्जन मुस्कुरा रहे थे। चुप्पी के दूसरे सिरे पर बैठे कामरेड रामराज सजग हो गए।

''बहरहाल कामरेड !'' सिगरेटवाले सज्जन ने छूट गई बात का सिरा फिर से पकड़ने की कोशिश की, ''हमारा स्पष्ट मानना है कि स्टेट नेतृत्व को बदला जाना चाहिए। परसों की मीटिंग में यह फैसला होना जरूरी है।''

''मैं मानता हूँ कि कमजोर नेतृत्व से अन्ततः पार्टी कमजोर होती है। इस मुद्‌दे पर मैं भी आपके साथ हूँ।'' कामरेड रामराज ने अपना फैसला सुनाया।

पानवाले सज्जन ने पान चुभलाते हुए कामरेड रामराज के मर्म पर चोट करने की कोशिश की, ''कामरेड, ग्रासरूट वर्कर अभी बुरी तरह असमंजस की स्थिति में हैं। हमारी धार कुन्द होती जा रही है। हमारे संघर्ष की गति अवरुद्ध हुई है। हालात यही रहे तो लोगों का जल्दी ही पार्टी से मोहभंग हो जाएगा।''

यह निष्कर्ष रघुपति को भीतर तक हिला गया। वह मन-ही-मन कटकर रह गया। जी में आया कहे–''पार्टी में मुझ जैसे लोग भी हैं जो जान हथेली पर लिए फिर रहे हैं...कामरेड रामराज जैसे लोग भी हैं, जो अपना जीवन संघर्षों में खपा चुके हैं...हजारों हजार लोग पार्टी के लिए जान देने को तैयार हैं।''

''नहीं, कामरेड, पार्टी को कोई खतरा नहीं है।'' रघुपति के मन की बात जैसे कामरेड रामराज ने भाँप ली थी। उन्होंने आत्मविश्वास भरे लहजे में घोषणा की, ''इतना तय जानिए कि स्टेट कमेटी की मीटिंग में सारे मुद्‌दों पर जमकर चर्चा और कमेटी को वैकल्पिक फैसले के लिए बाध्य किया जाएगा।''

चाय आ चुकी थी। रघुपति को याद आया कि वह कल रात से ही भूखा-प्यासा

है और इस वक्त न सिर्फ उसका गला खुश्क है, बल्कि खाली पेट में गड़गड़ाहट भी हो रही है। उसने मन-ही-मन कामना की कि ये तीनों सज्जन जल्दी टलें तो वह कामरेड रामराज को अपने आने का मकसद बताए। यह एक सनसनीखेज ख्याल था। इस ख्याल से रघुपति भीतर तक भयातुर हो उठा। उसने हड़बड़ी में चाय सुड़कनी शुरू कर दी।

तीनों सज्जन चाय खत्म कर चुके थे। नई सिगरेट, नए पान और खैनी की ताजा खिल्ली का दौर शुरू हो चुका था। उसने खैनी की ओर ललक से देखा, लेकिन फिर भी माँगने की हिम्मत नहीं जुटा पाया।

"तो ठीक है कामरेड ! अब इजाजत दीजिए।" तीनों सज्जन चलने को उद्धत दिखे, "कोई नया डेवलपमेंट हो तो खबर कीजिएगा।"

रघुपति ने राहत की साँस ली। वह भी उन सज्जनों के सम्मान में उठकर अदब से खड़ा हो गया।

कामरेड रामराज ने तीनों सज्जनों से इस गर्मजोशी से हाथ मिलाया मानो कह रहे हों—कामरेड, हम आपके साथ हैं। वे तीनों सज्जन सन्तुष्ट दिख रहे थे। कामरेड रामराज उन्हें विदा करने के लिए उनके साथ बाहरी दरवाजे की ओर बढ़ गए।

रघुपति कमरे में अकेला बुत की तरह खड़ा रहा। बाहर हलचल-सी हुई। वह अपने-आप में लौटा। सोफे में धँसते हुए उसने खुद को सँभाला। कामरेड रामराज से अपनी बात कहने की मन-ही-मन तैयारी करने लगा। उपयुक्त सिरा तलाशते हुए उसकी धड़कन सहसा तेज हो आई।

"हुजूर, हमार जवान बेटा कऽ पुलिस मार देलक। सरकार मुआवजा दे ला घोषणा कएलक...बाकी आज साल भर हो गेल एको पाई न मिल लई।" बाहरी कमरे में कोई बुजुर्ग रिरिया रहा था।

पुलिस...हत्या...मुआवजा...रिरियाहट। कमरे में बैठा रघुपति हिल गया। अनजाने भय से आँखें मुँद गईं। क्यों मारा होगा पुलिस ने उसके बेटे को ? पुलिस मारती है... सरकार—मुआवजा देती है, यह कैसा गणित है ?

"अर्जी लाए हैं ?" बाहरी कमरे में कामरेड रामराज का स्वर गूँजा।

वही मरियल आवाज फिर उभरी, "हाँ, हुजूर !"

"ठीक है। अर्जी केदारजी को दे दीजिए।" कामरेड रामराज ने उस बुजुर्ग को आश्वासन दिया, "जल्दी ही काम हो जाएगा।"

रघुपति का मन भर आया। अनदेखे बुजुर्ग में उसे अपने पिता का चेहरा चस्पा लगा। उसके रोंगेटे खड़े हो गए।

"आइए भारतीजी, आइए !" कामरेड रामराज का स्वर अप्रत्याशित रूप से बदला-बदला-सा

लगा, "लगता है, रास्ता भूल गईं आप ?"

प्रत्युत्तर में खिलखिलाता नारी स्वर बाहरी कमरे में बिखर गया था। रघुपति के कानों में घंटियाँ-सी बज उठीं, "ऐसी बात नहीं, सर ! आप ही से मिलने आई हूँ !"

भारतीजी अपनी आवाज की तरह ही खूबसूरत थीं। गोरे-तीखे नाक-नक्श। चेहरे पर मामूली-सा मेकअप। कन्धों तक झूलते कटे बाल। गुलाबी साड़ी-ब्लाउज में निखरा रूप। कमरा भीनी-भीनी खुशबू से सराबोर हो गया था।

कमरे में भारतीजी की बेतकल्लुफ उपस्थिति से रघुपति सोफे में गुड़ी-मुड़ी हो गया। उसका गँवई मन संकोच से गड़ गया।

"क्या बात है, बहुत दिनों बाद दिखीं आप ? सब खैरियत तो ?"

"कहाँ सर ?" भारतीजी के स्वर में थकान भरी हुई थी। वह निढाल हो गईं, "अश्लीलता विरोधी अभियान की तैयारी चल रही है। इतनी व्यस्तता बढ़ गई है कि पूछिए मत !"

कामरेड रामराज को जैसे एकदम से वस्तुस्थिति का भान हुआ हो, वह अपनी झेंप छिपाते हुए पूछ बैठे, "अरे हाँ, मैं तो भूल ही गया था। कैसी चल रही है तैयारी ?"

"तैयारी तो युद्ध स्तर पर जारी है, सर !" व्यथा से भरी भारतीजी का स्वर तिक्त हो गया, "जिस तेजी से अपसंस्कृति फैलती जा रही है, उससे तो औरतों का जीना दूभर हो गया है। दीवारों पर अश्लील पोस्टरों की भरमार...नंगी फिल्मों का प्रदर्शन...भद्दे गानों की बाढ़...विज्ञापनों में औरत के जिस्म की नुमाइश। उफ ! लगता है, औरत नहीं बिकाऊ माल हो कोई !"

पहली बार रघुपति ने नजर उठाई। हिम्मत करके भारतीजी को इस तरह निहारा कि कामरेड रामराज को नागवार न लगे। शुरू में उसे लगा था, कामरेड रामराज भारतीजी से भी परिचय कराएँगे, लेकिन ऐसा नहीं हुआ था, सो यह सावधानी उसने जान-बूझकर बरती।

"हाँ, सचमुच स्थिति काफी भयावह है।" कामरेड रामराज अफसोस में सिर हिला रहे थे, "पानी वाकई सिर से ऊपर होता जा रहा है।"

"देखिएगा सर, इस बार जबर्दस्त आन्दोलन छेड़ा जाएगा। अश्लील पोस्टरों पर कालिख पोती जाएगी...नंगी फिल्मों के खिलाफ सिनेमाहालों पर प्रदर्शन होगा...अपसंस्कृति का पुतला जलाया जाएगा...डी.एम. का घेराव होगा और...!" भारतीजी हाँफने लगी थीं।

रघुपति अवाक् था। उसकी समझ में नहीं आ रहा था कि नंगई रोकने का यह कौन सा तरीका है ? उसकी आँखों में निरीह रजुली घूम गई। बबुआन टोल में नंगी की जा रही रजुली...रोती-कल्पती रजुली...अपनी इज्जत बचाने की गुहार करती रजुली...होशो-हवास खोकर भागती हुई रजुली...कटे पेड़ की तरह चमर टोल में धराशाई होती हुई रजुली...। उसकी मुट्ठियाँ भिंच गईं। जबड़े कस गए। बेवसी में आँखें छत पर जा टिकीं।

"...और मेरे लायक कोई सेवा हो तो कहिए, भारतीजी !!" इस बार कामरेड

रामराज ने विनम्र पेशकश की।

भारतीजी की मुद्रा बदल गई थी। वह एकदम से याचक हो आईं, "सर, मेरे उस काम का क्या हुआ, सर ?"

रघुपति के कानों में इस बार घंटियाँ नहीं बजीं। उसे आश्चर्य हुआ कि इतनी जल्दी भारतीजी का स्वर कैसे बदल गया ?

"अर्रे वोऽऽऽ।" कामरेड रामराज ने अपनी याददाश्त पर जोर डाला। फिर भारतीजी के चेहरे पर आँखें गड़ाए हुए बोले, "वो काम तो समझिए कि हो ही गया है। बस, फाइल पर मन्त्रीजी का दस्तखत होना बाकी है। मन्त्रीजी क्षेत्र में गए हुए हैं...उनके आते ही ऑर्डर हो जाएगा।"

"प्लीज सर, जितनी जल्दी हो सके, मेरा यह काम करा दीजिए। बेचारे मेरे हसबैंड जब से सस्पेंड हुए हैं, बुरी तरह डिप्रेस हैं !" भारतीजी गिड़गिड़ा पड़ीं।

कमरे में नमी भर गई थी। अबला जीवन हाय तुम्हारी यह कहानी ! रघुपति की आँखें कुछ तलाशते हुए भारतीजी पर जा टिकीं।

"अरे नहीं, भारतीजी ! चिन्ता करने की जरूरत नहीं है।" कामरेड रामराज ने आत्मीयता से उन्हें ढाढ़स बँधाया, "बस, एकाध दिन में ही आपका काम हो जाएगा !"

अविश्वास की लकीरें अभी भी मिटी नहीं थीं। जबरन मुस्कुराती भारतीजी का चेहरा सिलवटों से भर गया था।

"ठीक है, सर !" भारतीजी ने उठने का उपक्रम किया, "अब चलूँगी !"

"क्या बात है ? आज बहुत जल्दी में हैं आप ?" कामरेड रामराज का स्वर बेहद तरल था।

हल्की जुम्बिश के साथ सोफे से उठती हुई भारतीजी खनकीं, "हाँ सर, अश्लीलता विरोधी अभियान के चलते बड़ी व्यस्तता है...दम लेने की भी फुर्सत नहीं है !"

"च्च...च्च...च्च !" संजीदा हो आए कामरेड रामराज। भारतीजी के कन्धे पर हाथ रखकर थपकी दी, "मैं आपकी परेशानी समझ सकता हूँ।...सार्वजनिक जीवन की यही तो त्रासदी है !"

भारतीजी लरज गईं। उनके दूधिया हाथ नमस्कार में जुड़ गए। रघुपति को लगा, ऐसी मुद्रावाली लड़की उसने किसी तस्वीर में देखी है। भारतीजी ने बालों को कसकर झटका दिया। रघुपति को लगा, भारतीजी ने सारी दुश्चिन्ताएँ झटक दी हैं। वह हवा के तेज झोंके-सा बाहर निकल गईं। रघुपति को लगा, कमरे में छूट गई खुशबू सनसनाने लगी है। वह ठगा-सा बाहरी दरवाजे को ताकता रह गया।

"क्या साथी, कहाँ खो गए ?"

स्वप्निल तन्द्रा टूटी। रघुपति अपनी चोरी पकड़ लिए जाने से झेंप गया। कामरेड रामराज से आँखें चुराते हुए हकला पड़ा, "न...न...कुछ तो नहीं !"

कामरेड रामराज मुस्कुरा रहे थे। वही स्नेह, वही स्निग्धता। रघुपति सराबोर हो गया। ऊब, खीज, तनाव तिरोहित होता सा लगा। वह सहज ही अपने-आप में लौट आया।

"साथी, देख रहे हैं, कितनी व्यस्तता है ?" कामरेड रामराज थके-थके से दिख रहे थे, "साँस लेना भी मुश्किल है।"

बात सही थी। इतने लोग। इतने काम। आखिर कामरेड रामराज करें भी तो क्या ? बेचारे अब साधारण कार्यकर्त्ता तो हैं नहीं। एम.एल.ए. हैं एम.एल.ए.। सबको लेकर चलना पड़ता है। सब कुछ देखना पड़ता है। रघुपति का मन कामरेड रामराज के प्रति सहानुभूति से भर गया।

"देखिए साथी, देखिए। यह एम.एल.ए. होने की सजा है।" अपना ही मजाक उड़ाते हुए कामरेड रामराज हँस पड़े।

अजीब थी यह हँसी। खाली लोटे में कंकर बजे हों जैसे। रघुपति को लगा, कामरेड रामराज आज भी अपने एम.एल.ए. होने की पीड़ा से उबर नहीं पाए हैं। पानी से बाहर निकाल दी गई मछली की तड़प थी यह।

"खैर छोड़िए !" कामरेड रामराज ने उसके भीतर मची उथल-पुथल से नावाकिफ ठंडी साँस भरते हुए कहा, "यह सब तो चलता ही रहता है। इस जीवन में अब आराम कहाँ ?"

वह मन्त्र मुग्ध-सा कामरेड रामराज को निहारता रह गया। उनकी एकान्त पीड़ा को महसूस करते हुए संवाद के दूसरे छोर तक सिर्फ श्रोता होकर रह गया था वह।

"साथी सुनाइए, कैसे-कैसे आना हुआ ?" कामरेड रामराज ने यक-ब-यक प्रश्नवाचक लगा दिया था।

कलेजा मुँह को आ लगा। इतनी देर तक जो सब कुछ कहने के लिए व्यग्र था, उसे कहने का वक्त आया तो, यह क्या हो गया उसे ? जबान तालू से क्यों चिपक गई ? कंठ क्यों सूख गया ? शब्द कहाँ गुम हो गए ?

उसके माथे पर पसीना चुहचुहा आया। गले में काँटा चुभता-सा महसूस हुआ। बड़ी मुश्किल से थूक निगलते हुए बोल पाया, "सर, मेरे गाँव विशुनपुर में...।

आगे के शब्द टेलीफोन की बज उठी घंटी में डूब गए। उसका मुँह खुला का खुला रह गया।

कामरेड रामराज का ध्यान टेलीफोन की घंटी में अटक गया था। वह उसे खा जानेवाली नजरों से घूर रहे थे। घंटी लगातार बज रही थी, लेकिन उन्होंने रिसीवर उठाने का कोई उपक्रम नहीं किया।

केदारजी बाहरी दरवाजे से फिर प्रकट हुए। उन्होंने झपट कर रिसीवर उठाया और माउथपीस मुँह से सटाते हुए बोले, "हैलो !...जी...प्रणाम सर !...जी सर...साहेब यहीं हैं, सर !"

केदारजी को जैसे बिजली छू गई थी। वह माउथपीस पर बाईं हथेली रखकर

फुसफुसाए, "सर, मुख्यमन्त्रीजी लाइन पर हैं...आपसे बात करना चाहते हैं।"

कामरेड रामराज का मुँह जैसे कसैला हो गया हो, मुँह बिचकाते हुए कुछ इस तरह बुदबुदाए मानो मन-ही-मन मुख्यमन्त्री को गालियाँ दे रहे हों। केदारजी से रिसीवर लेते हुए उन्होंने दोनों टाँगें सामने पड़ी टेबल पर इत्मीनान से पसारीं और फिर सोफे पर अधलेटे हो गए।

रघुपति को लगा, कामरेड रामराज गुस्से में फट पड़ेंगे और फोन पर ही मुख्यमन्त्री की ऐसी-तैसी कर देंगे। वह साँस रोककर अगले क्षण के विस्फोट के लिए सतर्क हो गया।

"प्रणाम सर, हम रामराज बोल रहे हैं।" कामरेड रामराज का स्वर प्रत्याशित रूप से नम्र था।

न धूल, न धुआँ, न आग, न विस्फोट। रघुपति को लगा, सीलन खाई यह आवाज कामरेड रामराज की नहीं हो सकती।

"नहीं सर, हमको कोई खबर नहीं है, सर !" कामरेड रामराज ने बेचैनी से करवट बदलते हुए रिसीवर दूसरे कान में सटा लिया। उनके चेहरे की चमक फीकी पड़ती जा रही थी। सिकुड़ती आँखों में अविश्वास की परछाइयाँ तैरने लगी थीं। माथे पर बल पड़ गए थे।

रघुपति क्षण-क्षण, बदलते दृश्य में अपने आपको उजबक-सा पा रहा था। आधा पॉजीटिव। आधा निगेटिव।

दूसरी ओर जैसे तेज धमाका हुआ हो। कामरेड रामराज एकदम से उछल पड़े, "राघव बाबू की हत्या हो गई ? ग्राम प्रधान राघव बाबू की हत्या ? बिल्कुल विश्वास नहीं होता, सर !"

रघुपति की धमनियों में रक्त प्रवाह थम-सा गया। आँखों के आगे लुत्तियाँ छिटकती-सी लगी थीं। साँस रुक गई थी।

"ऐसा कैसे हो सकता है, सर ?" कामरेड रामराज रघुपति को हिंस्र नजर से घूरते हुए फोन पर मिमियाए, "हाँ, सर, मुझे तो कुछ पता ही नहीं है, सर ! ठीक है सर...मैं अभी आता हूँ, सर !"

कामरेड रामराज ने रिसीवर इतने जोर से पटका कि कमरा तक थर्रा गया।

रघुपति को लगा तेज भँवर ने उसे कसकर दबोच लिया है, और वह अतल गहराइयों में डूबता जा रहा है—गड़ाप !

"तो ये बात है ?" कहर बरपाती कामरेड रामराज की आवाज कमरे को हिला गई, "इतना बड़ा कांड हो गया और अभी तक आपने मुझे कुछ बताया तक नहीं ?"

रघुपति दहल गया। रीढ़ की हड्डी में ठंडी सिहरन दौड़ गई। वह बड़ी कठिनाई से कह पाया, "मैं...मैं...मैं तो...!"

"क्या जरूरत थी ग्राम प्रधान को जान से मारने की ? किसने कहा था यह सब करने को ?" कामरेड रामराज आपे से बाहर हो गए थे। क्रोध के मारे आवाज काँपने

लगी, "किसके बूते यह सब किया आपने ? क्या समझते हैं आप ऐसे क्रान्ति हो जाएगी ? एक भू-पति की हत्या से क्या सारी समस्या खत्म हो जाएगी ?"

अवश...असहाय...अवाक् ! रघुपति को महसूस हुआ जैसे किसी ने प्राण खींच लिए हैं। जिस्म निचुड़-सा गया है। गले में फँसरी कस गई है–किस्सा समाप्त !

"केदारजी ऽऽऽ !" सोफे पर से उछलते हुए कामरेड रामराज लगभग दहाड़ पड़े, "ड्राइवर से कहिए मुख्यमन्त्री निवास चलना है।"

बाहर-भीतर बवंडर ही बवंडर। धरती डोल रही थी। आसमान काँप रहा था। चारों तरफ अफरा-तफरी मच गई थी।

रघुपति किसी भी क्षण फ्लैट से बाहर निकाल दिए जाने की आशंका से काँप गया। एक आदेश और सब कुछ खत्म। सारी क्रान्ति...सारा संघर्ष...कामरेड रामराज के फ्लैट में दफन। एक मारक हूक गले में आकर अटक गई।

कामरेड रामराज पैर पटकते हुए अन्दर चले गए। आतंक फिर भी मौजूद था। आशंका फिर भी सन्देह थी।

"रघुपति भाई, मेरी बात का बुरा मत मानिए !" तलस्पर्शी छुअन से रघुपति का मन भीग गया। मन्द-मधुर स्मिति। अन्तरंग आभा से दीप्त। निहायत शान्त-चित्त। अभी इस कमरे से जो शख्स गया था, यह वह कामरेड रामराज नहीं थे।

कामरेड रामराज उसके निकट आ गए थे। उसका झुका सिर उन्होंने अपनी हथेलियों में थाम कर उठाया तो वह रुआँसा हो आया। वह विह्वल हो आए थे, "गुस्से में उल्टा-सीधा बोल गया, साथी ! लेकिन मैं आप लोगों से थोड़े ही न अलग हूँ। जो हो गया, सो हो गया। अब चिन्ता करने कोई जरूरत नहीं है। मैं आपके साथ हूँ।"

वह क्षण-भर को ठहरे मानो समय ठहर गया हो। फिर उसका कन्धा थपथपाते हुए उन्होंने हिदायत दी, "मैं मुख्यमन्त्री से मिलकर मामला निबटाने की कोशिश करता हूँ। आप आराम कीजिए। कहीं इधर-उधर मत जाइएगा। बाहर खतरा हो सकता है। कोई आवश्यकता हो तो केदारजी से बोल दीजिएगा !"

कामरेड रामराज उसकी प्रतिक्रिया की प्रतीक्षा किया बगैर तेजी से बाहर निकल गए मानो वह जान-बूझकर उसकी आँखों का सामना करने से बच रहे हों।

कमरे में व्याप्त अकुलाहट के बीच कामरेड रामराज की तमतमाई मुखाकृति उनकी स्निग्ध स्नेहिल मुद्रा को धकिया रही थी। रघुपति ग्लानि से भर गया था। इतनी बड़ी घटना देर तक कामरेड रामराज से छुपाए रखना कतई ठीक नहीं था। लाख अजनबी लोग थे, उसे इस तरह चुप नहीं बैठे रहना चाहिए था। कामरेड रामराज ही क्या, उनकी जगह वह भी होता तो शायद इतना ही गुस्साता उसे स्वयं पर खीज हो आई, स्साला, रहा देहाती-भुच्च ही आखिर !

"रघुपति भाई, आप हाथ धोकर कुछ खा-पी लीजिए। थक गए होंगे। मन करे

तो थोड़ी देर आराम कर लीजिए। बाहर कमरा खाली हो गया है।''

केदारजी की आत्मीयता उसके मन को छू गई। वह पल-भर को अचकचाया। केदारजी कब कमरे में आए, कब उसके करीब आकर खड़े हो गए वह कुछ नहीं जान पाया था। उसकी आँखें केदारजी से मिलीं। बड़ी कठिनाई से बोल पाया, ''ठीक है !''

सोफे से उठते हुए पोर-पोर टभकता-सा लगा। मीलों लम्बी थकान आत्मा पर तारी होती-सी लगी। घिसटते कदमों से बाहरी कमरे तक आते-आते उसका दम फूलने लगा।

''उधर !'' साए की तरह उसके पीछे-पीछे आए केदारजी ने बाथरूम की ओर इशारा किया।

बाथरूम का दरवाजा झटके से खोलकर वह अन्दर घुस गया।

पुलिस की गिरफ्त में कसा रघुपति किसी बिगड़े हाथी की तरह हकड़ रहा था।

शाम के झुरमुटे में बिल्ली की तरह घात लगाए बैठे पुलिसवालों ने पंजों के बल छलांग लगाई थी और पलक झपकते ही उसे अपनी गिरफ्त में ले लिया था। आनन-फानन उसकी मुश्कें कस दी थीं। मुँह बाँध दिया था। हाथ-पैर फेंकते हुए उसने पुलिस की पकड़ से स्वयं को छुड़ाने की भरपूर कोशिश की थी, लेकिन नाकाम रहा था। राइफल की बट उसके सिर पर आकर लगी थी और आँखों के आगे तरेंगन छिटक गए थे। खोपड़ी हवा में उड़ती-सी लगी थी।

पुलिस जवानों ने हाथ-पैर टाँग कर उसे उठाया था और भूसा भरे बोरे की तरह जीप के पीछे लाद दिया था। हड्डियाँ कड़कड़ाकर बज उठी थीं। वह दर्द से कराह उठा था। जीप हिचकोले खाती आगे बढ़ गई थी।

अचानक शोर-सा उठा था जैसे उफनाई नदी के किनारे तोड़कर पछाड़ खा रही थी। लाठी...भाला...तीर...कमान...हँसुआ...दरांती...फरसा...गंडासा...ठाठें मारता जनसैलाब। हिंसक तेवर...खतरनाक इरादा...कुछ भी कर गुजरने को उद्धत भीड़।

जीप धक्का खाकर रुक गई। ड्राइवर के चेहरे पर हवाइयाँ उड़ने लगी थीं। इंस्पेक्टर पसीने से भीग गया था। जवानों के हाथों में राइफलें काँपने लगी थीं।

देखते-देखते रघुपति पुलिस की गिरफ्त से मुक्त हो गया था। उसे आजाद देखकर भीड़ खुशी से चीख पड़ी थी—इन्कलाब ! जिन्दाबाद ! जिन्दाबाद !!

नारों की अनुगूँज अभी भी जारी थी। सपना अभी भी सजीव था।

नाश्ते के बाद वह आराम करने के ख्याल से चौकी पर लेटा ही था कि पता नहीं कब आँखें लग गई थीं। कितनी देर सोया रहा याद नहीं। नारों के शोर से चिहुँक कर जागा था और अब चितान पड़े छत को घूरते हुए सपने को एक-एक बात याद करके मन-ही-मन मुस्कुरा रहा था। रजुली, रमेसर, जीवछ, दीपन, बटेसर के चेहरे आँखों में

तैर रहे थे।

कमरा खाली था। मार्क्स, लेनिन, माओ-त्से-तुंग खामोश थे। तस्वीर पोस्टर सबके-सब बेजान थे। ऐसी निस्तब्धता मानो मुर्दघट्‌टी में पड़ा हो वह।

वह घबराकर उठ बैठा। घबराहट थी या तलब नहीं जान पाया, पर पेशाब का दबाव जोर मारने लगा था। लगा, एक क्षण भी रुकना मुहाल है। वह तेजी से उठा और सीधे बाथरूम में जा घुसा।

बाथरूम की सिटकिनी टूटी हुई थी। सावधानीवश पीठ दरवाजे से टिका कर खड़ा हो गया। आँखें मूँदकर पेशाब करते हुए उसे राहत-सी महसूस हुई। घबराहट कम होती हुई-सी जान पड़ी।

ऐन इसी वक्त फ्लैट से बाहर एक साथ कई गाड़ियों के रुकने की आवाज से वातावरण झनझनाने लगा। फ्लैट के दरवाजे खुल-बन्द हो रहे थे। अफरा-तफरी... गहमा-गहमी...शोर-शराबा मानो बाहर की दुनिया में लोगों का रेला-सा उमड़ पड़ा हो।

रेला कमरे में आ गया था। कमरा आवाजों से भर गया था। चहल-पहल बढ़ गई थी। कौन-किससे क्या बोल रहा है, यह ठीक-ठीक समझ पाना मुश्किल था, गोया कमरे में सिर्फ आवाजों का जमघट हो।

रघुपति बाहर के दृश्य का कयास लगाते हुए अपने-आप पर झुँझला पड़ा। बड़ी देर से जमा पेशाब जैसे खत्म होने को ही नहीं आ रही थी। वह अजीब उतावलेपन से भरा हुआ, बाहरी कमरे की हलचल अपने भीतर घुमड़ता महसूस करने लगा।

"विधायक जी, मैं 'नई नजर' अखबार से आया हूँ।" कोई अपरिचित स्वर बाहर कमरे में गूँजा, "पता चला है कि आप सत्तारूढ़ दल में शामिल हो रहे हैं?"

रघुपति को अपने कानों पर विश्वास नहीं हुआ। उसे पैरों के नीचे धरती खिसकती-सी लगी।

"किसने कहा आपसे?" कामरेड रामराज की आवाज थी। उनकी दहाड़ से दीवारें थर्रा गईं, "क्या सबूत है आपके पास? कहाँ से गढ़ लाए ऐसी खबर? एकदम बकवास...सरासर अफवाह है यह!"

रघुपति की जान में जान लौटी। लम्बी साँस खींचते हुए उसने सोचा—इसे कहते हैं ईंट का जवाब पत्थर।

"विधायकजी, यह खबर मुख्यमन्त्री निवास के सूत्रों से मिली है। और यह एकदम पक्की खबर है।"

वह अपरिचित स्वर मानो ढिठाई पर उतर आया था। उसने तड़ से नहले पर दहला जड़ा, "खबर तो यह भी है कि मुख्यमन्त्री ने आप पर लगे सारे केस-मुकदमे वापस ले लेने का वायदा किया है...और आपने भी इसी शर्त पर सत्तारूढ़ दल में शामिल होना मंजूर किया है।"

रघुपति आसमान से गिरा। उसकी आत्मा बुरी तरह लहूलुहान हो गई। उसे लगा, डंके की चोट पर अपनी बात पर अड़ा यह आदमी झूठा नहीं हो सकता।

"आप बेसिर-पैर की बातें कर रहे हैं। आप पत्रकारों को तो जैसे और कोई काम नहीं रह गया है।" गहरे कुएँ से आते कामरेड रामराज के स्वर में बेकली थी।

रघुपति के भीतर सनसनी-सी दौड़ गई। उसने धड़कते दिल से दरवाजे के चिपके दोनों पल्लों के बीच हल्की-सी दरार बनाई। कमरा ठसाठस भरा था। लोग अँटे पड़े थे। लाख कोशिशों के बावजूद उसे न कामरेड रामराज दिखे, न पत्रकार नजर आया।

पत्रकार भी कम घठाया हुआ नहीं था। उसने धैर्य छोड़े बगैर कामरेड रामराज को फिर घेरने की कोशिश की, "आपके क्षेत्र में बिशुनपुर के प्रधान की आपकी पार्टीवालों ने हत्या क्यों की ?"

रघुपति की ऊपर की साँस ऊपर, नीचे की साँस नीचे रह गई।

"ग्राम प्रधान की हत्या पार्टी ने नहीं, अपराधियों ने की है ?" कामरेड रामराज ने कड़ा विरोध किया।

"नहीं कामरेड रामराज, नहीं।" रघुपति की आत्मा चीत्कार उठी। मन रुआँसा हो गया।

"लेकिन खबर है कि ग्राम प्रधान ने रजुली नाम की किसी औरत को सरेआम नंगा करके पीटा था...उसके आदमी को जेल भिजवाया था...प्रतिक्रिया में ग्राम प्रधान की हत्या कर दी गई।" पत्रकार ने कामरेड रामराज को कठघरे में खड़ा कर दिया था।

"बिल्कुल मनगढ़न्त खबर है यह !" कामरेड रामराज के बजाय इस बार कविजी गरजे। वह तैश में थे। उनकी आवाज काँप रही थी, "बिशुनपुर में कोई औरत नंगी नहीं की गई है...ग्राम प्रधान की हत्या में रजुली के आशिकों का हाथ है...ग्राम प्रधान का कसूर यही था कि उन्होंने गाँव में बढ़ रही बदचलनी रोकने की कोशिश की थी।"

वाह रे, कवि। इतना बड़ा झूठ ? रघुपति क्रोध के मारे काँपने लगा। उसकी आँखें जलने लगीं। मुट्ठियाँ भिंच गईं। जबड़े कस गए। जी में आया, दरवाजा भड़ाक के खोले और लोगों को चीख-चीख कर बताए कि कवि फ्रॉड हैं...।

"ग्राम प्रधान के हत्यारों को किसी कीमत पर नहीं छोड़ा जाएगा।" कामरेड रामराज खूँखार बिल्ले की तरह गुर्राए, "हम अराजकता बर्दाश्त नहीं करेंगे।"

चूहा चूहेदानी में फँस गया था। चूहे की मौत मारा जाएगा वह ! हाथ पाँव फूलने लगे। इन्द्रियाँ सनसनाने लगीं। भागो रघुपति, भागो ! चूहे की मौत मरने से बेहतर है, लड़ते हुए खेत हो जाओ ! भागो रघुपति !! चूहेदानी से निकल भागो !!! अद्‌भुत साहस पैदा हुआ उसके अन्दर। संकट की इस घड़ी में क्या सोचा होगा अभिमन्यु ने ? चक्रव्यूह से बाहर निकलने का द्वार ? हाँ, द्वार ! और वह द्वार तक पहुँचने के ख्याल से तन कर सीधा खड़ा हो गया। बाथरूम के दोनों पल्ले बेआहट...बेआवाज खोलता हुआ वह दबे पाँव बाहर आ निकला। साँस रोककर खुद को सँभाला और फिर चुपके से भीड़ में शामिल हो गया।

कामरेड रामराज पूर्ववत हुमच रहे थे। वह भीड़ में घिरे अपनी बात जारी रखे हुए थे, "कल मुख्यमन्त्री का बिशुनपुर जाने का प्रोग्राम है...मैं स्वयं उनके साथ जाऊँगा।

मुझे पूरा भरोसा है, रास्ते में भटक गए नौजवान अपना अपराध कबूल कर लेंगे और कल ही वे मुख्यमन्त्री के सामने आत्म-समर्पण कर देंगे।"

रघुपति को लगा, कामरेड रामराज नुकीले दाँतों, लम्बे नाखूनों और हिंस्र तेवर के साथ अभी-अभी झपट्टा मारेंगे और उसे अपने जबड़े में दबोच लेंगे। उसके भीतर झुरझुरी छूट गई। उसने घबराकर अपने इर्द-गिर्द देखा। किसी को अपनी तरफ देखता न पाकर उसने सन्तोष की साँस ली और पंजों के बल उचक कर माहौल का जायजा लेने लगा।

तेजी से घूमती उसकी आँखें पत्रकार पर जाकर टिक गईं। कन्धे से झोला लटकाए, आँखों पर मोटा-सा चश्मा चढ़ाए पत्रकार अपनी डायरी में ताबड़-तोड़ कुछ नोट करने में मशगूल था। उसे लगा, पत्रकार सिर उठाएगा तो उसकी आँखें सीधे उसकी आँखों से टकराएँगी। इस ख्याल ने उसे उकसाया। वह पत्रकार को अपलक देखता रहा, लेकिन पत्रकार ने गर्दन नहीं उठाई।

उसकी गर्दन अकड़ गई थी। पंजे दुखने लगे थे। वह दबे पाँव दीवार के सहारे सरकने लगा।

चक्रव्यूह का द्वार सामने था और उसे घेरे खड़े थे केदारजी। उनसे आँखें मिलते ही रघुपति का चेहरा फक्क पड़ गया। रक्त जम गया। आत्मा काँप गई। अन्त। निश्चित अन्त। अभिमन्यु मरने को अभिशप्त था।

केदारजी की आँखें उसे बेध गईं। मानो उनके भीतर झंझावात उठ रहे हों। वह भीतर तक दहल गया। उनका सामना कर पाने की उसमें हिम्मत नहीं हुई।

केदारजी ने द्वार छोड़ दिया था। अभिमन्यु चकित था।

एम.एल.ए. फ्लैट की सर्पाकार सड़कों पर बेतहाशा भागता रघुपति बुरी तरह लस्त-पस्त हो गया था। साँसें उखड़ने लगी थीं। सीना धाड़-धाड़ बजने लगा था। कलेजा कंठ को आ लगा था। सिर चकराने लगा था मानो गश खाकर वहीं गिर पड़ेगा।

वह वहीं, सड़क के किनारे एक पेड़ की ओट लेकर टिक गया। गहरी-गहरी साँसें लेते हुए आँखें मूँद कर बदन को ढीला छोड़ दिया। कानों में हँफनी गूँजती रही। आँखों में अँधेरा नाचता रहा।

अब क्या करोगे रघुपति ? यह सवाल डंक की तरह चुभा और एक ठंडी आह निकल पड़ी—कहाँ जाओगे तुम ? गाँव ! वहाँ तो पुलिस शिकारी कुत्ते-सा सूँघती फिर रही होगी...बाबू साहेब लोग फाड़ खाने को तैयार बैठे होंगे। फिर ? अपने ही प्रश्नों का कोई उत्तर नहीं था उसके पास। उसने हड़बड़ा कर आँखें खोलीं। सामने चिकनी चौड़ी सड़क थी। सड़क पर दौड़ते-भागते लोग थे। मोटर-गाड़ियों की चिल्ल-पों थी। एक-दूसरे से आगे निकल जाने की आपा-धापी थी। कहीं कुछ नहीं बदला था। दुनिया यथावत थी।

वह थके कदमों से धीरे-धीरे सड़क पर आया और अपने आपको बेसुध भीड़ के हवाले कर दिया। अब वह न कहीं जा रहा था, न कहीं आ रहा था। बस, पानी के रेले में कागज की कश्ती-सा हिचकोले खा रहा था।

अचानक सामने से आती हुई कार के पहिए चरमराए और वह उसकी चपेट में आने से बाल-बाल बचा। किसी ने उसकी बाँह पकड़ कर झटके से खींचा और वह दूर फुटपाथ पर जा गिरा। उसकी कमर चिलक गंई।

"क्यों, बेमौत मरने पर तुले हो, भाई ?"

रघुपति चौंका। झिड़की देता हुआ यह आदमी वही पत्रकार था, जो एम.एल.ए. फ्लैट में कामरेड रामराज से तुकी-ब-तुर्की सवाल कर रहा था। उसे अपनी आँखों पर विश्वास नहीं हुआ मानो उसे मौत के मुँह से खींच लेनेवाला यह शख्स कोई फरिश्ता हो ! उसका मुँह खुला का खुला रह गया।

पत्रकार उसे उसके हाल पर छोड़कर आगे बढ़ गया था। वह कमर की पीड़ा भूलकर उठ खड़ा हुआ। उसकी हताशा को राह मिलती-सी लगी। उसने वहीं से खड़े-खड़े पत्रकार को आवाज लगाई। लेकिन उसकी आवाज मोटर-गाड़ियों की चिल्ल-पों में खो गई। पत्रकार तेज-तेज डग भरता हुआ बहुत दूर निकल गया था। उसकी चाल में उड़ान भरने की-सी आतुरता थी।

रघुपति पत्रकार के पीछे लगभग दौड़ पड़ा। उसके और पत्रकार के बीच दूरी घटती गई। थोड़ी ही देर में वह पत्रकार के निकट पहुँच गया। इतना निकट कि वह उसे हाथ बढ़ाकर पकड़ सकता था। आवाज देकर बुला सकता था। वह निकटता के अहसास से रोमांचित हो उठा।

उसने इस बार पूरी ताकत लगाकर पत्रकार को आवाज दी। लेकिन यह क्या ? पत्रकार उसकी आवाज फिर भी नहीं सुन पाया। उसे आश्चर्य हुआ कि ऐसा कैसे हो सकता है ? उसने हाथ बढ़ाकर पत्रकार को पकड़ने की कोशिश की, पर ताज्जुब कि पत्रकार उसकी पकड़ में नहीं आया। मानो परछाईं हाथ से निकल गई हो और उस स्थान पर महज खालीपन सनसना रहा हो। उसका हाथ हवा में टँगा रह गया।

उसे हैरत हो रही थी कि पत्रकार पलक झपकते ही कहाँ गायब हो गया ? अभी-अभी जो शख्स मूर्तिमान था अचानक दृश्य से कैसे ओझल हो गया ? उसकी आँखें फटी रह गईं। जैसे कोई जादू हुआ हो और वह तिलिस्मी करामात की गिरफ्त में हो। उसने अपनी चेतना को झिंझोड़ते हुए आँखें झपकाईं और दूर-दूर तक भीड़ को खँगालना शुरू कर दिया।

पत्रकार कहीं नहीं था। न दाएँ, न बाएँ। न आगे, न पीछे। सूनी बावड़ी-सी उसकी आँखों में निराशा छप-छप तैर रही थी। दिल बैठने लगा गोया आखिरी मस्तूल भी डूब गया हो। सीने में टीस की लहर-सी उठी और सारा जिस्म मर्मान्तक पीड़ा की ऐंठन से दोहरा हो गया। सिर की नसें तड़तड़ाने लगीं। आँखों के आगे धुँधलका छाने लगा। उसे अपने पैरों पर खड़ा रह पाना कठिन हो गया। वह खोंखड़ पेड़-सा धम्म-से

गिरा और बीच सड़क पर पसर गया।

क्षणांश में ही उसकी आँखों के सामने रजुली...रमेसर...जीवछ, दीपन...बटेसर के चेहरे घूम गए। ग्राम प्रधान राघव राय की लाश उभर आई। कामरेड रामराज...कवि रक्ताभ...और पत्रकार की प्रेत-छायाएँ नाचने लगीं। उसने सिहर कर आँखें मूँद लीं।

बन्द आँखों में आँसू छलछला आए। सीने में मारक हूक उठी और भीतर-ही-भीतर बड़ी देर से घुमड़ रहा रूदन बलबला कर फूट पड़ा। वह बिलख-बिलख कर रो पड़ा मानो किसी परिजन की अकाल-मृत्यु हो गई हो।

नृशंस

कामरेड विजय मित्र की मृत्यु को लेकर हुए हंगामे के बाद सरकार ने हृदय रोग विशेषज्ञ डॉ. सी.के. भगत को निलम्बित करते हुए, उनके खिलाफ तीन सदस्यीय जाँच दल नियुक्त कर दिया। जाँच दल को पन्द्रह दिनों के भीतर अपनी रिपोर्ट सरकार को सौंपने के साथ ही मामले की गम्भीरता और संवेदनशीलता को ध्यान में रखते हुए जाँच को मुख्य रूप से निम्नलिखित बिन्दुओं पर केन्द्रित करने का निर्देश दिया गया था :

(क) डॉ. सी.के. भगत की चिकित्सा के दौरान पेशेंट विजय मित्र की हुई मृत्यु का वास्तविक कारण।

(ख) एक जनवरी की रात ड्यूटी पर न रहते हुए भी डॉ. सी.के. भगत का आई. सी.सी.यू. में ड्यूटी करना।

(ग) डॉ. सी.के. भगत का व्यक्तिगत आचरण।

(घ) और डॉ. सी.के. भगत द्वारा दिए गए 'डेथ सर्टिफिकेट' की वैधानिक हैसियत।

जाँच दल में डॉ. रजनीश आचार्य, कार्डियोलॉजिस्ट, डॉ. जीवकान्त यादव, न्यूरोलॉजिस्ट तथा डॉ. रामाशीष देव, साइकियाट्रिस्ट शामिल थे। अपने-अपने क्षेत्र के इन विशेषज्ञों ने अपने कार्य शुरू करते हुए सबसे पहले गवाहों, साक्ष्यों और परिस्थितियों पर गौर किया। इस क्रम में जाँच दल ने जाँच के दायरे में शामिल सभी पक्षों को नोटिस जारी किया, फिर उन्हें अपना बयान दर्ज कराने के लिए एक-एक कर तलब किया। जाँच दल को सहयोग करते हुए सभी सम्बद्ध पक्षों ने अपने बयान दर्ज कराए, जो इस प्रकार हैं :

डॉ. सी.के. भगत का बयान

यह सच है कि एक जनवरी की रात कार्डियोलॉजी में मेरी ड्यूटी नहीं थी, लिहाजा मैं अपने क्वार्टर में था और अपनी लकवाग्रस्त पत्नी को बाथरूम से लाकर बेड पर लिटा ही रहा था कि मेरे क्वॉर्टर का कॉलबेल बज उठा था। मैंने सोचा कि पत्नी को बेड पर लिटाकर, क्योंकि वह थोड़ी देर टी.वी. देखना चाहती थी, इसलिए उसकी पीठ के नीचे तकिए का सपोर्ट देकर और उसके पाँवों पर कम्बल डालकर दरवाजा खोलूँ, लेकिन कॉल बेल न सिर्फ लगातार बजता ही जा रहा था, बल्कि साथ-साथ दरवाजे पर भी किसी के हाथों की दस्तक होने लगी थी। मुझे लगा कि बाहर कोई बेहद परेशानी और अधीरता में खड़ा है। मैंने पत्नी को जिस हालत में थी, उसी में छोड़कर और लगभग दौड़ते हुए

मुख्य द्वार खोला। द्वार पर पी.जी. स्टूडेंट डॉ. सुजाता राय खड़ी थी। वह बेहद घबराई और तनावग्रस्त दिख रही थी। उसकी साँसें तेज-तेज चल रही थीं। ऐसा लग रहा था जैसे वह दौड़ते हुए आई हो।

मुझे अपने सामने पाकर डॉ. सुजाता राय, जैसा कि सामान्यतः होता है, पी.जी. स्टूडेंट्स अपने सीनियर डॉक्टर का अभिवादन जरूर करते हैं, मेरा अभिवादन करना भी भूल गई और इससे पहले कि मैं उससे कुछ पूछूँ उसने स्वयं ही बताना शुरू कर दिया, "सर, अभी...अभी एक सीरियस पेशेंट आया है...मैंने उसे आई.सी.सी.यू. में भर्ती कर लिया है...कोई सीनियर डॉक्टर नहीं है...सर, कोई नहीं मिला...इसलिए आपको तकलीफ दे रही हूँ...प्लीज सर...आप जरा चल कर देख लें।"

डॉ. सुजाता राय के आग्रह के बावजूद मैंने निर्पेक्ष भाव से उससे पूछा, "डॉ. राय, पेशेंट आपका रिश्तेदार है ?"

"नो सर !" डॉ. सुजाता राय सकपकाई।

मेरे माथे पर बल पड़ गए, "फिर आप इतनी इमोशनल क्यों हो रही हैं ?"

डॉ. सुजाता राय को कोई जवाब नहीं सूझा। बड़ी मुश्किल से थूक निगलते हुए बोल पाई, "सॉरी, सर।"

"किसकी ड्यूटी है ?" मैंने शुष्क स्वर में पूछा।

डॉ. सुजाता राय ने बताया, "डॉ. चौधरी की !"

"क्यों ? कहाँ हैं डॉ. चौधरी ?"

"सर, डॉक्टर चौधरी अभी तक आए नहीं हैं। मैंने उनके घर फोन लगाने की कोशिश की, लेकिन घंटी बजती रही...कोई रेस्पांस नहीं हुआ...शायद फाल्स रिंग...।"

डॉ. सुजाता राय की बात मैंने बीच में ही काट दी, "क्यों, कैम्पस में कोई और सीनियर नहीं मिला ?"

"नहीं सर, डाइरेक्टर साहब सीनियर डॉक्टर की एक टीम के साथ सी.एम. हाउस गए हैं...रूटीन चेकअप के लिए।" डॉ. सुजाता राय ने मजबूरन मेरे पास आने की जैसे सफाई-सी दी।

उस वक्त मेरी तत्काल इच्छा हुई कि मैं अपनी ड्यूटी न होने का बहाना करके या फिर अपनी पत्नी की बीमारी का हवाला देकर छुटकारा पा लूँ, पर डॉ. सुजाता राय की घबराहट और बेचारगी देखकर मुझे ऐसा करना अनैतिक-सा लगा, जिहाजा मैंने डॉ. सुजाता राय को आश्वस्त किया, "बस दो मिनट डॉ. राय ! पत्नी को लिटा कर आता हूँ...वह अभी-अभी बाथरूम से आई है...यू नो, शी इज अनेबल टू डू एनीथिंग...आज मेड सर्वेंट भी छुट्टी पर है !"

मैं डॉ. सुजाता राय को वहीं छोड़कर, उल्टे पाँव बेडरूम की ओर लौट गया, जहाँ मेरी पत्नी अस्त-व्यस्त-सी बेड पर पड़ी थी। मैंने पत्नी को ठीक से लिटाया। उसके पाँवों पर कम्बल डाला और टी.वी. ऑन करके उसे बताया, "एक सीरियस पेशेंट है...मैं उसे देखकर आता हूँ।"

पत्नी ने कुछ कहना चाहा, लेकिन मैं उसकी बात सुने बगैर तेजी से बाहर चला आया। डॉ. सुजाता राय अपराध-बोध, आशंका और अजीब-से आतंक में डूबी मेरे लौटने की प्रतीक्षा कर रही थी। मैंने उस पर नजर पड़ते ही टोका, ''डॉ. राय, एक डॉक्टर होने की पहली शर्त जानती हो क्या है ?''

डॉ. सुजाता राय ने मेरी ओर उत्सुकता से देखा। मैंने उसे लक्ष्य करके कहा, ''नो सेंटीमेंट्स...नो इमोशंस...नो इन्वाल्वमेंट्स।''

मैंने यह बात दो कारणों से कही थी। एक तो यह कि मेरी धारणा रही है कि लड़कियाँ मूलतः भावुक होती हैं और दूसरे यह कि मैं चाहता था कि डॉ. सुजाता राय जो अब तक असहज दिख रही थी, सहज हो जाए।

पता नहीं, डॉ. सुजाता राय सहज हुई या नहीं, लेकिन मेरे साथ इंस्टीट्यूट बिल्डिंग की ओर बढ़ते हुए उसने मुझे बताया, ''सर, मैंने ऐसी खामोश भीड़ नहीं देखी, जिसकी आप उपेक्षा कर जाएँ। शायद इसीलिए मैं इतनी परेशान और एक्साइटेड दिख रही हूँ।''

मुझे लगा डॉ. सुजाता राय सफाई दे रही है। शायद मेरी टिप्पणी ने उसे आहत किया था। मैंने उसके चेहरे को देखने की कोशिश की, लेकिन उसकी चाल में अप्रत्याशित आई तेजी से, ऐसा मुमकिन नहीं हो पाया। मैंने भी चुप रहना बेहतर समझा। फिर हम सारी राह चुप ही रहे।

जिस वक्त मैं आई.सी.सी.यू. में दाखिल हुआ सिस्टर एलविन पेशेंट को आई.वी. लाइन लगा चुकी थी। मुझ पर नजर पड़ते ही उसने मुझे मुस्कुराकर 'गुड इवनिंग' कहा। उसकी प्रोफेशनल ही मुस्कुराहट में कोशिश नहीं थी, या कि मैं ही ऐसी मुस्कुराहट का अभ्यस्त था, सो मैंने उस पर खास ध्यान नहीं दिया और उससे चार्ट लेकर पेशेंट की डिटेल्स देखने लगा।

चार्ट में पेशेंट का नाम विजय मित्र, उम्र 51 वर्ष दर्ज था। उसका ब्लड प्रेशर असामान्य रूप से बढ़ा हुआ था। उसकी ई.सी.जी. रिपोर्ट खतरनाक संकेत दे रही थी। मैंने एक नजर पेशेंट पर डाली। पेशेंट के चेहरे पर ऑक्सीजन मास्क चढ़ा था, जिसके जरिए वह कठिनाई से साँस ले पा रहा था। ई.सी.जी. मॉनिटर स्क्रीन पर उठती-गिरती तरंगें बता रही थीं कि पेशेंट अपनी मौत से जूझ रहा है।

''सर, आपको क्या लगता है...इज इट ए केस ऑफ मायोकार्डियल इनफार्कशन ?''

मैं डॉ. सुजाता राय के इस प्रश्न का आशय तत्काल नहीं समझ सका, बल्कि मुझे उसके इस मासूम सवाल पर हैरानी-सी हुई, सो मैंने उसे घूरते हुए पूछा, ''ह्वाट डू यू मीन ?''

''दरअसल !'' डॉ. सुजाता राय कुछ कहते-कहते रुक गई। शायद कोई हिचक उसके आड़े आ गई थी।

उसकी हिचक मेरी समझ से परे थी। मुझे लगा कि डॉ. सुजाता राय पेशेंट के प्रति कुछ ज्यादा ही कांशस है, इसलिए उत्सुकतावश मैंने पूछा, ''डॉ. राय, समथिंग रांग विद यू ?''

"नो...नो...सर !" सुजाता घबरा गई गोया मैंने उसकी चोरी पकड़ ली हो। उसने स्वयं को संयत करने की कोशिश में कहा, "सर, मुझे लगता है, इस आदमी को मायोकार्डियल इनफार्कशन नहीं हो सकता।"

"क्यों, ऐसा तुम कैसे कह सकती हो ?" पहली बार मेरा विश्वास हिला। मैंने खुद को विश्वास दिलाने के लिए जैसे अपनी आँखें ई.सी.जी. मॉनिटर स्क्रीन पर टिका दीं।

"सर, एक ऐसा आदमी हो हिंसा में विश्वास करता हो...जिसके लिए किसी को छः इंच छोटा कर देना मामूली बात हो...जिसका नाम जन संहारों का पर्याय हो, उसके पास भी दिल जैसी कोई चीज हो सकती है क्या ?" डॉ. सुजाता राय के स्वर में उत्तेजना इस कदर व्याप्त थी कि मैं निरपेक्ष नहीं रह सका। मैंने डॉ. सुजाता राय को आश्चर्य से देखा—यह डॉक्टर है या महज मामूली लड़की !

मैंने उसकी आँखों में कुछ तलाशने की कोशिश की, शायद मासूमियत या कि मायूसी, ठीक-ठीक नहीं कह सकता, लेकिन अपना असमंजस छुपा नहीं पाया, "मैं कुछ समझा नहीं, डॉ. राय ?"

"सर ! यह आदमी नक्सल लीडर है। यू नो, नक्सलीज डू बिलीव इन ब्लड शेड्स !" डॉ. सुजाता राय की आवाज लरज रही थी।

बयान देते-देते डॉ. सी.के. भगत ठिठक गए, क्योंकि उन्हें ऐन इसी वक्त अपनी वह मनःस्थिति याद आ गई, जब डॉ. सुजाता राय ने कहा था कि "नक्सलीज डू बिलीव इन ब्लड शेड्स।"

उस वक्त उनके माथे पर बल पड़ गए थे जैसे वह कुछ याद करने की कोशिश कर रहे हों। उनकी स्मृति में पेशेंट चार्ट पर दर्ज नाम। वियज मित्र स्फुलिंग की तरह कौंधा और वह मन-ही-मन बुदबुदाए थे—नक्सल लीडर विजय मित्र ! सहसा, वह एक झटके से उठे थे और पेशेंट के करीब जा पहुँचे थे। पेशेंट के चेहरे पर ऑक्सीजन मास्क लगे होने की वजह से उन्होंने पहले उसे बहुत गौर से नहीं देखा था। तब कोई दिलचस्पी भी नहीं थी, लेकिन अभी, इस वक्त वह पेशेंट के बहुत करीब खड़े होकर न सिर्फ उसे बेहद ध्यान से देख रहे थे, बल्कि जैसे लगातार अपनी याददाश्त पर भी जोर डाल रहे थे।

कद, काठी, रंग, रूप वही होने के बावजूद पेशेंट के चेहरे पर व्याप्त प्रौढ़ता, बालों से झाँकती सफेदी और निश्चल मुँदीं आँखें उनके देखे विजय मित्र से मेल नहीं खाती थीं। बीस-पच्चीस साल पहले के विजय मित्र को याद करते हुए उनकी आँखें सुखद आश्चर्य से फैलती--चली गई थीं। वह उस क्षण सचमुच भावुक हो गए थे।

डॉ. सी.के. भगत को चुप और कुछ असामान्य देखकर साइकियाट्रिस्ट डॉ. रामाशीष देव ने टोका, "ह्वाट हैपेंड, डॉ. भगत ?"

डॉ. सुजाता राय ने भी मुझसे यही पूछा था, व्हाट हैपेंड, सर ?"

"मैंने डॉ. सुजाता राय के इस सवाल का जवाब देने के बजाय सिस्टर एलविन को पुकारा। सिस्टर एलविन लगभग दौड़ती हुई मेरे पास आई। मैंने उसे आदेश दिया,

"सिस्टर, पेशेंट का ब्लड बायोकेमेस्ट्री के लिए भिजवाइए और हाँ, पेशेंट के अटेंडेंट को बुलाइए।"

सिस्टर एलविन उल्टे पाँव लौट गई। डॉ. सुजाता राय पेशेंट को सट्रेप्टोकिनेस दे चुकी थी। मैंने आई.वी. लाइन को चेक किया। इस तरह चेक करने से मुझे सन्तोष हुआ। फिर मैं ई.सी.जी. मॉनिटर के पास बैठकर सिस्टर एलविन की प्रतीक्षा करने लगा। शायद मुझे बेहद सीरियस देखकर डॉ. सुजाता राय ने टोका, "सर, क्या सोच रहे हैं, आप ?"

डॉ. सी.के. भगत को अच्छी तरह याद है कि उस वक्त वह विजय मित्र के बारे में सोच रहे थे। मेडिकल कॉलेज में थर्ड ईयर में जो लड़का उनका रूम मेट बना था वह विजय मित्र ही था। सामान्य कद-काठी का साँवला-सा विजय मित्र क्लास में भी ज्यादातर खामोश ही रहता। अपने-आप में खोया हुआ गोया मन कहीं और तन कहीं और हो। सेकेंड ईयर तक उनका विजय मित्र से बस 'हाय-हैलो' भर का रिश्ता था। थर्ड ईयर में जब विजय मित्र उनके साथ एक ही कमरे में रहने लगा, तब उसे करीब से देखने-जानने का मौका मिला। शुरू में विजय मित्र उनके साथ बस काम भर ही बात करता, लेकिन धीरे-धीरे उनके बीच से औपचारिकता की दीवार ढहने लगी थी। वे अब कुछ-कुछ खुलकर बोलने-बतियाने लगे थे।

उन दिनों विजय मित्र देर रात तक जागता और अपने सिरहाने टेबल लैम्प जलाकर पढ़ता रहता। चूँकि उन्हें रात में देर तक जागने की आदत नहीं थी, इसलिए वह जल्दी ही सो जाते, लेकिन रात जब कभी नींद टूटती, वह पाते कि विजय पढ़ रहा है, ऐसी ही एक रात जब उनकी आँख खुली, तो उन्होंने पाया कि विजय मित्र अपने बेड पर नहीं है। उस रात यह सोचकर कि विजय मित्र बाथरूम गया होगा, वह सो गए थे। पर अक्सर ऐसा होता कि जब भी वह रात में उठते, विजय मित्र अपने बेड पर नहीं मिलता। विजय मित्र का इस तरह रात को गायब हो जाना, जितना औत्सुक्यपूर्ण था, उतना ही रहस्यमय भी। अखिरकार एक दिन उन्होंने विजय मित्र से पूछ ही डाला था, "पार्टनर, ये रात-रात भर कहाँ गायब रहते हो ? कोई चक्कर-वक्कर तो नहीं ?"

विजय मित्र न तो चौंका था, न ही कोई चोरी पकड़ लिए जाने जैसा भाव उसके चेहरे पर दिखा था। एक मद्धिम-सी मुस्कुराहट उसके होंठों पर जरूर उभरी थी, "कोई चक्कर-वक्कर नहीं, साथी ! बस, यूँ ही मन नहीं लगता, तो घूमने निकल जाता हूँ।"

विजय मित्र के जवाब से वह कतई सन्तुष्ट नहीं हुए थे, लेकिन विजय मित्र का अन्दाज कुछ ऐसा था, कि वह आगे कुछ नहीं पूछ पाए थे, उसे कुरेदना, खामख्वाह उसके निजी जीवन में हस्तक्षेप-सा लगा था। वह कुछ अबूझ जानने की फाँस दबा गए थे।

लेकिन वह रहस्य...अबूझपन ज्यादा दिनों तक छुपा नहीं रह पाया था। विजय मित्र के सिरहाने, किताबों के बीच कई ऐसी किताबें दिखने लगी थीं, जिनका मेडिकल साइंस से कोई लेना-देना नहीं था। वह कभी कम्युनिस्ट पार्टी का घोषणा-पत्र पढ़ता, तो कभी

दास कैपिटल। वह अक्सर कार्ल मार्क्स, एंजल्स, लेनिन, माओ-त्से-तुंग की किताबों में खोया रहता और जब थक जाता तो आँखें मूँद कर कुछ सोचता रहता। उन्हें लगता कि विजय मित्र अपना समय बर्बाद कर रहा है। रूममेट होने के नाते उन्हें विजय मित्र का यह भटकाव अच्छा नहीं लगता, इसलिए उन्होंने विजय मित्र को समझाने की कोशिश की थी, ''विजय, इन फालतू किताबों में अपना वक्त क्यों बर्बाद कर रहे हो ?''

विजय मित्र जैसे उनके इस आक्रमण के लिए पहले से तैयार था। शान्त चित्त उसने दलील दी थी, ''तुम जिन किताबों को फालतू कह रहे हो, दरअसल, वे ही एक दिन दुनिया का नक्शा बदल कर रख देंगी।''

''लेकिन ये किताबें तुम्हें डॉक्टर नहीं बनने देंगी।'' उन्होंने प्रतिवाद किया था।

''शायद हाँ !'' विजय मित्र विचलित होने की बजाय कहीं ज्यादा दृढ़ हो आया था, ''मैं डॉक्टर न भी बन पाऊँ...मरीजों की बीमारी का इलाज न कर पाऊँ...लेकिन मनुष्य समाज को जो बीमारी भीतर-ही-भीतर खाए जा रही है, उसका कोई निदान जरूर कर सकूँगा।''

वह विजय मित्र को अवाक् देखते रह गए थे—जैसे उसका दिमाग चल गया हो। लेकिन नहीं, विजय मित्र उनकी आँखों में आँखें डाले मुस्कुराए जा रहा था। उन्होंने एक बार फिर विजय मित्र को समझाने के प्रयास में उसके मर्म पर चोट की थी, ''विजय, यह सब जानकर तुम्हारे घरवालों को दुःख होगा। उन्होंने तुम्हें यहाँ डॉक्टर बनने के लिए भेजा है। उनकी तुमसे ढेर सारी उम्मीदें होंगी। मुझे लगता है, तुम उनके साथ ज्यादती कर रहे हो !''

इस बार विजय मित्र ने विरोध नहीं किया, लेकिन वह उनकी बातों से सहमत हो, ऐसा भी नहीं लगा था। उन्हें अपनी कोशिश की निरर्थकता खल गई थी। अनचाहे ही उस दिन, एक गहरी चुप्पी उन दोनों के बीच तन गई थी।

उस दिन के बाद यह स्पष्ट हो गया था कि विजय मित्र जो पढ़ता है, या रात-रात भर गायब रहता है, या जो सोचता है, या जो करता है, उस सबका मेडिकल की पढ़ाई से कोई वास्ता नहीं है और वह लगभग आत्महंता हो चुका है। यह सब दुःखद था। उन्हें अफसोस होता है और वह मन से चाहते कि विजय मित्र ऐसा न करे।

पता नहीं, विजय मित्र के प्रति वह जिस भावना से भरे थे कि जब भी कभी मौका मिलता, वह उसे समझाने लिए फिर भी स्वयं को रोक नहीं पाते। वह ऐसे वक्तों में अक्सर उससे पूछते, ''विजय, तुम्हें नहीं लगता है कि तुम अपने आपको वेस्ट कर रहे हो ? यह जो अपरच्युनिटी मिली है, एक डॉक्टर बनने की, इसे तुम खो रहे हो...एक बेहतर कैरियर...एक बेहतर फ्यूचर...एबव ऑल एक बेहतर ह्यूमन सर्विस का मौका तुम गँवा रहे हो ?''

''साथी ! मैं तुम्हारी भावना की कद्र करता हूँ। मैं मानता हूँ कि तुम जो कह रहे हो, उसमें कहीं ज्यादा आकर्षण है...जिन्दगी कहीं जयादा सुविधाजनक हो सकती है। लेकिन...।'' विजय मित्र एक-एक शब्द पर जोर देते हुए बोलता, ''गरीबी...गैर

बराबरी...भूख...अन्याय...दमन...शोषण...अत्याचार...मनुष्य के श्रम का अपमान, यह सब कुछ देखकर मैं बेचैन हो उठता हूँ...गहरे तक आहत और अपराध-बोध से भर जाता हूँ। मुझे लगता है, मैं इस मशीनरी का पुर्जा नहीं बन सकता।''

विजय मित्र का एक फैसलाकुन तेवर दिन पर दिन परवान चढ़ता गया था। वह अपनी रातें मजदूर बस्तियों में गुजारने लगा था। दिन जन-आन्दोलनों...विरोध प्रदर्शनों...गोष्ठियों-सेमिनारों में गुजरते। वह कई-कई दिन हॉस्टल नहीं लौटता। उसकी गतिविधियाँ जिस तेजी से बढ़ रही थीं, वह उतनी ही तेजी से मेडिकल की पढ़ाई से विमुख होता जा रहा था।

वह जब भी विजय मित्र को घेरने की कोशिश करते, वह उनसे कोई तीखा प्रश्न पूछकर, उन्हें निरुत्तर कर देता। वह जब-तब कहता, ''साथी, मेडिकल छात्रों का जितना शोषण होता है...बँधुआ मजदूर-सा जो बर्ताव होता है, मैं सोचता हूँ, उसके खिलाफ भी आवाज उठाई जानी चाहिए...। छात्रों को गोलबन्द किया जाना चाहिए...।''

विजय मित्र की बातें सुनकर उनके शरीर में झुरझुरी छूट जाती। वह बगलें झाँकने लगते। कहीं कोई सुन न ले। वह कमरे के बाहर की आहट लेते और कमरे के भीतर विजय मित्र की उपस्थिति से सहमे रहते। वह उसके साथ असहज जरूर करते थे, लेकिन पता नहीं क्यों, उसकी अनुपस्थिति उन्हें बेहद खलती थी। यह अजीब वितृष्णापूर्ण आकर्षण था।

उन्हीं दिनों, अचानक एक दिन पुलिस कमरे की तलाशी लेने आ धमकी। पता चला, विजय मित्र गिरफ्तार हो गया है। यह खबर सुनक़र उनका खून जम गया था। चेतना सुन्न हो गई थी। दिल बैठता लगा था। पुलिस जब तक कमरे की तलाशी लेती रही थी, वह दहशत के मारे डूबते-उतराते रहे थे।

पुलिस विजय मित्र की वे तमाम किताबें, जो उसके सिरहाने, बिस्तर के नीचे, अलमारी के अन्दर और ट्रंक के भीतर रखी हुई थीं, बतौर 'आपत्तिजनक सामग्री' अपने साथ ले गई थी। जाने से पहले एक पुलिस अफसर ने उनसे भी विजय मित्र के बारे में कई प्रश्न पूछे थे, लेकिन उन्होंने ज्यादातर प्रश्नों के प्रति अपनी अनभिज्ञता जाहिर की थी। उस वक्त, उनके सीनियर्स, सहपाठियों और कई प्रोफेसर्स ने उनके पक्ष में पुलिस अफसर को समझाया था कि भगत कॉलेज का बेस्ट स्टूडेंट है और एक रूम में रहने के बावजूद उसका विजय मित्र से कोई लेना-देना नहीं है।

उस दिन पुलिस के जाने के बाद भी वे बड़ी देर तक उबर नहीं पाए थे। मन में जारी धुकधुकी और विजय मित्र का रह-रहकर आता ख्याल, उन्हें उद्वेलित करता रहा था। उन्हें समझ में नहीं आ रहा था कि वह इस पूरी घटना से स्वयं को किस तरह असंपृक्त करें ? उनकी आँखों में विजय मित्र का साँवला-सा चेहरा, चमकीली आँखें, विद्रोही तेवर बरबस उभर आता और वह जैसे स्वयं से ही पूछने लगते—विजय मित्र नक्सलबाड़ी क्या करने गया था ? वहाँ पुलिस ने उसे गिरफ्तार कैसे कर लिया ? वह जिस राह पर जा रहा है, वह सही है या गलत ? वह अपने कैरियर से ज्यादा क्रान्ति

को तरजीह क्यों दे रहा है ?

उस रात विजय मित्र का अस्त-व्यस्त बेड उन्हें बड़ी देर तक परेशान करता रहा। वह बड़ी देर तक उस ओर से स्वयं को विमुख रखने की कोशिश करते रहे। बड़ी देर तक वह विजय मित्र की स्मृति-छाया से जूझते रहे। बड़ी देर तक दोनों के बीच शह-मात का खेल चलता रहा। अन्ततः वह उठे थे। उसकी बिखरी किताबें करीने से अलमारी में लगाई थी। गद्दे को झाड़ा था और उस पर चादर डाल दी थी। तकिए का कवर ठीक करते हुए उन्हें आभास हुआ था कि तकिए के अन्दर कुछ है। उन्होंने उत्सुकता से तकिए के अन्दर हाथ डाला था। वहाँ एक डायरी थी। लाल रंग के प्लास्टिक कवर वाली, उस डायरी में विजय मित्र ने बहुत सारी बातें लिख रखी थीं। घटनाएँ...विचार ...निजी प्रसंग।

विजय मित्र की डायरी उसकी अन्तरंग टिप्पणियों से भरी पड़ी थी। उसे पढ़ते हुए वह कभी रोमांचित तो कभी आतंकित होते रहे थे। उसी डायरी में विजय मित्र ने एक जगह लिखा था–'विश्लेषणात्मक रुख की कमी होने की वजह से हमारे बहुत से साथी जटिल समस्याओं का बार-बार गहराई से विश्लेषण और अध्ययन नहीं करना चाहते, बल्कि सीधे निष्कर्ष निकालना चाहते हैं, जो या तो मुकम्मिल तौर पर सकारात्क होते हैं अथवा मुकम्मिल तौर पर नकारात्मक।'–माओ-त्से-तुंग।

इन पंक्तियों को पढ़ते हुए उन्हें विजय मित्र की मनःस्थिति का अन्दाजा हुआ था और लगता था कि यह टिप्पणी एक तरह से उन्हें ही सम्बोधित है। अक्सर ऐसा होता, कि विजय मित्र से होनेवाली बातचीत से वह एकदम से असहमत होते और कई बार तो उसकी दलीलों की खिल्ली भी उड़ा देते थे, "डोंट लिव इन फुलिश पैराडाइज।"

डॉ. सी.के. भगत के होंठ हिले। वह स्वगत ही बुदबुदा रहे थे, "बेवकूफ कहीं का।"

न्यूरोलॉजिस्ट डॉ. जीवकान्त यादव चौंके। उन्होंने डॉ. सी.के. भगत को टोका, "डॉ. भगत, आर यू राइट ?"

डॉ. सी. के. भगत ने स्वयं को सँभाला, लेकिन अपनी झेंप छुपा नहीं पाए, "यस...यस, डॉ. यादव, आयम एब्सॉल्यूटली राइट !"

इससे पहले कि कोई उनकी मनःस्थिति को पकड़ पाए, डॉ.सी.के. भगत ने स्वयं को संयत करते हुए अपने बयान का छूटा सिरा थाम लिया–

डॉ. सुजाता राय के यह पूछने पर मैं क्या सोच रहा हूँ, मैंने टालने की गरज से उससे ही पूछा, "बाय द वे, तुम इस पेशेंट को जानती हो ?"

डॉ. सुजाता राय को सम्भवतः इस सवाल की कतई उम्मीद नहीं थी, शायद इसीलिए क्षण भर को वह सकते में आ गई, लेकिन मुझे अपनी ओर एकटक देखता पाकर बोली, "सर, वो क्या है कि अखबारों वगैरह में पढ़ती रही हूँ।"

"आई सी !" मैं मुस्कुराया, "मुझे लगा कि तुम इसे पर्सनली जानती हो !"

"नहीं सर ! ऐसी कोई बात नहीं।" डॉ. सुजाता राय जैसे सफाई देने पर उतर

आई, ''पेशेंट के साथ जो कुछ लोग आए हैं, दरअसल उनकी बातों से भी भान हुआ कि यह पेशेंट नक्सल लीडर है।''

सहसा मुझे ख्याल आया कि सिस्टर एलविन अभी तक वापस नहीं आई है, लिहाजा मैंने पेशेंट की बाबत डॉ. सुजाता राय को कुछ हिदायत दी और तेजी से आई. सी.सी.यू. से बाहर चला आया।

सिस्टर एलविन मुझे कॉरीडोर में ही आती हुई मिल गई। वह बुरी तरह झुँझलाई हुई थी। मुझ पर एक नजर पड़ते ही वह तीखे लहजे में लगभग फट-सी पड़ी, ''सर, उधर कोई नहीं है। बायोकेमेस्ट्री में ताला लगा है।''

''क्यों ?'' मेरा मुँह खुला का खुला रह गया। इस इंस्टीट्यूट में व्याप्त यह अराजकता कोई नई बात नहीं थी, लेकिन इस वक्त सिस्टर एलविन द्वारा दी गई यह सूचना मुझे नागवार लगी। मैं उस वक्त तैश में आ गया। सिस्टर एलविन को आई. सी.सी.यू. में जाने को बोलकर मैं तेजी से आगे बढ़ गया।

इंस्टीट्यूट के बाहर बरामदे में एक खामोश मगर बेचैन भीड़ खड़ी थी। मुझे देखते ही कई जोड़ी आँखें मेरे चेहरे पर आ टिकीं। उन आँखों में आशा थी...आशंका थी...जिज्ञासा भरी चुप्पी के पीछे छलछलाती हुई याचना थी। मेरी हिम्मत नहीं हुई कि मैं उस भीड़ से आँख मिला पाऊँ। बचकर निकल जाने की कोशिश में मैं डॉक्टर्स चैम्बर की ओर बढ़ा ही था कि यक-ब-यक पूरा इंस्टीट्यूट घुप्प अँधेरे में डूब गया। बिजली गुल हो गई थी। अछोर-अँधेरे में जैसे हर चीज अपनी जगह पर ठहर गई थी।

इस भयावह अँधेरे के बीच एकबारगी मेरे दिमाग में एक साथ दो चेहरे कौंधे पहला मेरी पत्नी का चेहरा, दूसरा आई.सी.सी.यू. में अपनी मौत से लड़ रहे पेशेंट विजय मित्र का। दोनों चेहरे एक-दूसरे में गड्डमड्ड हो गए और मैं किंकर्तव्यविमूढ़-सा रोशनी आने का इन्तजार करता रहा।

मुझे आश्चर्य हो रहा था कि अभी कि इंस्टीट्यूट का जेनरेटर क्यों नहीं चालू हुआ ? इस अप्रत्याशित विलम्ब और अँधेरे के आतंक में मेरे लिए और प्रतीक्षा करना मुश्किल हो गया। मैं अँधेरे में ही अन्दाज के सहारे आई.सी.सी.यू. की ओर दौड़-सा पड़ा। आई.सी.सी.यू. में मेरे दाखिल होते-न-होते बिजली आ गई थी बिजली आ गई या कि जेनरेटर चल पड़ा। झपाक से आई रोशनी में मेरी आँखें चुँधिया गईं। मैंने पलकें झपकाते हुए ई.सी.जी. मॉनिटर स्क्रीन पर आँखें टिका दीं। वहाँ 'हार्ट बीट्स' बतानेवाली रेखाओं का ग्राफ नदारत था। स्क्रीन पर सिर्फ एक सपाट-सी चमकती लकीर स्थिर थी। मैं दौड़ा हुआ पेशेंट के पास गया। उसकी कलाई अपने हाथ में लेकर नब्ज टटोलने लगा। मैं इस कदर व्यग्र और विह्वल था कि पेशेंट की नब्ज तक पकड़ में नहीं आ रही थी। मैंने आनन-फानन पेशेंट को कार्डियल-पल्मोनरी रिससिटेशन देने की कोशिश की, लेकिन डॉ. सुजाता राय ने मुझे रोकते हुए कहा, ''सर, पेशेंट इज नो मोर !''

मैंने गौर किया कि डॉ. सुजाता राय उस वक्त न तो भावुक थी न ही बेचैन। उसका स्वर निहायत सपाट था। मुझे लगा कि वह मेरी बेचैनी और भावुकता को लक्ष्य

कर रही है, लेकिन सच तो यह है कि मैं उस वक्त तक पेशेंट की मृत्यु को स्वीकार नहीं कर पाया था। मैंने हताश स्वर में डॉ. सुजाता राय से कहा, "नो डॉ. राय, वी कुड नाट सेव हिम !"

बयान देते-देते डॉ. सी.के. भगत रुके। उनके माथे पर पसीना छलक आया था। पसीना पोंछने के लिए जेब से रूमाल निकालते हुए उनका दिमाग कई-कई स्मृतियों में उलझ गया था। मन सुदूर अतीत की ओर भाग छूटा था।

लाख चाहकर भी विजय मित्र को बचाया नहीं जा सका था। हालाँकि उन समेत कई छात्रों ने तर्क दिया था कि किसी छात्र की राजनीतिक प्रतिबद्धता उसका निजी अधिकार है और इस आधार पर उसे कॉलेज से नहीं निकाला जाना चाहिए। लेकिन कॉलेज प्रशासन कोई दलील सुनने को तैयार नहीं था, बल्कि छात्रों के इस विरोधी तेवर के उग्र होने से पहले ही कॉलेज परिसर में सख्ती शुरू कर दी गई थी। एहतियात के नाम पर पुलिस की तैनाती और कई प्राध्यापकों के धमकी भरे रवैए ने छात्रों का हौसला पस्त कर दिया। विजय मित्र का निष्कासन पहले तो बहस का विषय बना रहा, फिर धीरे-धीरे विस्मृति के गर्भ में खो गया।

तब भी विजय मित्र उनके दिलो-दिमाग पर अर्से तक छाया रहा। कमरे में मौजूद उसका बेड, उसकी किताबें, ट्रंक, टेबल लैम्प और उसके कपड़े उसकी स्मृति को कहीं ज्यादा सघन कर जाते। उसके शब्द, उसके भाव, उसकी भंगिमा, उसकी त्वरा और उसके तेवर वह लाख चाहकर भी विजय मित्र के लिए अपने मन की इस कमजोरी को कभी समझ नहीं पाए।

अचानक एक दिन जब मित्र का सामान लेने उसके पिता मिहिजाम से आए, तो उनके थके, हताश और दरके व्यक्तित्व को देखकर वह भीतर तक हिल गए थे। बड़ी मुश्किल से उनसे कह पाए थे, "हमने बहुत कोशिश की लेकिन...।"

उन्हें इस 'लेकिन' के आगे क्या कहना है, कुछ समझ नहीं आया था और न ही विजय मित्र के पिता ने कुछ जानने की ही कोशिश की थी। सामान समेटने और रिक्शे पर लदवाने के दरम्यान एक ऐसी सख्त चुप्पी बनी रही, जिसके भीतर इतना कुछ कहा जा चुका था, कि शब्दों के होने न होने का कोई अर्थ नहीं रह गया था। वह हत्प्रभ रिक्शे को होस्टल गेट से बाहर जाते हुए देखते रहे थे। थोड़ी देर में ही विजय मित्र के पिता परछाईं में तब्दील हो गए थे।

उनका मन गहरे अवसाद में डूब गया था। कमरे में विजय मित्र की उपस्थिति का अहसास कराती चीजें नहीं थीं, बल्कि कोने में एक निचाट खालीपन व्याप्त था। उन्हें लगा था कि यह खालीपन सनसना रहा है। पहली बार उन्होंने सन्नाटे को बजते हुए सुना था जैसे कोई उनके कान में कह रहा हो, "साथी, मेरी डायरी तुमने अपने पास ही क्यों रख ली ?"

यह विजय मित्र था ! तो क्या विजय मित्र उनके भीतर भी मौजूद है ? उन्होंने कमरे में चारों ओर निगाह दौड़ाई थी फिर बेहद सतर्कता से अपने तकिए के भीतर

रखी विजय मित्र की लाल डायरी को बाहर खींचते हुए अपने आप से सवाल किया था, "विजय मित्र की डायरी विजय मित्र के पिता से जान-बूझकर क्यों छिपा ली थी ?"

अपने ही सवाल का कोई जवाब नहीं था उनके पास। वह ठगे-से डायरी के पन्ने पलटने लगे थे जैसे वह जवाब उस डायरी में ही कहीं दबा पड़ा हो। अचानक उनकी आँखें एक पृष्ठ पर जम-सी गई थीं। उस पृष्ठ पर विजय मित्र ने लिखा था–'सर्वहारा को किसान वर्ग की पूरी मदद पाने की कोशिश करनी चाहिए और सशस्त्र विद्रोह की तैयारी करनी चाहिए। देहातों में किसानों की क्रान्तिकारी समितियों की स्थापना करनी चाहिए और जमींदारियों की जब्ती के लिए तैयारियाँ करनी चाहिए। मजदूर वर्ग को क्रान्ति का नेतृत्व आगे बढ़कर अपने हाथ में लेना होगा, तभी क्रान्ति को सफल बनाया जा सकता है।'–लेनिन

डायरी का यह पृष्ठ पढ़ते-पढ़ते वह एक साथ आतंक और अपराध की भावना से इस बुरी तरह ग्रस्त हो गए थे कि उन्हें लगा था कि इस डायरी का उनके पास रहना उचित नहीं। डायरी छुपा लेने के पीछे जिस भावुकता का हाथ था, डायरी से निजात पाने के लिए उसी भावुकता ने उन्हें उकसाया। वह तत्काल उठे थे और डायरी जेब में डालकर रेलवे स्टेशन के लिए निकल पड़े थे।

विजय मित्र के पिता रेलवे स्टेशन पर गुमसुम बैठे मिल गए थे। उन्होंने डायरी छूट जाने का बहाना करते हुए वह डायरी उन्हें सौंप दी थी। डायरी लेते हुए विजय मित्र के पिता का हाथ थरथरा रहा था मानो वह अपने बेटे का शव ले रहे हों।

"डॉ. भगत, अगर आप ईजी न फील कर रहे हों तो आपका बयान बाद में ले लिया जाएगा।" डॉ. रजनीश आचार्य ने डॉ. सी.के. भगत को पसीना पोंछते देखकर सलाह दी।

डॉ.सी.के. भगत ने रूमाल मुट्ठी में भींचते हुए कहा, "नो डॉक्टर आचार्य, आयम क्वाइट नॉर्मल।"

एक असामान्य चुप्पी के बीच डॉ.सी.के. भगत ने भरसक सामान्य लहजे में अपना पक्ष रखने कोशिश की–

जिस वक्त पेशेंट विजय मित्र की लाश आई.सी.सी.यू. से बाहर आई, इंस्टीट्यूट परिसर में मौजूद भीड़ शोक-सन्ताप से भरी नारे लगाने लगी–कामरेड विजय मित्र। अमर रहे ! अमर रहे !! नारों की गूँज से इंस्टीट्यूट परिसर का कोना-कोना लरज रहा था। उस वक्त मेरे लिए तय करना मुश्किल हो गया था कि मुझे क्या करना चाहिए ? मैं किंकर्तव्यविमूढ़-सा डॉक्टर्स चेम्बर में जाकर बैठ गया। मेरे पीछे-पीछे डॉ. सुजाता राय भी आई और बैठ गई। बाहर उठते नारों के शोर और व्याप्त उत्तेजना से वह जैसे दहशत में डूबी हुई थी। उसका चेहरा फक पड़ा था। ऐसे में उसे अकेले छोड़कर जाने की मेरी हिम्मत नहीं हुई। मैं बगैर कुछ बोले चुपचाप बैठा रहा। सिस्टर एलविन यथावत भागदौड़

में लगी हुई थी।

मैंने तब राहत की साँस ली, जब डॉ. चौधरी को डॉक्टर्स चैम्बर में प्रवेश करते देखा। डॉ. चौधरी हैरान और हाँफते हुए—से अन्दर आए और सीधे मुझसे मुखातिब हो गए, "डॉ. भगत, यह क्या माजरा है ? बाहर इतनी भीड़...नारेबाजी...सब कुशल तो हैं ?"

"एक पेशेंट...नक्सल लीडर...उसी के सपोर्टर हैं ये।" अनमने ढंग से उत्तर देते हुए मैं घर जाने के लिए उठ खड़ा हुआ," डॉ. चौधरी, मैं चलता हूँ। अब आप आ गए हैं...डेथ सर्टिफिकेट दे दीजिएगा।"

"म...म...मैं !" डॉ. चौधरी हकलाए। उनके चेहरे पर हवाइयाँ उड़ने लगी थीं, "मैं कैसे दे सकता हूँ डेथ सर्टिफिकेट ! मैंने पेशेंट को नहीं देखा...मैं उसकी केस हिस्ट्री तक नहीं जानता।"

मैं अवाक डॉ. चौधरी को देखता रह गया। बाहर नारों का शोर मद्धिम पड़ने लगा था। भीतर एक अनपेक्षित स्थिति सिर उठा चुकी थी। मेरी समझ में नहीं आया, मैं क्या करूँ ? मैंने संयत स्वर में डॉ. चौधरी को याद दिलाया, "डॉ. चौधरी, आप ड्यूटी पर हैं। कायदे से तो यह आपका ही केस है !"

लेकिन डॉ. चौधरी कोई तर्क मानने को तैयार नहीं हुए। इस तरह से उन्होंने अड़ियल रुख अख्तियार कर लिया था। ऐसे में, पेशेंट की लाश, बाहर उत्तेजित भीड़, किसी भी क्षण कुछ भी घट जाने की आशंका और अपने क्वार्टर में निरीह पड़ी अपनी पत्नी का ख्याल आते ही मेरे दिमाग की नसें तड़तड़ाने लगीं। इससे पहले कि मैं अपना आपा खो बैठूँ, मैंने डेथ सर्टिफिकेट लिखकर दे देना ही उचित समझा।

डॉ. सुजाता राय का बयान

मैं पी.जी. स्टूडेंट डॉ. सुजाता राय एक जनवरी की रात डॉ. चौधरी की यूनिट में ड्यूटी पर थी, जब नक्सल लीडर विजय मित्र को अचेतावस्था में कार्डियोलॉजी में लाया गया। प्रारम्भिक जाँच के बाद मैंने पाया कि पेशेंट की हालत बहुत सीरियस है और उसके साथ आई भीड़ निहायत उग्र। मैं मन-ही-मन आतंकित और असहाय महसूस करती पेशेंट को तत्काल आई.सी.सी.यू. में दाखिल करने का निर्देश देकर डॉ. चौधरी से फोन पर सम्पर्क करने की कोशिश करने लगी। लेकिन काफी प्रयास के बाजवूद उनसे सम्पर्क नहीं हो पाया। मैं चूँकि अब तक जान चुकी थी कि विजय मित्र नाम का यह पेशेंट नक्सल लीडर है और बाहर खड़े लोग उसके सपोर्टर, मेरे हाथ-पाँव फूलने लगे थे। मैं इसी मनःस्थिति में किसी सीनियर डॉक्टर की तलाश में इंस्टीट्यूट के पिछले दरवाजे से बाहर निकल पड़ी।

वह एक जनवरी की रात थी, शायद इसीलिए कैम्पस में कुछ ज्यादा ही सन्नाटा था। पता नहीं, मेरे भीतर का भय था, या कैम्पस में व्याप्त सन्नाटा, वातावरण कुछ ज्यादा ही भयावह लग रहा था। अचानक मेरी नजर डॉ. भगत के क्वार्टर की खिड़की

से आती रोशनी और डोलती परछाईं पर पड़ी। मुझे लगा कि डॉ. भगत अपने क्वार्टर में हैं। मैंने घबराहट और बेचैनी के उस आलम में डॉ. भगत के क्वार्टर का कॉल बेल बजा दिया।

अपने क्वार्टर का दरवाजा डॉ. भगत ने ही खोला। इससे पहले कि डॉ. भगत मुझसे कुछ पूछते, मैंने पेशेंट की सीरियस हालत का हवाला देते हुए उनसे मदद की माँग की। डॉ. भगत शायद मुझे असहाय और उद्विग्न देखकर मेरे साथ चलने को तैयार हो गए।

आई.सी.सी.यू. में भर्ती पेशेंट के बारे में यह जानकर कि वह नक्सल लीडर विजय मित्र है, डॉ. भगत कुछ इस तरह चौंके कि मैंने गौर किया, वह जैसे कुछ याद करने की कोशिश कर रहे हों। अगले ही क्षण डॉ. भगत पेशेंट के करीब पहुँचे और ध्यान से देखने लगे, फिर गहरी साँस खींचते हुए उन्होंने मुझसे पूछा, "डॉ. राय, आप पेशेंट को जानती हैं ?"

हाँ, मैं पेशेंट विजय मित्र को जानती थी और उसे सिर्फ इसलिए नहीं जानती थी कि वह नक्सल लीडर है, बल्कि मैं उसी नक्सलबाड़ी की रहनेवाली हूँ, जहाँ कभी नक्सलवाद ने जन्म लिया था और उसके कहर का शिकार मेरा परिवार भी हुआ था। लेकिन यह बात मैं डॉ. भगत से छुपा गई। उल्टे, उस वक्त मुझे लगा कि डॉ. भगत भी किसी-न-किसी रूप में विजय मित्र को जानते हैं। उनकी आँखों में किसी को पहचान लेने जैसी स्नग्ध आभा उभरी थी और साथ ही उनके चेहरे पर गहरी उदासी छा गई थी।

डॉ. भगत पेशेंट विजय मित्र की स्थिति पर लगातार नजर रखे हुए थे। ई.सी.जी. मॉनिटर स्क्रीन पर हो रहे एक-एक परिवर्तन से उनके माथे पर बल पड़ जाते। मुझे लगा कि डॉ. भगत भीतर से बेहद उद्वेलित और इमोशनल हो आए हैं। मैंने उन्हें इस स्थिति से उबारने की गरज से या कि नक्सलियों के प्रति मेरे मन के भयबोध ने मुझे उकसाया कि, मैंने उनसे एक बेवकूफाना सवाल कर डाला, "सर, ऐसे नृशंस आदमी के पास भी दिल हो सकता है, क्या ?"

डॉ. भगत ने मुझे कौतूहल से देखा और मुझे अपनी ओर एकटक देखता पाकर ठंडी आह भरते हुए कहा, "डॉ. राय, यह आदमी जैसी दुनिया बनाने की लड़ाई लड़ता रहा है, वह किसी मामूली आदमी के वश की बात नहीं।"

जाहिर था कि डॉ. भगत न सिर्फ पेशेंट के बारे में बहुत कुछ जानते थे, बल्कि उससे कहीं-न-कहीं अन्तरंग भी थे। मेरी इच्छा हुई कि मैं डॉ. भगत से पूछूँ कि क्या वह विजय मित्र की लड़ाई से इत्तफाक रखते हैं, लेकिन किसी सीनियर से तुर्की-ब-तुर्की सवाल-जवाब न तो हम पी.जी. स्टूडेंट के लिए उचित होता है, न सुविधाजनक।

मुझे चुप देखकर डॉ. भगत कुछ, ज्यादा ही व्यग्र हो उठे। उन्होंने जैसे अपने-आप से ही कहा, "इस पेशेंट को किसी भी कीमत पर बचाया जाना बहुत जरूरी है, डॉ. राय !"

लेकिन वह पेशेंट नहीं बचा। डॉ. भगत लाख चाह कर भी पेशेंट विजय मित्र को नहीं बचा पाए। उस वक्त डॉ. भगत उस लुटे हुए मुसाफिर की तरह नजर आ रहे थे,

जो अपना सब कुछ गँवा कर भी, कहीं शिकायत दर्ज न करा पाने की बेबसी में जड़ हो गया हो। डॉ. भगत हताश, उदास, भारी कदमों से आई.सी.सी.यू. से बाहर निकले और डॉक्टर्स चैम्बर में जाकर बैठ गए। उनके पीछे-पीछे मैं भी डॉक्टर्स चैम्बर में पहुँची और चुपचाप एक कुर्सी पर बैठ गई।

कुछ ही देर बाद, डॉ. चौधरी भी आ पहुँचे। बाहर विजय मित्र के सपोर्टर नारे लगा रहे थे। चैम्बर के भीतर डॉ. चौधरी को देखकर डॉ. भगत कुर्सी से उठे और डॉ. चौधरी से डेथ सर्टिफिकेट दे देने के लिए कहकर जाने लगे कि डॉ. चौधरी ने डेथ सर्टिफिकेट देने में अपनी असमर्थता व्यक्त कर दी। डॉ. भगत और डॉ. चौधरी में इस मुद्दे पर तकरार भी हुई और तभी मैंने देखा कि डॉ. भगत तमतमाए हुए कुर्सी पर जा बैठे। उस वक्त वह क्रोध से काँप रहे थे और उसी हालत में उन्होंने डेथ सर्टिफिकेट लिखना शुरू कर दिया था।

डॉ. भगत डेथ सर्टिफिकेट पर अपना हस्ताक्षर करने के साथ ही झटके से उठे और कागज के उस टुकड़े को वहीं टेबल पर छोड़कर तीर की मानिन्द डॉक्टर्स चैम्बर से बाहर निकल गए।

सिस्टर एलविन का बयान

मैं सीनियर सिस्टर एलविन हेम्ब्रम एक जनवरी की रात ड्यूटी पर थी। उस रात जब पेशेंट विजय मित्र को लेकर एक भीड़ आई तो तत्काल उसे पी.जी. डॉ. सुजाता राय ने एक्जामिन किया और उसे ऑक्सीजन लगाने को कहकर आई.सी.सी.यू. में ले जाने की हिदायत दी। आई.सी.सी.यू. में थोड़ी देर बाद डॉ. सुजाता राय के साथ डॉ.सी.के. भगत आए। उन्होंने पेशेंट को देखा और मुझसे पेशेंट का ब्लड बायोकेमिस्ट्री का इन्तजाम करने को कहा। मैं डॉ. भगत के आदेश पर आई.सी.सी.यू. से बाहर चली गई। मुझे बायोकेमेस्ट्री में ताला बन्द मिला। मैंने डॉ. भगत को जब यह सूचना दी तो वह बुरी तरह बौखला गए और दौड़ते हुए बरामदे की ओर भागे। इसी बीच लाइट चली गई और जब लाइट आई तो मैंने देखा कि डॉ. भगत हाँफते हुए आई.सी.सी.यू. में घुस रहे हैं। डॉ. भगत ई.सी.जी. मॉनिटर स्क्रीन पर नजर पड़ते ही चीख पड़े, "ओह नो !"

डॉ. भगत की चीख से मेरा ध्यान उस ओर आ गया। मैंने देखा, डॉ. भगत पेशेंट की नब्ज टटोल रहे हैं। डॉ. भगत बेहद बेचैन और घबराए हुए थे। शायद उस वक्त उनकी समझ में कुछ नहीं आ रहा था। तभी डॉ. सुजाता राय ने उनसे कहा, "सर, पेशेंट इज नो मोर !"

जेनरेटर ऑपरेटर का बयान

एक जनवरी की रात जिस वक्त बिजली गायब हुई थी, मैं अपनी ड्यूटी पर था। मैंने दौड़कर तुरन्त जेनरेटर चालू करने का कोशिश की लेकिन जेनरेटर में कचरा आ जाने के कारण उसे चालू होने में समय लगा। समय कितना लगा, यह ठीक-ठीक बता पाना

सम्भव नहीं है, क्योंकि न तो मेरे पास घड़ी थी और न ही ऐसी कोई जरूरत कभी पड़ी थी।

डॉ. चौधरी का बयान

मैं डॉ. नीलकान्त चौधरी एक जनवरी को नाइट ड्यूटी पर था। मुझे कैम्पस में आवास उपलब्ध नहीं है, इसलिए मैं शहर में किराये के मकान में रहता हूँ। उस रात मैं ड्यूटी के लिए घर से चला तो रास्ते में पता चला कि मुख्यमार्ग पर वाहनों का आना-जाना बन्द है, क्योंकि उधर से गवर्नर का काफिला गुजरनेवाला है। रास्ता डाइवर्ट कर दिया गया था, लिहाजा दूसरे तमाम रास्तों में ट्रैफिक जाम हो गया था। और मैं चाहकर भी ड्यूटी पर समय से पहुँच पाने में विवश था। जब मैं अपनी ड्यूटी पर पहुँचा तो कैम्पस में एक शव को घेरे लोगों का हुजूम नारेबाजी कर रहा था। भीड़ बेहद उत्तेजित थी। मुझे लगा, किसी भी क्षण हिंसक हो सकती है। मैं घबराया हुआ डॉक्टर्स चेम्बर में पहुँचा, जहाँ पहले से ही डॉ. भगत और पी.जी. स्टूडेंट डॉ. सुजाता राय मौजूद थे। डॉ. भगत ने मुझसे कहा कि मैं विजय मित्र का डेथ सर्टिफिकेट दे दूँ। लेकिन मैंने पेशेंट का इलाज नहीं किया था, न ही मैं केस हिस्ट्री से वाकिफ था, इसलिए 'डेथ सर्टिफिकेट' देना मेरे लिए न तो व्यावहारिक था और न ही उचित, इसलिए मैंने अपनी विवशता जाहिर कर दी। इस पर डॉ. भगत मुझसे उलझ पड़े और उन्होंने अपना आपा खो लिया। उसी मानसिक स्थिति में उन्होंने विजय मित्र का 'डेथ सर्टिफिकेट' जारी कर दिया।

डॉ. भगत के लिखे डेथ सर्टिफिकेट पर नजर पड़ते ही मैं हैरान रह गया। मुझे अपनी आँखों पर विश्वास नहीं हुआ। मैंने उसे डॉ. सुजाता राय को पढ़ने के लिए दिया। डॉ. सुजाता राय भी डेथ सर्टिफिकेट पढ़कर चकरा गई। डॉ. भगत ने डेथ सर्टिफिकेट में पेशेंट विजय मित्र की मृत्यु का कारण लिखा था—ड्यू टू फेल्योर ऑफ सिस्टम (व्यवस्था के विफल हो जाने के कारण)।

जाँच दल ने महसूस किया कि इस बिन्दु पर डॉ.सी.के. भगत का स्पष्टीकरण जरूरी है। लिहाजा, डॉ. भगत एक बार फिर तलब किए गए। जाँच दल की ओर से डॉ. रजनीश आचार्य ने डॉ.सी.के. भगत से पूछा "डॉ. भगत, आप एक सीनियर और जिम्मेदार डॉक्टर हैं, फिर आपने ऐसा डेथ सर्टिफिकेट क्यों दिया ?"

"क्यों, मैंने कुछ गलत लिखा है, क्या ?" डॉ. सी.के. भगत इस इत्मीनान से मुस्कुराए कि जाँच दल के तीनों सदस्य सकते में आ गए।

"आर. यू. श्योर, डॉ. भगत, कि आपने सही लिखा है ?" बड़ी मुश्किल से पूछ पाए डॉ. देवाशीष देव।

"यस...यस ! आ'यम हंड्रेड परसेंट श्योर !" डॉ. सी.के. भगत के स्वर में सख्ती और तल्खी एक साथ उभरी। उन्होंने उल्टा सवाल दाग दिया, "एनी क्वेश्चन मोर ?"

जाँच दल ने डॉ. सी.के. भगत से कोई और सवाल पूछना जरूरी नहीं समझा। इसके साथ ही कार्डियोलॉजी के डाइरेक्टर और अन्य डॉक्टरों से भी कोई पूछताछ इसलिए नहीं हो गई, कि उनका इस घटना से कोई प्रत्यक्ष सम्बन्ध नहीं था और वे जाँच के दायरे में नहीं आते थे।

साक्ष्यों, परिस्थितियों और गवाहों के बयानों के मद्देनजर जाँच दल के तीनों सदस्यों ने जो रिपोर्ट तैयार की, वह इस प्रकार है—

डॉ. रजनीश आचार्य, कार्डियोलॉजिस्ट

पेशेंट विजय मित्र की ब्लड बायोकेमेस्ट्री उपलब्ध न होने से मायोकार्डियल इनफार्कशन (हार्ट अटैक) की पुष्टि नहीं होती। लेकिन ब्लड प्रेशर और ई.सी.जी. रिपोर्ट से जाहिर होता है कि पेशेंट विजय मित्र की हालत गम्भीर थी। उसका प्रॉपर केयर और ऑब्जर्वेशन जरूरी था, जो नहीं हुआ। यह स्पष्टतः लापरवाही का मामला है और डॉक्टरी नैतिकता के विरुद्ध है। मेरी राय में पेशेंट की मृत्यु का कारण है कि 'लैक ऑफ प्रॉपर ट्रीटमेंट !'

डॉ. जीवकान्त यादव, न्यूरोलॉजिस्ट

साक्ष्यों, परिस्थितियों और पेशेंट की पृष्ठभूमि से जाहिर होता है कि पेशेंट विजय मित्र जबर्दस्त 'नर्वस ब्रेक डाउन' का शिकार था, जिससे उसके मस्तिष्क ने काम करना बन्द कर दिया। ऐसा मरीज शारीरिक तौर पर जिन्दा होते हुए भी दिमागी तौर पर मर चुका होता है। ऐसे केस में तुरन्त न्यूरोलॉजिस्ट से सम्पर्क किया जाना चाहिए था, जो नहीं हुआ। मेरी राय में विजय मित्र की मौत का कारण है—ब्रेन डेथ।

डॉ. रामाशीष देव, साइकियाट्रिस्ट

पेशेंट विजय मित्र चूँकि नक्सल लीडर और एक्टिविस्ट था, इसलिए उसका अत्यधिक तनाव और दबाव में होना स्वाभाविक है। वह कल्पनाओं और सपनों की दुनिया में जीने का आदी था, जैसा कि ऐसे लोग होते हैं। वस्तुतः यह एक प्रकार का मनोरोग है। इस रोग के चरम पर पहुँच जाने के कारण ऐसे रोगी या तो पागलपन का शिकार हो जाते हैं या फिर एक्यूट डिप्रेशन के। साक्ष्यों, परिस्थितियों और गवाहों के बयानों से मैं इस नतीजे पर पहुँचा हूँ कि पेशेंट विजय मित्र की मृत्यु 'स्ट्रेस एंड स्ट्रेन' की वजह से हुई।

लेकिन जाँच दल के तीनों सदस्य इसके विपरीत कुछ बातों पर एकमत भी थे। वे सहमत थे कि एक जनवरी की रात डॉ. चौधरी की ड्यूटी थी और ट्रैफिक जाम की वजह से वह समय से ड्यूटी पर नहीं पहुँच पाए, जो सम्भव है। इसके बावजूद, डॉ. चौधरी की ड्यूटी में डॉ. भगत द्वारा पेशेंट का इलाज किया जाना उचित नहीं था, क्योंकि इस तरह डॉ. चौधरी की जवाबदेही समाप्त हो गई और जान-बूझकर डॉ. भगत ने न सिर्फ पेशेंट विजय मित्र के इलाज की जिम्मेदारी अपने ऊपर ले ली, बल्कि उन्होंने

संस्थान के नियमों का भी उल्लंघन किया।

जाँच दल के सदस्य इस बात पर भी एक राय थे कि अपने पुत्र की आत्महत्या, पत्नी की लम्बी बीमारी और कार्डियोलॉजी इंस्टीच्यूट का डाइरेक्टर न बनाए जाने के कारण मुकदमेबाजी में उलझे डॉ.सी.के. भगत हताशा, हीनता और कुंठा के शिकार हो चुके हैं। उनकी मानसिक स्थिति भी कतई सामान्य नहीं लगती।

जाँच दल ने डॉ. सी.के. भगत द्वारा जारी डेथ सर्टिफिकेट की वैधानिक हैसियत के बारे में अपनी राय देते हुए लिखा–डॉ. सी.के. भगत चूँकि एक जनवरी की रात ड्यूटी पर नहीं थे, इसलिए नियमतः उन्हें डेथ सर्टिफिकेट नहीं जारी करना चाहिए था। इस तरह न सिर्फ अराजकता बढ़ेगी, बल्कि एक गलत परिपाटी भी जन्म लेगी। डॉ. भगत द्वारा जारी डेथ-सर्टिफिकेट सिद्धान्ततः नियम विरुद्ध है। वैसे इस मामले में विधि विशेषज्ञ की राय अपेक्षित है।

सरकार का निर्णय

जाँच दल के विशेषज्ञों की राय, गवाहों के संलग्न बयान और परिस्थितियों के आलोक में प्रमाणित है कि डॉ. सी.के. भगत का नक्सल लीडर विजय मित्र से गहरा सम्बन्ध था और इसी कारण उन्होंने सरकार को बदनाम करने के लिए सुनियोजित साजिश के तहत असंवैधानिक डेथ सर्टिफिकेट जारी किया, जो घोर अनुशासनहीनता का परिचायक है तथा एक सरकारी सेवक की आचार-संहिता के विरुद्ध है। डॉ. सी.के. भगत को चिकित्सकीय मर्यादा के उल्लंघन और आपत्तिजनक आचरण के कारण तत्काल प्रभाव से सेवामुक्त किया जाता है।

डॉ. सी.के. भगत की प्रतिक्रिया

कामरेड विजय मित्र, काश, तुम्हारे पास दिल न होता !

अली मंजिल

'अली मंजिल' के आखिरी वारिस जनाब मंजूर अली की उम्र सत्तर पार पहुँच चुकी थी। सिर-दाढ़ी के बाल सन जैसे सफेद हो चुके थे। आँखों पर पावर के चश्मे के बावजूद रोशनी धुँधली पड़ चुकी थी। दूर की चीजों को पहचानना निहायत मुश्किल काम था उनके लिए। अलबत्ता नजदीक की चीजें वह फौरन पहचान लेते थे। हाथ भी काँपने लगे थे। चलते तो छड़ी तक थरथराती थी। ज्यादातर बाहरी बरामदे में बैठे-बैठे लोगों को आते-जाते देखते रहते। लोग राम-सलाम करते तो वह आवाज पहचान कर राम-सलाम करनेवाले का नाम लेकर हाल-चाल पूछते। ढेरों दुआएँ देते और तस्बीह के दाने फेरते हुए अल्लाह की रहमत लेने की नसीहत देते। लोग उनके अकेलेपन पर मन-ही-मन अफसोस करते हुए खैरियत पूछते, "कैसे हैं बड़े मियाँ ?"

जनाब मंजूर अली आँखें मिचमिचाते सामने वाले को भरपूर निगाहें से देखने की कोशिश करते, फिर दोनों हाथ हवा में उठाकर कहते, "हमारी क्या पूछते हो मियाँ...हम तो पके हुए आम हैं...किसी दिन भी खुदा का बुलावा आ सकता है...।"

बात पूरी होते न होते जनाब मंजूर अली की साँसें फूलने लगतीं। सीने में जमा कफ घर्र-घर्र बज उठता...रमजान मियाँ दौड़कर आते और उनकी पीठ मलने लगते। धीरे-धीरे साँसें सामान्य होतीं और वह गीली हो आईं आँखों को पोंछते हुए रमजान मियाँ को टोकते, "मियाँ, अभी तक चाय नहीं मिली।"

रमजान मियाँ सिर झुकाए चुपचाप अन्दर चले जाते और लौटते तो चाय से भरा गिलास उनके हाथ में होता। जनाब मंजूर अली रमजान मियाँ की खामोशी का मतलब समझ जाते। चाय की एकाध घूँट सुड़कने के बाद रमजान मियाँ को झिड़की देते, "मियाँ, अब बहन-बहनोई ने इतने प्यार से बुलाया है तो न कैसे कर दूँ...? उसका भरा-पूरा कुनबा है, सभी चाहते हैं मुझे, फिर रजिया मुझसे छोटी है...मुझे बाप की तरह मानती है।"

यकायक जनाब मंजूर अली छोटी बहन रजिया की याद में गोते लगाने लग जाते हैं। उनकी आँखों के सामने गुड़िया-सी प्यारी रजिया की शक्ल उभर आती है...अब्बा की मौत के बाद उन्होंने रजिया को बाप-सा प्यार दिया...उसकी शादी के लिए एक से एक लड़के देखे, कोई पसन्द नहीं आया...अम्मा झुँझलाते हुए कहतीं...मंजूर, लड़का नहीं

शाहजादा ढूँढ़ रहा है, शाहजादा...। सचमुच, शाहजादा ही ढूँढ़ा था उन्होंने। गोरे-चिट्टे, लम्बे-तगड़े खुरशीद मियाँ कराची के नबाव अमजद अली के लख्ते-जिगर थे...रिश्ता तय पाया गया था। और जनाब मंजूर अली ने इस धूम-धाम से बहन की शादी की थी, कि लोग वर्षों तक याद करते रहे थे।

यादों के रेले में डूबते-उतराते हुए जैसे मंजूर अली को कुछ याद आया, "रमजान मियाँ, आज कितनी तारीख है ?"

"तेरह !" रमजान मियाँ ने जैसे एक-दिन दिन जोड़ रखा हो।

"मतलब यह कि अगले जुम्मे तक खुरशीद मियाँ तशरीफ ले आवेंगे।" जनाब मंजूर अली अनुमान लगाकर हुलस पड़े।

"हाँ...!" मरी हुई आवाज में रमजान मियाँ ने हामी भरी।

और जिस दिन खरुशीद मियाँ पाकिस्तान से यहाँ आए रमजान मियाँ ने उनकी खातिर-तवज्जों में जी-जान लगा दी। जनाब मंजूर अली भी बहनाई के आने से बेहद खुश थे। लेकिन यह खुशी तब टीस में बदल गई, जब खुरशीद मियाँ ने उन्हें समझाते हुए कहा, "भाई जान, आपकी उम्र काफी हो गई है...तबीयत भी ठीक नहीं रहती... ऐसे में आपका यहाँ अकेले रहना ठीक नहीं है...वहाँ उतनी दूर से यहाँ हिन्दुस्तान बार-बार आना मुमकिन नहीं है...बेहतर यही होगा कि यह मकान-जायदाद बेचकर आप मुस्तकिल तौर पर वहीं हमारे पास रहें...रजिया की मंशा भी यही है...।"

भीतर तक हिल गए थे जनाब मंजूर अली। काफी देर तक सन्नाटे में डूबे रहे। बाद में एक-दो हमउम्र दोस्तों ने उन्हें सलाह दी कि अपने पीछे जायदाद छोड़कर कहीं जाने का जमाना नहीं है...जाना हो तो बेचकर ही जाइए...हाथ में पैसे रहेंगे तो बहन-बहनोई पर बोझ नहीं रहिएगा। बात जाँची थी। भीगे मन से उन्होंने अपने दोस्तों से ही कोई खरीददार तलाशने की ताकीद की।

खरीददार तलाशने में ज्यादा दिक्कत नहीं हुई। जनाब मंजूर अली के मरहूम दोस्त राम प्रसाद के बेटे दयाल बाबू खबर पाते ही आ धमके। दयाल बाबू जनाब मंजूर अली की बाप की तरह ही इज्जत करते थे। एक नेक बन्दे को मकान बेचने की जनाब मंजूर अली की मंशा पूरी हुई थी । बगैर हील-हुज्जत के सौदा पक्का हो गया था। उन्होंने सारे कागजात पर दस्तखत करते हुए दयाल बाबू से गुजारिश की, "मियाँ, दो-चार दिन और रहूँगा इस मकान में...।"

दयाल बाबू ने भाव-विह्वल हो उनकी बात काट दी, "चाचा, ऐसा क्यों बोलते हैं...? जब तक इच्छा हो रहिए...मुझे कोई जल्दी नहीं है।"

रुखसती के दिन, जिस वक्त जनाब मंजूर अली ने दयाल बाबू को 'अली मंजिल' की चाभी सौंपी, उनका काँपता हुआ हाथ बुरी तरह थरथरा रहा था। आँखें पनीली हो आई थीं। दयाल बाबू ने अपनी दोनों हथेलियों में जनाब मंजूर अली के झुर्रीदार हाथ

को लेकर भींचा, और उनका हाथ अपनी पीठ पर खींचकर आशीर्वाद लिया। फिर उन्हें सड़क तक विदा करने आए। खुरशीद मियाँ के साथ उन्हें जाते हुए बड़ी दूर तक देखते रहे। मकान की चाभी उनकी हथेली में भिंची रह गई थी। गोया जनाब मंजूर अली का काँपता वजूद हथेली में शेष रह गया हो।''

अगले दिन सुबह-सुबह ही दयाल बाबू पत्नी बच्चों को मकान दिखाने के लिए ले आए। मुख्य सड़क से बाईं ओर घूमी गली में घुसते ही दयाल बाबू उत्तेजना से भर गए। वर्षों की साध पूरी हुई थी। इतने बड़े शहर की घनी बस्ती में अपना मकान होने की खुशी छलकी पड़ रही थी, ''सब भाग्य की बात है ?'' दयाल बाबू ने पत्नी को समझाया, ''मकान गली में जरूर है, लेकिन सस्ता कितना पड़ा है ?''

पत्नी ने आशंका जताई, ''सुना है, बहुत कंजस्टेड इलाका है।''

ठठाकर हँस पड़े दयाल बाबू। उनकी हँसी में एक पूरा मकान भी शामिल था। उन्होंने पत्नी को मीठी-सी झिड़की दी, ''भई, पुराना मुहल्ला है, कंजस्टेड तो होगा ही।''

बड़े बेटे शिवेश ने नाक सिकोड़ी, ''लेकिन पापा, बड़ी गन्दगी रहती है इस इलाके में !''

छोटे बेटे ब्रजेश ने तो जैसे खाका ही खींच दिया, ''मुर्गा-मुर्गी...बकरा-बकरी... बजबजाती नालियाँ...किनारों पर बिखरा पाखाना...टाट के पर्दे...।''

''लेकिन तुम्हारी उस कॉलोनी से बेहतर...वहाँ किसी को किसी से कोई मतलब नहीं। मुहल्लों में लोगों में मुहब्बत होती है।'' अनुभवजन्य दलील दी दयाल बाबू ने।

लेकिन गली का नजारा देखते ही दोनों बेटों की आँखें मिलीं और वे मुस्कुरा पड़े। बेटी रानी ने भाइयों की मुस्कुराहट को लक्ष्य करते हुए कहा, ''पापा, भइया लोग ठीक ही कहते थे...इधर तो सच में बड़ी गन्दगी है।'' रानी के स्वर में कॉलोनी के छूटने की पीड़ा थी।

दयाल बाबू ने जैसे कुछ सुना ही न हो, वह तो मुदित मन...सधी चाल...गली के आखिरी सिरे पर खड़े अली मंजिल पर ही आँखें टिकाए हुए थे।

मकान के बाहरी बरामदे पर रमजान मियाँ उकड़ू बैठे हुए मिले। दयाल बाबू पर नजर पड़ते ही उन्होंने अदब से 'आदाब अर्ज' किया। उनकी आवाज इस कदर थकी हुई थी मानो मीलों लम्बा सफर तय करके वहीं बैठे सुस्ता रहे हों। बड़ी मुश्किल से पूछ पाए, ''बच्चों को मकान दिखाने लाए हैं, हुजूर ?''

''हाँ बड़े मियाँ !'' दयाल बाबू ने अपने पीछे आ रहे पत्नी, बच्चों की ओर इशारा किया, ''सब कुछ इतना आनन-फानन हो गया कि इन लोगों को मकान दिखाने तक का मौका नहीं मिला।''

अधेड़ उम्र रमजान मियाँ इस वक्त कुछ ज्यादा ही बूढ़े लग रहे थे। खिचड़ी दाढ़ी

और उनके शरीर में कोई तालमेल नहीं था। दयाल बाबू के परिवार पर नजर पड़ते ही उनकी आँखों में चमक-सी आ गई। थकान जैसे काफूर हो गई, "आइए, हुजूर, आइए ! अब यह मकान तो आप ही का है। अर्से से वीरान पड़ा यह मकान अब गुलजार हो जाएगा।"

दयाल बाबू ने जेब से चाभी निकाल ली थी। उन्होंने गौर किया कि बच्चे मकान के बड़े से बरामदे पर खड़े होकर मकान को देखने के बजाय सामने गली के दूसरे मकानों को तजबीज रहे हैं। रमजान मियाँ ने उन्हें टोका, "लाइए हुजूर, चाभी दीजिए। मैं ताला खोल देता हूँ।"

एक अजीब पुलक से भर गए थे रमजान मियाँ। लगभग जबरन उन्होंने दयाल बाबू के हाथ से चाभी ले ली और मुख्य दरवाजे का ताला खोलते हुए दोनों पल्लों को इस तरह अन्दर की ओर ढकेला जैसे उनके बगैर वह दरवाजा खुलता ही नहीं।

मकान के अन्दर दाखिल होते ही दयाल बाबू के बच्चों की आँखें हैरत से फैल गईं—इत्ता बड़ा मकान ! रमजान मियाँ गर्व से फूल गए, गोया मकान नहीं, उनकी तारीफ की गई हो। वह जजबाती लहजे में लगभग फूट-से पड़े, "हुजूर, मंजूर अली साहब के जब्बा जान से यह मकान बड़े शौक से बनवाया था। मर्दानखाना, जनानखाना, बावर्चीखाना, आँगन, सहन, गुसलखाना सब इतने करीने से बनवाया था कि आज भी अच्छे-अच्छे मकान इसके मुकाबले में नहीं ठहरते।"

रमजान मियाँ की बात बिल्कुल सही थी। बड़े-बड़े कमरे...बड़ा सा सहन, खुला-खुला आँगन...एकबारगी सबका मन खिल उठा था। बच्चों ने तो उसी वक्त आँगन में धमा-चौकड़ी शुरू कर दी। दयाल बाबू ने पत्नी की ओर देखा—वहाँ, चेहरे पर सन्तोष का भाव पाकर, वह विजयी मुस्कान के साथ बोले, "अपना घर अपना ही होता है।"

पत्नी की बजाय रमजान मियाँ ने तस्दीक की, "बजा फरमाया, हुजूर ! अब जितनी जल्दी हो यहाँ आकर रहना शुरू कर दीजिए। यहाँ कोई तकलीफ नहीं होगी...फिर मैं तो हूँ ही यहाँ।"

यह अप्रत्याशित अधिकार बोध था। दयाल बाबू चौंके। फिर यह सोचकर कि यहाँ वे पुराने वाकिफकार हैं, इसीलिए ऐसा कहा होगा, वह चुप ही रहे। उन्होंने रमजान मियाँ को कुछ और बोलने का मौका दिए बगैर एक-एक कमरे का चक्कर लगाना शुरू कर दिया। हर कमरा चाक-चौबन्द...साफ-सुथरी दीवारें...चमकता फर्श...मजबूत दरवाजे-खिड़कियाँ...मन प्रसन्न हो गया। दयाल बाबू की प्रसन्नता को भाँप लिया रमजान मियाँ ने। गदगद भाव से बोले "हुजूर, बड़े मियाँ को इस मकान से बेहद मुहब्बत थी। हर साल-साफ सफाई कराते थे। मैं खुद हर रोज झाड़-पोंछ करता था।"

दयाल बाबू ने रमजान मियाँ को इस कदर स्नेहिल भाव से निहारा कि रमजान मियाँ दोहरे हो गए। पत्नी की तरफ देखा, वह मन्त्रमुग्ध-सी दिखीं—शायद मन ही मन घर को सजाने-सँवारने की कल्पना करने लगीं थीं। उन्होंने पत्नी से बड़े प्यार से पूछा, "कहिए, कैसा लगा ?"

"अच्छा है !" पत्नी ने बेसाख्ता जवाब दिया। मानो कल्पनालोक से जबरन खींच लाई गई हों।

"तो संडे तक शिफ्ट कर लेते हैं।" पत्नी की सहमति पाकर दयाल बाबू तरंग में बोल गए, "ज्यादा देर करने से कोई फायदा तो है नहीं ?"

बच्चे खेल में मशगूल थे। दयाल बाबू को लगा—बच्चों को भी मकान पसन्द आया है। वह अपनी अक्लमन्दी पर मन-ही-मन मन स्वयं को दाद देने लगे।

मकान में शिफ्ट करते पूरा दिन निकल गया। शाम होते-होते सभी लोग बुरी तरह थक गए।

सुबह जब सामान सहित दयाल बाबू पहुँचे तो रमजान मियाँ मिल गए जैसे बाहरी बरामदे में बैठे हुए उन लोगों के आने की ही प्रतीक्षा कर रहे हों। ट्रक गली के मोड़ पर खड़ा था। वहाँ से सामान ठेलों पर ही आ सकता था। रमजान मियाँ ने दौड़कर दो-तीन ठेलेवालों को बुला लिया। था। आसपास के कई लोग इकट्ठे हो गए थे। धोती-कुर्ता पहने, माथे पर रोली का बड़ा सा टीका लगाए घनश्याम मिश्राजी ने आगे बढ़कर पहल की थी, "तो आप ही ने खरीदा है 'अली मंजिल को ?'

दयाल बाबू ने घनश्याम मिश्राजी के प्रति आदर जताते हुए कहा था, "जी !"

"मेरा नाम घनश्याम मिश्रा है...आपका पड़ोसी हूँ।" घनश्याम मिश्रा ने अपना परिचय दिया था।

"मेरा नाम दयाल कृष्ण है। मैं यहाँ सेक्रेटेरियट में सेक्शन अफसर हूँ।" दयाल बाबू ने भी अपने बारे में जानकारी दी थी।

फिर तो लगे हाथ घनश्याम मिश्रा ने आसपास खड़े कई लोगों का दयाल बाबू से परिचय करा डाला था, "ये अनसारी साहब हैं...ये श्रीवास्तवजी...ये सिंह साहब और वो खान साहब !"

दयाल बाबू ने सबको हाथ जोड़कर अभिवादन किया था। मुस्कुराहटों के आदान-प्रदान के साथ ही देखते-ही-देखते चमत्कार हो गया था। वहाँ मौजूद कई लड़के-बच्चे सामान उतारने-ढोने-पहुँचाने में जुट गए थे। दयाल बाबू "नहीं-नहीं" करते रहे गए थे, लेकिन किसी ने एक न सुनी थी। उल्टे खान साहब बोल पड़े थे, "दयाल बाबू, सभी घर के बच्चे हैं...हाथ बँटा देंगे तो काम जल्दी निबट जाएगा।"

वाकई काम तो जल्दी ही निबट गया था, लेकिन कमरों में सामान जमाते-जमाते शाम हो गई थी। चाय पीने की तलब हो आई थी। दयाल बाबू दूध लाने के लिए निकले ही थे कि रमजान मियाँ ने टोक दिया, "लाइए हुजूर, दूध मैं ले आता हूँ। यहीं पास में ही एक ग्वाला रहता है।"

"चलिए, फिर मैं भी चलता हूँ। कल से उससे दूध देने की बात तय कर लूँगा।" दयाल बाबू शुद्ध-ताजा दूध मिल जाने की कल्पना से उमगे।

ग्वाला ज्यादा दूर नहीं था। रमजान मियाँ को देखकर उसने सलाम किया। रमजान मियाँ सलाम का जवाब देते हुए बोले, "साध भाई, यह दयाल बाबू हैं। नए-नए आए हैं मुहल्ले में। इन्हें कल से दूध चाहिए।"

"कहाँ...? वहीं अली मंजिल में ?" अपने ही प्रश्न का उत्तर देते साधो ने दयाल बाबू को गहरी उत्सुकता से देखा।

"हाँ...हाँ...वहीं ! रमजान मियाँ की बजाए हड़बड़ा कर बोल पड़े दयाल बाबू। पता नहीं क्या तो उनके मन में चुभ गया !

यह चुभन दूध लेकर लौटते हुए भी दयाल बाबू के मन में बनी रही। तेज-तेज डग भरते वह जैसे ही अपने मकान के सामने पहुँचे तो अनायास ही आँखें छज्जे पर जा टिकीं—वहाँ उर्दू के बड़े-बड़े अक्षरों में कुछ लिखा हुआ था। मानो दीवार को खोद-खोद कर उन अक्षरों को उभारा गया हो। वह उर्दू पढ़ नहीं सकते थे, लेकिन उन्होंने अन्दाजा लगाया कि जरूर वहाँ 'अली मंजिल' लिखा होगा। रमजान मियाँ अब तक करीब आ गए थे। यह सोचकर कि रमजान मियाँ उनकी मनःस्थिति भाँप न लें, दयाल बाबू तेजी से बरामदा पार कर अन्दर घुस गए।

उस शाम अपने मकान में पत्नी-बच्चों के साथ इकट्ठे बैठकर चाय पीते हुए दयाल बाबू ने महसूस किया कि चाय का स्वाद कुछ ज्यादा ही अच्छा लग रहा है—शायद दूध का असर हो। दूध का ख्याल आते ही साधो का चेहरा आँखों में उभर आया—कहाँ ? वहीं...'अली मंजिल' में? एकदम से गड़बड़ा गए दयाल बाबू। दिमाग में उर्दू के बड़े-बड़े अक्षर उभर आए। उन्हें लगा, ये अक्षर उनके माथे पर नक्श हो गए हैं। उन्होंने कसकर सिर को झटका दिया मानो उन अक्षरों को झटक रहे हैं। अनायास ही दाहिना हाथ ललाट पर चला गया, वहाँ कुछ रेंगता हुआ—महसूस हुआ। उन्होंने हथेली से माथे को रगड़ा। फिर अपनी ही बेवकूफी पर मुस्कुरा पड़े।

पत्नी-बच्चों का ध्यान दयाल बाबू की इस हरकत पर नहीं गया था। वह चाय 'सुड़क-सुड़क' कर पीने लगे थे। सुड़कने की आवाज कमरे में भर गई। पत्नी ने उन्हें घूर कर देखा और फिर मुस्कुराते हुए बोली, "एक दिन कथा करा लिया जाए।"

"ठीक कहती हो। इसी बहाने एक 'गेट टू गेदर' हो जाएगा। वहाँ से कॉलोनी के लोगों को भी बुला लेंगे।" नई जगह, नए मकान से अपनी पहचान जोड़ने का यह अच्छा तरीका मानकर दयाल बाबू ने सहमति दे दी।

कथा सुबह में ही रखी गई थी। नए पड़ोसियों को भी बुलाया गया था। घर में अच्छी-खासी चहल-पहल हो गई थी। रमजान मियाँ भी ऊपर-झापर के काम में हाथ बँटा रहा थे। खासकर, पड़ोसियों का स्वागत करने और उन्हें उचित जगह बैठाने की जिम्मेदारी उन्होंने ही सँभाल ली थी।

दयाल बाबू अपनी पुरानी कॉलोनी से अपने आनेवालों का इन्तजार कर रहे थे।

सिन्हा साहब पर नजर पड़ते ही उनका चेहरा खिल गया। दोनों हाथ जोड़कर दूर से ही सिन्हा दम्पत्ति का स्वागत करते दयाल बाबू उनकी ओर लपके, फिर करीब पहुँचकर जिज्ञासा की, "पहुँचने में कोई परेशानी तो नहीं हुई, सिन्हा साहब ?"

"कोई खास नहीं।" सिन्हा साहब ने उनके जुड़े हाथ थाम लिए, "बस नुक्कड़ पर जरा पूछना पड़ा। लोगों ने बताया कि एक नए साहब, अली मंजिल में आए हैं। मैंने सोचा, वहीं पहुँचकर देखते हैं। यह 'अली मंजिल' ही है न ?"

"हाँ...हाँ।" अचकचा गए दयाल बाबू। बड़ी कठिनाई से थूक निगलते हुए पूछा, "और पांडेयजी, जायसवाल साहब वगैरह नहीं आए ?"

"सभी आ रहे हैं, भाई !" सिन्हा साहब ने दयाल बाबू को आश्वस्त किया, "हम थोड़ा पहले ही निकल आए। श्रीमतीजी बोलीं, देरी होने पर भाभीजी नाराज होंगी।"

"हों-हों" कर हँस पड़े दयाल बाबू। लेकिन उन्हें अपनी ही हँसी अजनबी सी लगी। उनके मन के किसी कोने में 'अली मंजिल' फाँस की तरह अटक गई थी। इस ख्याल से छुटकारा पाने के लिए वह सिन्हा साहब को घर दिखाने के उद्देश्य से अन्दर दाखिल हो गए। बेडरूम में पहुँचकर सिन्हा साहब ठिठक-से गए। उन्हें ठिठका देख दयालबाबू ने पूछा, "क्यों, क्या हुआ ?"

"बड़ी खूबसूरत नक्काशी है !" सिन्हा साहब दीवार में बनी लकड़ी की अलमारी की ओर इशारा करके चहके।

दयालबाबू ने पहली बार गौर किया कि अलमारी के दोनों बाजू गोलाकार में उठकर गुम्बद की शक्ल बना रहे हैं। अलमारी के बन्द पल्लों और बाजुओं को एक साथ देखने पर किसी मस्जिद का चित्र उभरता था। दयाल बाबू को आश्चर्य हुआ कि उनका ध्यान इस नक्काशी पर पहले क्यों नहीं गया ? वह अपने-आप में झेंप-से गए। सिन्हा साहब की निगाहें बारीक हैं। वह कॉलोनी में भी अनुभवी आदमी माने जाते हैं। पूरे घर का चक्कर लगाने के बाद सिन्हा साहब ने दयाल बाबू को दाद दी, "अच्छा है दयाल बाबू, आपने बाजी मार ली।"

सिन्हा साहब के स्वर में अफसोस का पुट भी था गोया यह बाजी वह स्वयं हार गए हों। दयाल बाबू ने विनम्रता से जवाब दिया, "सब आप लोगों का आशीर्वाद है, सिन्हा साहब !"

कथा-पूजन की गहमा-गहमी के बावजूद दयाल बाबू का मन उचाट हो गया था। आँखों के सामने कभी अलमारी पर बना मस्जिदनुमा चित्र उभर आता, तो कभी मकान के बाहर लिखा 'अली मंजिल'। इस मकान से पराएपन की बू आने लगी थी। यक-ब-यक पूरा मकान उन्हें अजनबी लगने लगा मानो जनाब मंजूर अली की शख्सियत हर जगह चस्पाँ है और वह जबरन इस मकान के मालिक बन बैठे हों।

मेहमानों के विदा हो जाने के बाद घर एमदम सन्नाटे में डूब गया था। दोनों लड़के

अपने नए दोस्तों के साथ घूमने निकल पड़े थे। बेटी रानी पड़ोस के मिश्राजी के यहाँ गई हुई थी। पत्नी निढाल होकर बिस्तर पर जा पड़ी थीं, ऐसे में दयाल बाबू के मन की बेचैनी और बढ़ गई। वह चुपचाप ड्राइंगरूम में बैठे-बैठे अपने आपसे उलझते रहे। इसी दौरान उन्होंने तय कर लिया कि सबसे पहले इस मकान का नाम बदलना होगा—अब यह 'अली मंजिल' नहीं, 'दयाल भवन' है। और अलमारी के पल्ले भी बदलने होंगे—मस्जिद का चित्र तो कतई नहीं चलेगा। सहसा उन्हें ख्याल आया कि अन्दर के बरामदे में बना चबूतरा भी तुड़वाना होगा। रमजान मियाँ ने बताया था—"वह चबूतरा नहीं, जा निमाज है, हुजूर। उसी पर बड़ी बी नमाज अदा करती थीं।" मन कैसा-कैसा तो हो आया। लगा, दयाल बाबू का इस मकान में अपना कुछ नहीं है। इसी व्यग्रता में उन्होंने पहलू बदला कि उनकी आँखें कमरे में बने मेहराब पर जा टिकीं। एक झटका सा लगा। शुरू-शुरू में मेहराब देखने में बेहद खूबसूरत लगा था, लेकिन इस वक्त उसकी खूबसूरती पता नहीं कहाँ गुम हो गई थी। वह मेहराब बुरी तरह खटकने लगा। उन्होंने पाया कि मेहराब ड्राइंग रूम की खूबसूरती बिगाड़ रहा है। वहाँ बैठे रहना उन्हें मुश्किल लगने लगा। वह तेजी से उठे और बाहरी बरामदे में चले आए।

बरामदे की दीवार से पीठ टिकाकर ऊँघ रहे रमजान मियाँ पर नजर पड़ते ही दयाल बाबू ठिठक गए—आगे नाथ न पीछे पगहा...जब से वह आए हैं, रमजान मियाँ खुदाई खिदमतगार की तरह हर वक्त मौजूद मिले हैं...इस मकान से साए की तरह चिपके हुए ...पत्नी ने कहा भी था—"यह बुढ़ऊ यहीं रहेंगे क्या ?" तब दयाल बाबू ने सहज ही समझा दिया था—"क्या हर्ज है...काम के आदमी हैं...।" अनजाने ही रमजान मियाँ घर का हिस्सा हो गए थे...

दयाल बाबू की मौजूदगी का भान होते ही रमजान मियाँ हड़बड़ाकर उठ खड़े हुए। दयाल बाबू भी रमजान मियाँ से आँखें मिलते ही सकपकाए मानो मन का चोर पकड़ा गया हो। पर्देदारी की कोशिश में तपाक से कह बैठे, "रमजान मियाँ, कोई राजमिस्त्री हो तो कल बुला लाइएगा।"

"क्या हुजूर, कुछ जुड़वाना-तुड़वाना है क्या ?" आँखें ही नहीं रमजान मियाँ की आवाज में भी हैरानी थी।

रमजान मियाँ का लहजा दयाल बाबू को अच्छा नहीं लगा। उन्होंने थोड़ी सख्ती से कहा, "अपने मुताबिक मकान में रद्दो-बदल जरूरी है, बड़े मियाँ। कोई अच्छा कारीगर हो तो कल ले आइए।"

आदेश देकर एक पल के लिए भी वहाँ नहीं रुके दयाल बाबू। उन्हें रमजान मियाँ की टोका-टोकी नागवार गुजरी थी। उन्हें लगा, यह आदमी खामख्वाह दखल दे रहा है—जबर्दस्त काबिज होता जा रहा है...यह जनाब मंजूर अली का मुँह लगा था...इसका मतलब यह तो नहीं कि वह भी इसे बर्दाश्त करें...नहीं, इसे हटाना होगा...जल्दी ही उसे नहीं हटाया गया तो गले की हड्डी बन जाएगा।

सुबह-सुबह ही राजमिस्त्री को हाजिर देख दयाल बाबू की बाँछें खिल गईं। पूछा, ''रमजान मियाँ लाए हैं आपको ?''

''हाँ हुजूर ! बोले, कि मकान में आपको कुछ जरूरी काम करवाना है।'' राजमिस्त्री बरामदे में ही फर्श पर बैठ गया था।

''लेकिन रमजान मियाँ हैं कहाँ ?'' दयाल बाबू ने रमजान मिया को राजमिस्त्री के साथ न देखकर पूछा।

''पता नहीं, हुजूर !'' राजमिस्त्री ने निर्विकार भाव से उत्तर दिया, ''वह तो हमें 'अली मंजिल' पहुँचने को कहकर उल्टे पाँव लौट आए थे।''

दयाल बाबू के दिमाग में धमाका-सा हुआ—अली मंजिल। अब तक पत्नी भी वहाँ आ पहुँची थीं। दयाल बाबू ने पत्नी को उत्सुकता से अपनी ओर देखता पाकर मन की बात बताई, ''इस मकान का नाम बदलवाना है—''दयाल भवन' कैसा रहेगा ?''

''अच्छा है !'' पत्नी मन ही मन पति का नाम दुहराते हुए मुस्कुराईं।

दयाल बाबू पत्नी के मनोभाव भाँप पर आह्लाद से भर गए। एक मीठी नजर पत्नी पर डाली, फिर पुलकित स्वर में राजमिस्त्री को समझाने लगे—''सबसे पहले तो वहाँ छज्जे पर लिखा 'अली मंजिल' तोड़कर 'दयाल भवन' लिखना है...फिर यहाँ, इस कमरे में बना मेहराब तोड़कर हटा देना है...और बरामदे में एक चबूतरा है उसे तोड़ना है और मेरे बेडरूम में एक अलमारी है...।''

पता नहीं क्यों, अपनी बात अधूरी छोड़ दी थी दयाल बाबू ने। भीतर-ही-भीतर जारी तोड़-फोड़ से शब्द गड्ड-मड्ड हो गए थे शायद। वह पत्नी से चाय बनाने को बोल, राजमिस्त्री को साथ लेकर ''कहाँ-कहाँ और क्या-क्या'' काम करना है समझाने लगे। राजमिस्त्री ''हाँ में हाँ'' मिलाता कभी-कभी अपना सुझाव भी देता जा रहा था। इस सलाह-मशविरे में बच्चे भी शामिल हो गए थे। शिवेश ने राय जाहिर की थी, ''पापा, दीवारों में बने ताखे बन्द करा दीजिए।''

ब्रजेश के पास भी अपनी सलाह थी, ''पापा, यह मकान पुराने डिजाइन का है। मेरी समझ से इसे 'रिनोवेट' करना ठीक रहेगा।''

''होगा...धीरे-धीरे सब होगा !'' दयाल बाबू बच्चों से सहमत होते हुए राजमिस्त्री से मुखातिब हुए, ''समझ गए न आप ?''

''हाँ हुजूर !'' दाँत निपोर दिया राजमिस्त्री ने, ''फिर आज ही से हाथ लगा देते हैं ?''

दयाल बाबू स्वयं भी जल्दी में थे। तुरन्त बोल पड़े, ''हाँ...हाँ, जितनी जल्दी हो, काम शुरू कर दीजिए।''

राजमिस्त्री चाय पीकर चला गया था। दयाल बाबू भी ऑफिस जाने की तैयारी में जुट गए थे। बच्चों को राजमिस्त्री से काम कराने की जिम्मेदारी सौंप कर उन्हें स्कूल जाने से रोक दिया था। बच्चे जिम्मेदारी लेते हुए अनायास ही संजीदा हो गए थे।

शाम होते-होते 'अली मंजिल' का नामोनिशान मिट गया। ऐन उसी जगह पर ताजे सिमेंट से 'दयाल भवन' उभर आया। दयाल बाबू ने ऑफिस से लौटते हुए, गली में ठहरकर, भर निगाह, 'दयाल भवन' को निहारा और फिर भीतर तक पसर गई प्रसन्नता को लिए अन्दर इस तरह प्रवेश किया जैसे पहली बार अपने घर में घुस रहे हों।

पत्नी किचन में थीं। बेटी रानी पानी का गिलास लेकर आई और आते ही उसने सूचना दी, "पापा, भइया लोग अभी सिमेंट का ऑर्डर देने गए हैं। मिस्त्री ने कहा है, कल जल्दी ही काम शुरू हो जाएगा।"

दयाल बाबू ने एक गहरी साँस ली जैसे सीने पर पड़ा कोई बोझ उतर गया हो। दिन-भर की थकान पता नहीं कहाँ गायब हो गई थी। उन्होंने वहीं से चहकते हुए पत्नी को आवाज दी, "अरे भाई, किचन में क्या कर रही हो ?"

दयाल बाबू की प्रसन्नता से पत्नी भी पुलक से भर उठी थीं। पास आकर चुहल से बोलीं, "किचन नहीं हुजूर, बावर्चीखाना।"

कसकर झटका लगा दयाल बाबू को। एकदम से बेचैन हो उठे। अनायास ही आँखें बाहरी बरामदे की ओर घूम गईं, "यह रमजान मियाँ नहीं दिख रहे हैं ?"

पत्नी के बजाय रानी ने तपाक से उत्तर दिया, "पापा, वह तो आज आए ही नहीं...सुबह से ही गायब हैं...।"

पता नहीं क्यों, असहज हो उठे दयाल बाबू ! मन भारी हो आया। चाय पीते हुए रमजान मियाँ की अनुपस्थिति कहीं और ज्यादा खलने लगी। पत्नी उनके मन की बात समझ गई थीं शायद ! उन्हें ऊहापोह से उबारने की गरज से बोलीं, "अच्छा हुआ, बुढ़ऊ हमारे कहे बगैर टल गए...अरे,...कोई उनका जिन्दगी भर का ठेका थोड़े लिए हुए हैं हम !"

"ठीक कहती हो तुम !" बुझे मन से दयाल बाबू ने जैसे अपने आपको समझाया।

मकान में मन मुताबिक रद्दो-बदल कराते-कराते पूरा एक सप्ताह लग गया। अब ड्राइंगरूम से मेहराब गायब हो चुकी थी...अन्दर बरामदे में बना चबूतरा फर्श के लेबल पर आ गया था...ताखे भरे जा चुके थे...अलमारी के पल्ले तोड़कर वहाँ खूबसूरत शीशों के शटर लग गए थे...। इस बीच और भी बहुत कुछ हुआ था...मेहराब के एक कोने में पड़ी रेहल (पवित्र पुस्तक पढ़ने के लिए बना लकड़ी का स्टैंड) मिली थी, जिसे दयाल बाबू ने स्टोर में रखवा दिया था। गुसलखाने के एक झरोखे में रखी तैमूम मिट्टी पड़ी दिखी थी, उसे उठाकर फेंक दिया गया था...छत पर जाने के लिए आँगन में बनी सीढ़ियों के नीचे वाले दड़बेनुमा कमरे में टूटी हुई तस्बीह के दाने...चीकट हो गई काले रंग की मखमली टोपी...तामचीन के प्लेट-कटोरे और अल्युमिनियम का बन्धना वगैरह बेतरतीब बिखरे पड़े थे। थोड़ी देर के लिए तो दयाल बाबू कुछ समझ ही नहीं पाए थे, कि वह इन चीजों का वह क्या करें ? पत्नी ने नाक-भौंह सिकोड़ते हुए कहा था, "होगा सब

उसी रमजान मियाँ का। इसी खजाने के लिए बुढ़ऊ रात-दिन पहरेदारी कर रहे थे। उठाकर फिंकवा दीजिए।''

व्यंग्यबुझी पत्नी की हँसी दयाल बाबू को बेध गई थी। उन्होंने प्रतिवाद करते हुए कहा था, ''जो भी हो...यह रमजान मियाँ की अमानत है। आखिर हम पर विश्वास करके ही तो यह सब यहाँ छोड़ रखा है उन्होंने...ऐसा करते हैं...इन्हें स्टोर में रखवा देते हैं...रमजान मियाँ को लौटा देंगे।''

''अब क्या लौटेंगे, बुढ़ऊ !'' थोड़ा तमक कर पत्नी ने पति का विरोध किया था।'' हफ्ते भर से तो पता नहीं है उनका।''

दयाल बाबू ने पत्नी की बात अनसुनी कर दी थी। सारा सामान उठाकर स्वयं स्टोर में रख आए थे। साफ-सफाई कर दड़बेनुमा उस कमरे को पूजाघर बना दिया गया था। लक्ष्मी-गणेश की मूर्तियाँ रख दी गई थीं...शंकर-पार्वती के कैलेंडर टाँग दिए गए थे। आरती का दीया...पीतल की घंटी...हनुमान चालीसा सब करीने से सजा दिया गया था। अपने हाथ से धूप जलाकर उस कमरे को सुवासित किया था दयाल बाबू ने।

अब वही मकान दयाल बाबू को अपना-अपना सा लगने लगा था। इस अपनापे के सुख-सन्तोष में उनके मन का सन्ताप तिरोहित हो गया था। वह आते-जाते कभी ठहर कर, तो कभी चोर नजर से मकान के माथे पर अंकित 'दयाल भवन' को देख लेते हैं। नए रंग-रोगन से चमक उठे मकान पर 'दयाल भवन' की लिखावट बहुत खूबसूरत लगती। वह मन-ही-मन 'दयाल भवन' दुहराते और सोचते कि धीरे-धीरे लोग इस मकान को 'दयाल-भवन' के नाम से जानने लगेंगे।

ऑफिस से लौटते हुए दयाल बाबू को उस दिन मिश्राजी अपने घर के बाहर बरामदे में बैठे मिल गए। दुआ-सलाम के बाद दयाल बाबू ने उत्सुकता जाहिर की, ''काफी दिनों बाद दिखे मिश्राजी, कहीं बाहर गए थे क्या ?''

मिश्राजी मुस्कुराए, फिर रहस्य खोलने के-से अन्दाज में बोले, ''अरे दयाल बाबू, अपना जॉब ही ऐसा है। 'दूर' पर गया था...हफ्ता बाद आज ही लौटा हूँ...

''ओहो, तभी कहूँ कि मुहल्ले में सन्नाटा क्यों है ?'' दयाल बाबू ने टहोका लिया।

आदतन तेज-तर्रार मिश्राजी ने गर्मजोशी ने निमन्त्रण दे डाला, ''आइए दयाल बाबू, 'एक-एक कप चाय हो जाए।''

दयाल बाबू को भी कोई जल्दी नहीं थी। वह भी मुस्कुराए और मिश्राजी के निमन्त्रण में अपना प्रस्ताव जोड़ दिया, ''एक शर्त है...आज चाय मेरे यहाँ पी जाएगी।''

घनश्याम मिश्राजी खुलकर हँस पड़े, '''दयाल बाबू, सस्ते में छूटना चाहते हैं...खैर चलिए...आप ही के यहाँ चाय पीते हैं।''

दयाल बाबू आतिथ्य बोध से झुक-से गए। पहली बार किसी पड़ोसी को अपने घर चाय पर बुलाना उन्हें अच्छा लग रहा था—मन में कहीं अपने घरे में आए बदलाव को

दिखाने की ललक भी बलवती थी। मिश्राजी प्रवेश द्वार पर पहुँचकर ठिठके। मकान को इस तरह गौर से देखने लगे जैसे उन्हें अपनी आँखों पर विश्वास ही न हो रहा हो—उघड़े प्लास्टरों और चितकबरी दीवारों का अता-पता नहीं था। नए रंग-रोगन से लकदक। 'अद्‌भुत' ! उनके मुँह से बेसाख्ता निकल पड़ा, "अरे ! दयाल बाबू...आपने तो 'अली मंजिल' का काया-कल्प ही कर दिया !"

मिश्राजी के मुँह से 'अली मंजिल' सुनकर दयाल बाबू के भीतर कुछ दरक सा गया। जबरन मुस्कुराते हुए प्रतिवाद किया, "मिश्राजी, अब यह 'अली मंजिल' नहीं, दयाल भवन है, दयाल भवन।"

"हाँ...हाँ...वो तो है।" मिश्राजी दयाल बाबू के मनोभाव की परवाह किए बगैर जारी रहे, "आपने सचमुच इसके पुराने दिन लौटा दिए...किसी जमाने में इस मकान की ऐसी ही रौनक थी...।"

दयाल बाबू के भीतर एक गहरी उदासी पसर गई—इस मकान का अतीत उनके लाख चाहने के बावजूद, उनका पीछा नहीं छोड़ रहा था। वह अजीब कसमसाहट से भर गए—अपने आप पर कोफ्त हो गई। जी में आया मिश्राजी से कहें—भगवान के लिए गड़े मुर्दे मत उखाड़िए ! लेकिन खुद को जज्ब कर गए।

मिश्राजी के साथ चाय पीने का मजा किरकिरा हो गया था। हालाँकि मिश्राजी नमकीन, बिस्कुट खाते हुए, बड़ी आत्मीयता से बातें करते हुए, चाय का आनन्द लेते रहे, लेकिन दयाल बाबू कतई सामान्य नहीं हो पाए—अपनी ही हँसी उन्हें फीकी महसूस होती रही।

नया मुहल्ला नया मकान, नए लोग अब धीरे-धीरे दयाल बाबू के परिवार के लिए पुराने हो चले थे। पत्नी, बच्चों का भी मन लग गया था। दयाल बाबू तो ज्यादातर ऑफिस में और ऑफिस के काम में ही व्यस्त रहते, इसलिए अड़ोसियों-पड़ोसियों से मुलाकात गाहे-बगाहे ही होती। जिस दिन फुर्सत के मूड में होते, खुद ही किसी पड़ोसी के घर चले जाते या फिर कोई-न-कोई अपने आप ही उनके घर आ धमकता। बैठक जमती तो घंटों गप्प-शप्प चलती। हँसी-ठहाके गूँजते।

इधर काफी दिनों बाद, दयाल बाबू को सेकेंड सेटरडे को फुर्सत मिली थी। दोपहर में खाना-वाना खाने के बाद वह ड्राइंगरूम में आकर बैठे ही थे कि श्रीवास्तवजी और खान साहब चले आए। दोनों को देखकर दयाल बाबू भी चहक उठे। पुरजोर स्वागत करते हुए दोनों से हाल-समाचार पूछा और फिर पत्नी को चाय बनाने के लिए कहने अन्दर के कमरे में चले गए।

लौटे तो दयाल बाबू के हाथों में पानी से भरे दो गिलास भी थे। उन्हें पानी लाते देख, श्रीवास्तवजी और खान साहब एक साथ बोल पड़े—"अरे खामख्वाह तकलीफ कर रहे हैं आप ?"

"नहीं भाई, इसमें तकलीफ की क्या बात है ?" आत्मीयता से मुस्कुराते हुए दयाल बाबू ने दोनों गिलास टेबल पर रखे ही थे कि कॉल बेल बजा और फिर एक जानी-पहचानी-सी आवाज आ टकराई, "दयाल बाबू...दयाल बाबू हैं क्या ?"

"यह तो रमजान मियाँ हैं।" श्रीवास्तवजी ने बाहर से आ रही आवाज पहचान ली थी।

"लगता तो है !" खान साहब ने भी हामी भरी।

दयाल बाबू भी रमजान मियाँ की आवाज पहचान गए थे। उनके आश्चर्य का ठिकाना नहीं रहा। इतने दिनों बाद, रमजान मियाँ आज अचानक कहाँ से प्रकट हो गए ? दयाल बाबू अनजाने आवेग के वशीभूत तेजी से बाहर आए। रमजान मियाँ को देखकर वह एकबारगी उत्तेजना से भर गए।

रमजान मियाँ ने उन्हें देखते ही झट आदाब अर्ज किया और अपने साथ आए डाकिए की ओर इशारा करके बोल पड़े, "हुजूर, आपकी चिट्ठी आई है...डाक बाबू आपका नाम पूछ-पूछकर भटक रहे थे...मैंने इन्हें बताया कि आप 'अली मंजिल' में रहते हैं। तब कहीं जाकर यह समझे।" रमजान मियाँ अपनी ही रौ में बोले चले जा रहे थे, "हुजूर, डाक बाबू ने बताया कि पाकिस्तान से चिट्ठी आई है, तो मुझे लगा, जरूर मंजूर अली साहब का खत होगा...इसीलिए साथ-साथ चला आया, हुजूर।" दयाल बाबू कहीं खोए से गए। मानो मंजूर अली साहब की यादों ने जकड़ लिया हो। इस बीच डाकिया नमस्ते करके जा चुका था। खोए-खोए से दयाल बाबू ने लिफाफे पर अंग्रेजी में लिखा पता पढ़ा—नाम, मुहल्ला, शहर सब सही था...लेकिन लिफाफे पर कहीं भी 'अली मंजिल' नहीं लिखा था। पता नहीं क्या तो चटक गया दयाल बाबू के भीतर !

लिफाफा फाड़कर खोला...पत्र उर्दू में लिखा था। दयालबाबू ने बेबसी से रमजान मियाँ को देखा..रमजान मियाँ की आँखों में जबर्दस्त उत्सुकता तैरती नजर आई...दयाल बाबू के मन में आया—कैसा बन्दा है यह ! किसी को प्यार करने की इन्तहा है यह। प्रत्यक्षतः उन्होंने रमजान मियाँ को उलाहना दिया, "बड़े मियाँ, अचानक कहाँ गुम हो गए थे आप ?"

दयाल बाबू के प्रश्न का उत्तर अन्दर से आया। ड्राइंगरूम में बैठे खान साहब वहीं से बोल रहे थे, "अरे दयाल बाबू, रमजान मियाँ की क्या पूछते हैं...पूरा मुहल्ला ही इनका घर है...जहाँ रुक गए...समझिए वहाँ डेरा हो गया।"

"ही...ही...ही।" रमजान मियाँ की तरल हँसी तैर गई।

दयाल बाबू रमजान मियाँ को अन्दर ड्राइंग रूम में बुलाते हुए बोले..."खत उर्दू में लिखा है...आइए खान साहब से पढ़वाते हैं...अच्छे मौके पर यह भी हाजिर हैं।"

खान साहब ने दयाल बाबू को हैरानी से देखा, गोया उनके नाम उर्दू में खत आना कोई अजूबा हो। दयाल बाबू ने खत खान साहब की ओर बढ़ाया तो उन्होंने खत लपक कर ले लिया और सरसरी तौर से पूरे कागज पर नजर दौड़ा डाली। फिर उनकी आँखें खत के ऊपरी हिस्से पर जाकर अटक गईं।

“जनाब मोहतरम दयाल बाबू ! आदाब अर्ज !!” “खान साहब ने खत पढ़ना शुरू कर दिया था, “खुदा के फजल से मैं यहाँ ठीक-ठीक हूँ और आप सबकी खैरियत की दुआ करता हूँ।”

दयाल बाबू का मन भीग आया। उन्होंने देखा, रमजान मियाँ खत पर एकटक आँखें गड़ाए हुए हैं। खान साहब खत पढ़ रहे थे, “यहाँ पराए वतन, पराए लोगों के बीच वहाँ की बहुत याद आती है। अपना घर, मुहल्ला, शहर और लोग हर वक्त आँखों में रक्स करते रहते हैं। आखिरी वक्त में खाना-खराबी मेरी किस्मत में बदी थी, वरना अपना मुल्क, अपनी देहरी क्यों छूटती ! शायद खुदा को यही मंजूर था।”

सहसा एक सिसकी-सी फूट पड़ी। खान साहब भी रुक गए। दयाल बाबू ने देखा, रमजान मियाँ की आँखों से आँसू बह रहे हैं। किसी से कुछ कहते नहीं बना। एक सन्नाटा-सा खिंच आया। रमजान मियाँ ने अँगोछे से आँखें सुखाते हुए खुद को सँभाला। खान साहब भी सँजीदा हो गए थे। श्रीवास्तवजी तो लगातार चुप्पी साधे हुए थे। दयाल बाबू ने अगल-बगल झाँका, पत्नी को दरवाजे की ओट में खड़ा देख बोल पड़े, “मंजूर अली साहब का पत्र है।”

खान साहब ने खत के मजमून पर आँखें टिका दी थीं। दयाल बाबू ने उन्हें खत पढ़ने का इशारा किया। खान साहब उसी सँजीदगी के साथ फिर खत पढ़ने लगे, “उम्मीद है, अब तक आप लोगों ने ‘अली मंजिल’ को आबाद कर दिया होगा। खूब गुलजार हो गया होगा। मुझे भी उसकी बहुत याद आती है। जानते हैं जनाब, वह मेरा पुश्तैनी मकान था। मेरी अम्मा को भी उससे बेहद मुहब्बत थी। उन्होंने उसकी सलामती के लिए बाहरी दरवाजे के अन्दरूनी कोने में आयतल कुर्सी, टाँग रखी थी, ताकि उस पर कोई बला नाजिल न हो। आज अर्से बाद, पता नहीं क्यों, मुझे अपनी अम्माजान की याद आ गई ? शायद बुढ़ापे का तकाजा हो। आपको खत लिखकर बहुत सुकून मिल रहा है। आप मेरी किसी बात का बुरा मत मानिएगा। बस ! मैं तो यही दुआ करूँगा कि आप लोग आबाद रहें, खुदा तमाम बलाओं से महफूज रखें। आपका खैरख्वाह-मंजूर अली।”

खत खत्म हो गया था। खामोशी तिर आई थी। लेकिन दयाल बाबू के भीतर-ही-भीतर संवाद जारी था। उन्होंने महसूस किया कि कमरे का वातावरण निहायत गम्भीर हो गया है। कोई कुछ नहीं बोल रहा था जैसे सबके भीतर मंजूर अली साहब की स्मृति घुमड़ रही हो।

बेटी रानी चाय के प्याले रख गई थी। दयाल बाबू ने चुप्पी तोड़े बगैर एक प्याली रमजान मियाँ की ओर बढ़ाई। रमजान मियाँ की आँखें डबडबाई हुई थीं। वह चाय की प्याली लेकर चुपचाप उठे और बाहर बरामदे में जाकर दीवार के सहारे बैठ गए।

चाय खत्म करके श्रीवास्तवजी और खान साहब भी रुखसत हो गए।

ड्राइंग रूम में दयाल बाबू अकेले रह गए थे। मंजूर अली साहब का खत टेबल पर पड़ा हुआ था—खत का एक-एक लफ्ज दयाल बाबू के दिमाग में उभरता जा रहा

था–मंजूर अली साहब का चेहरा आँखों के सामने नाचने लगा था जैसे वह कह रहे हों–"मेरी अम्मा ने बाहरी दरवाजे के अन्दरूनी कोने में आयतल कुर्सी टाँग रखी थी, ताकि बलाएँ नाजिल न हों।" दयाल बाबू सोफे पर से उठे और दबे पाँव बाहरी दरवाजे तक आए। दरवाजे के खुले दोनों पल्लों को आहिस्ते से बन्द करने के अन्दाज में एक-दूसरे के करीब किया कि चौखट में गड़ी कील के सहारे जुजदान में टँगी कोई चीज देखकर ठिठक गए। उन्हें ताज्जुब हुआ कि उनका ध्यान कभी इस ओर क्यों नहीं गया ? उन्हें लगा, जरूर यह 'आयतल कुर्सी' है, जिसे मंजूर अली साहब की अम्मा ने यहाँ टाँगा होगा।

जुजदान (कपड़े की खोल) धूल-गर्द से चौकट हो गया था। दरवाजे के दाहिने पल्ले पर जुजदान के बराबर रगड़ के चिह्न उभर आए थे। दयाल बाबू को कोफ्त हुई कि साफ-सफाई के दौरान किसी का ध्यान इस ओर क्यों नहीं गया ? उन्होंने जुजदान को नोचने के लिए हाथ बढ़ाया ही था कि लगा, बाहर बरामदे में बैठे रमजान मियाँ घूर रहे हैं। उन्होंने झट से पल्ले खोल डाले। सामने बरामदा खाली था। रमजान मियाँ वहाँ नहीं थे। चाय की खाली प्याली पड़ी हुई थी। एक गहरा सन्नाटा भाँय-भाँय कर रहा था। दयाल बाबू दरवाजे के बीचोबीच जड़ हो गए थे।

फलितार्थ

छतरी मामूली मरम्मत से ठीक हो सकती थी और एहतियात के साथ इस्तेमाल करने पर कई सीजन आराम से निकाल सकती थी, यही सोचकर वह छतरी घर से लेकर चला था और मन-ही-मन तय कर चुका था कि पन्द्रह-बीस रुपए भी खर्च करने पड़े तो कर देगा। हालाँकि उसे विश्वास था कि छतरी बरसात से पहले बनवाने पर खर्च और कम आता, लेकिन एकमुश्त पैसे हाथ में न हो पाने से मामला टलता गया था और अब, जबकि बरसात ऐन सिर पर सवार थी, जो हो, छतरी बनवा लेना अनिवार्य हो गया था।

छतरी कब और कैसे खराब हुई, यह ठीक-ठीक किसी को पता नहीं, लेकिन छतरी खराब हो गई, यह जानकारी सबसे पहले माँ को हुई। माँ ने छतरी खराब हो जाने के लिए सबको कोसा और अपनी नाराजगी व्यक्त करते हुए सारा घर सिर पर उठा लिया, "बाप ने कितनी मुश्किल से एक-एक पैसा जोड़कर छतरी खरीदी थी। समय-कुसमय कितना काम देती थी यह। अब देखती हूँ कैसे काम चलता है। जब बताती थी तो सबको बुरा लगता था। अपनी कमाई से खरीदो तो पता चले।"

छतरी चूँकि माँ अपने पास ही रखती थी और जरूरत पड़ने पर वही निकालकर देती थी, इसलिए छतरी देते वक्त यह चेताना कभी नहीं भूलती थी, "ठीक से रखना। कहीं खराब न हो !"

लेकिन माँ की तमाम चेतावनी और सावधानी के बावजूद छतरी खराब हो गई थी। माँ को लगा था, उसके लाख चेताने के बाजवूद, लापरवाही बरती गई, इसीलिए छतरी खराब हो गई। उस दिन वह दुःख और क्षोभ से भरी घंटों बड़बड़ाती रही थी। बाबूजी को याद कर कलपती रही थी और बहुत समझाने-बुझाने पर भी उसने उस दिन खाना-खाने से इनकार कर दिया था। उस दिन पूरे घर में तनातनी बनी रही थी।

छतरी खराब हो जाने का दुःख उसे भी था। लेकिन मरम्मत करा लेने पर छतरी फिर काम लायक हो जाएगी, यह सोचकर उसने सन्तोष कर लिया था। मरम्मत पर आनेवाले खर्च की सोचकर उसका दिल बैठने भी लगा था, लेकिन जोड़-जुगाड़ कर छतरी बनवा लेने के प्रति वह इसलिए भी आश्वस्त था कि बरसात आने में अभी काफी समय था और इस बीच वह कुछ-न-कुछ तो हिसाब बैठा ही लेगा। और कुछ नहीं तो उधार लेकर ही सही, छतरी तो बनवा ही लेगा।

उस दिन उसे पहली बार लगा था कि छतरी खरीदना कितना मुश्किल काम है। यह मुश्किल काम बाबूजी ने कैसे किया होगा तब सोच-सोचकर उसका मन ऊब-चुभ होने लगा था और आँखों के आगे बाबूजी का चेहरा नाचने लगा था। माँ के दुःख और नाराजगी का अर्थ उसकी समझ में आने लगा था। माँ के लिए छतरी, सिर्फ एक छतरी भर नहीं थी, जो समय-कुसमय काम आती थी, बल्कि वह मुश्किल काम कर दिखाने के जीवट और जीत की प्रतीक भी थी। छतरी बाबू जी की स्मृति चिह्न ही नहीं, पारिवारिक प्रतिष्ठा का बोध भी थी।

माँ की स्मृति में छतरी से जुड़े कई-कई किस्से हैं। वह अक्सर और प्रसंग के मुताबिक उन किस्सों को रस ले-लेकर सुनाती रही है। छतरी घर में कैसे आई, यह किस्सा तो माँ ने इतनी बार सुनाया है कि उसे वह किस्सा हू-ब-हू याद हो गया है। उसे सचमुच आश्चर्य होता है कि घोर गरीबी और अभावों के बीच बाबूजी ने छतरी खरीदने की हिम्मत कैसे की ? माँ कहती है, तेरे बाबा, बरसात में भीग गए थे। उन्हें निमोनिया हो गया था। वही निमोनिया उनका काल बन गया। तभी से तेरे बाबूजी ने ठान लिया था, चाहे जो हो छतरी जरूर खरीदेंगे। फिर एक-एक पैसा जोड़कर आखिर उन्होंने छतरी खरीद ली। उस जमाने में पूरे बाईस रुपए लग गए थे।"

बाईस रुपए तो उसे आज भी पहाड़ लगते हैं, उस जमाने में तो वे जरूर बाईस सौ के बराबर रहे होंगे। शुरू-शुरू में वह माँ को इस अविश्वास से देखता जैसे माँ कोई गप्प हाँक रही हो, लेकिन तब माँ जोर देकर कहती, "आँख फाड़कर क्या देख रहे हो। उन बाईस रुपयों के लिए हम लोग कितने दिन तो आधा पेट खाकर रहे। कितने घरों की बेगारी की। कितना तो मन मारा।"

यह सब बताते हुए माँ जैसे बाबूजी की स्मृति में डूबकर और भी भावुक हो जाती। डबडबाई आँखों को पोंछते हुए कहती, "उनकी जिद और कंजूसी देखकर कभी-कभी मुझे गुस्सा भी आता। मैं उनसे झगड़ भी पड़ती। लेकिन वह मरदवा तो बस एक ही था। मेरी बात इस कान सुनता, उस कान निकाल देता। मैं भी क्या करती। बस, मन मसोसकर रह जाती !"

अपनी बात खत्म करते-करते माँ खिलखिलाकर हँसती और वह देखता कि माँ की हँसी में अपनी ही हँसी उड़ाने का भाव है। वह माँ से आँखें चुराने लगता मानो बाबूजी के जीवट और जीत की मिसाल देती वह कहीं यह न पूछ बैठे, है इतनी हिम्मत तुममें ?

सचमुच छतरी खरीद कर बाबूजी ने हिम्मत का ही काम किया था, इस बात की तस्दीक बहुत बाद में हुई थी। यह किस्सा माँ ने नहीं, मंगरू काका ने सुनाया था। वह एक दिन अचानक गाँजे के झोंक में आ गए थे और बाबूजी की हिम्मत का असली किस्सा सुना गए थे, "एक दिन की बात है तेरे बाबूजी और तेरे बाबा गजाधर बाबू के खेत में धान रोपनी कर रहे थे। तभी बारिश होने लगी थी। अचानक क्या हुआ कि तेरे बाबा के सारे शरीर में थरथरी होने लगी यह देखकर तेरे बाबूजी उन्हें सहारा

देकर खेत की मेड़ पर ले आए और वहीं छतरी तान कर बैठे गजाधर बाबू के पास उन्हें बैठा दिया। गजाधर बाबू को हेठी लगी या हिमाकत यह तो वहीं जानें। लेकिन वह एकदम अगिया-बैताल हो गए। बोलने लगे, ससुर कामचोर। दो बूँद पानी क्या पड़ा, लगे गलने। तेरे बाबा कुड़ते-काँपते वहीं बैठे भीगते रहे। उस दिन घर पहुँचते-पहुँचते उनकी देह आँवे की तरह जलने लगी थी फिर तो खटिया पकड़ी, कि उठने का नाम नहीं लिया। निमोनिया उनकी जान लेकर ही गया।''

माँ ने यह किस्सा कभी नहीं सुनाया। पता नहीं क्यों, इस किस्से को सुनाने से बचती रही। वह कभी इस किस्से को कुरेदना भी चाहता तो माँ बड़ी सफाई से टाल जाती और छतरी से जुड़ा कोई दूसरा किस्सा छेड़ बैठती। वह अक्सर वह किस्सा बड़े चाव से सुनाती। किस तरह छतरी के आते ही आस-पड़ोस ही क्या पूरे गाँव में हंगामा मच गया था।

वह उन क्षणों को पकड़ते हुए इस रोमांच से भरी हुई होती मानो जिन्दगी की सबसे अनमोल खुशी का स्वाद अभी तक जीभ पर ताजा हो। वह चटखारे ले-लेकर बताती, ''तेरे बाबूजी जिस दिन छतरी खरीद कर लाए घर मुहल्ला का जगह हल्ला हो गया। छतरी देखने के लिए लोगों की भीड़ लग गई। कोई छतरी को छूकर देखता तो कोई खोलकर। सभी छतरी की तारीफ करते। छतरी थी भी तारीफ के काबिल। छतरी का काला कपड़ा तब खूब चमकता था। बंकुड़ी (लकड़ी की हैंडिल) तो इतनी चिकनी थी कि हाथ फिसलता था। छतरी तानने पर आधी कोठरी घेर लेती थी। लोग कहते ऐसी छतरी तो गजाधर बाबू के पास भी नहीं है। उस दिन तुम्हारे बाबूजी का कलेजा जुड़ा गया था। माथा ऊँचा हो गया था।''

उसने गौर किया था कि छतरी के किस्से में कहीं-न-कहीं गजाधर बाबू भी शामिल हैं। उसे समझते देर नहीं लगी थी कि बाबूजी ने छतरी धूप-बरसात से बचने-बचाने के लिए नहीं, गजाधर बाबू के मान-मर्दन के लिए खरीदी थी। इस बात की पुष्टि मंगल काका ने भी की थी। गाँजे के झोक में वह बोल गए थे, ''तेरा बाप छतरी क्या खरीदा, गजाधर बाबू का पानी ही उतार दिया। उनकी पुरानी, बदरंग छतरी तेरे बाप की छतरी के आगे खौराहा कुत्ता माफिक लगती। वह जब छतरी तानकर चलते तो लोग पीठ पीछे हँसी उड़ाते और तेरे बाबूजी की छतरी की तारीफ करते नहीं अघाते। धीरे-धीरे हुआ यह कि गजाधर बाबू छतरी खुलेआम निकालने से सकुचाने लगे।''

माँ बताती, ''तेरे बाबूजी छतरी को खूब सँभालकर रखते। बहुत जरूरी होता तभी निकालते। मैं कभी मजाक करती कि छतरी क्या समधिन को दिखाने के लिए लाए हैं, तब वह हँसकर बोलते, छतरी शौक से नहीं, मजबूरी में खरीदे हैं।''

बाबूजी की मजबूरी का खुलासा माँ ने कभी नहीं किया, पर बात-बात में उसने एक दिन पते की बात जरूर कह दी। वह छतरी का न खत्म होनेवाला किस्सा सुनाते-सुनाते अपनी ही रौ में बह गई थी शायद, तभी तो उसने कहा था, ''गजाधर बाबू के बेटे सिंगेसर का बिआह हुआ था। कक्कन (कंगन) छुड़ानेवाले दिन सवेरे ही

से पानी पड़ने लगा था। अब नई बहुरिया और दूल्हा भीगते हुए पूजा के लिए घर से निकलें यह तो होता नहीं। बस, गजाधर बाबू दौड़ते हुए आए और तेरे बाबूजी से छतरी मांग ले गए। तेरे बाबूजी ने खुशी-खुशी उन्हें छतरी दे दी तो मैं चकरा गई। जब पूछा कि छतरी गजाधर बाबू को काहे दे दिए तो वह बोले हम छतरी नहीं दिए, अपना धरम निबाहे हैं। छतरी होती ही है आड़े बखत काम आने के लिए।''

छतरी सचमुच आड़े बखत बहुत काम आती थी। उसे आज भी याद है, जब बाबूजी के साथ वह, छोटका और माँ, मनिया-मेला घूमने गए थे, तब छतरी कितनी काम आई थी। मेले से लौटते हुए, अभी वे रास्ते में ही थे कि खूब तेज आँधी उठी थी और देखते-ही-देखते मूसलाधार पानी पड़ने लगा था। रास्ते में न पेड़ थे, न कोई मकान। तब छतरी ही काम आई थी। बाबूजी ने कन्धे पर टँगी छतरी तानकर सबको उसी में समेट लिया था। वह और छोटका बीच में, माँ-बाबूजी किनारे-किनारे। बाबूजी छतरी की बंकुड़ी थामे माँ को भीगने से बचाते तो स्वयं भीगने लग जाते। खुद को बचाते तो माँ भीगने लग जाती। यह देखकर माँ ने टोका था, ''अपने को बचाइए न ! भीग जाइएगा तो झुट्ठे तबीयत खराब हो जाएगी।''

''और तुम भीग जाओगी तब ?'' बाबूजी ने माँ की आँखों में झाँककर पूछा था।

''हम भीग जाएँगे तो क्या ! हमको थोड़े न कुछ होगा !'' माँ बाबूजी की आँख बचाते हुए बोली।

''क्यों ? तुमको क्यों नहीं कुछ होगा ?'' बाबूजी के स्वर में मिठास भरी थी।

''हमको भीगने की आदत है। कभी छतरी-वतरी नहीं लगाए हम।'' माँ ने अनायास ही छतरी की बकुड़ी कसकर थाम ली थी।

''सच कहती हो, तुम !'' बाबूजी का हाथ बंकुड़ी पर सरक कर माँ के हाथ में जा सटा था, ''छतरी नहीं थी तब भी बारिश थी। छतरी है तब भी बारिश है। लेकिन दोनों में कितना फर्क है।''

माँ चुहल कर बैठी, ''क्या फर्क है ?''

''यही कि तब एक डर था अब एक हौंसला है।'' बाबूजी खो-से गए थे जैसे स्वयं से ही बोल रहे हों।

बाबूजी की वह बात सही साबित हुई थी। छतरी थी तो हौसला भी था। बाबूजी नहीं रहे, लेकिन छतरी है। छतरी माँ, अपने पास रखती है जैसे वह उसके जीने का हौसला बढ़ाती हो। छतरी वह किसी को तभी देती जब देना बहुत ही जरूरी होता। वह छोटकू को छतरी देने में हमेशा आनाकानी करती।

उसका मानना था कि छोटकू छतरी के साथ लापरवाही ही नहीं बरतता है, दुरुपयोग भी करता है। माँ उसे कई बार तो झिड़क देती, ''घाम-बरखा सहने की आदत डालो।''

माँ की झिड़की का छोटकू पर असर नहीं पड़ता। वह पहले जिद करके छतरी ले लेता था, फिर ढिठाई पर उतर आया, ''छतरी रख के क्या अचार पड़ेगा ?''

माँ का चेहरा रुआँसा हो जाता। वह छोटकू को छतरी देकर और ज्यादा उदास हो जाती। ऐसे में वह माँ, को समझाता "अभी लड़कपन है। धीरे-धीरे समझ जाएगा।"

लेकिन छोटकू नहीं समझा। माँ का मर्म और छतरी का धर्म वह कभी नहीं समझ पाया। शादी के तुरन्त बाद लोटा-थाली, घर-आँगन सब बाँट लिया। जब छतरी की बारी आई, माँ बिफर पड़ी, "मेरे जीते जी छतरी किसी को नहीं मिलेगी।"

उस वक्त छोटकू का रूप देखने लायक था। हाथ-पैर भाँजे हुए उसने माँ को लताड़ा था, बाबूजी को कोसा था और उसे बीवी-बच्चों समेत इतना गलियाया था, कि पूरे गाँव में अच्छा-खासा तमाशा हो गया था। वह कई दिनों तक मुँह छुपाए फिरता रहा था। माँ सुबकती रही थी।

माँ उस दिन भी खूब रोई थी, जब छोटकू पंजाब कमाने जाने लगा था। माँ का गला भर आया था। छोटकू का हाथ पकड़कर बड़ी मुश्किल से बोल पाई थी, "छतरी साथ रख लो। परदेस में काम आएगी।"

छोटकू छतरी का नाम सुनते ही छटक गया था। माँ का हाथ झटकते हुए गरज पड़ा था, "रख, रख, अपनी छतरी अपने पास। हम खुद अपने लिए छतरी खरीद लेंगे।"

छतरी तो छोटकू ने खरीद ही ली थी, लेकिन थी किस काम की ? देखने में चुनमुनिया। छुओ तो मैली हो जाने का डर। बित्ते-भर की। क्या तो खुद छाको, क्या तो दूसरे को। बटन से खुलती थी, बन्द होती थी बटन से मानो जादू की डिबिया में कागज का गुलदस्ता।

पंजाब से पहली बार लौटा था छोटकू तो तभी लेकर आया था वह जादुई छतरी। पास-पड़ोस के लोगों ने उस छतरी को कौतूहल से देखा था, लेकिन उसकी तुलना किसी ने गजाधर बाबू की छतरी से नहीं की थी। उल्टे कई लोगों ने हँसी उड़ाई थी, "भइया रे, ऐसी छतरी कौन काम की, ऊपर से टीप-टाप, भीतर से मोकामा घाट !"

कहते हैं, छोटकू का चेहरा अपमान से लाल हो गया था। उसने ताव दिखाते हुए लोगों को दुत्कारा था, "देहाती भुच्च, क्या जानो दुनिया कहाँ से कहाँ पहुँच गई है।"

उसने माँ को बताई थी छोटकूवाली यह बात तो माँ का चेहरा लकीरों से भर गया था। वह कड़वाहट छुपा नहीं पाई थी, "पूछे कोई छोटकू से, दुनिया चाहे जहाँ पहुँच गई हो, वह आज भी मजूरा नहीं है क्या ?"

माँ का प्रश्न सुनकर वह दंग रह गया था। इतना कुछ कैसे जानती है माँ। माँ अगमजानी है क्या ?

माँ अगमज्ञानी न होती तो कैसे बहुत पहले ही भविष्यवाणी कर देती, "छोटकू का लच्छन ठीक नहीं लगता। वह खाली अपना सुख देखता है। वह जिन्दगी भर हिरन की तरह पानी के पीछे भागता रह जाएगा।"

उस वक्त लगा था, माँ अनजाने ही छोटकू को श्राप दे रही है, लेकिन नहीं, जिस दिन यह खबर आई थी कि छोटकू की बीवी उसे छोड़कर भाग गई है, उस दिन उसे लगा था, माँ से ज्यादा अपने पेट के जाए को कौन जानता है ?

उस खबर से खूब जग हँसाई हुई थी। गाँव-टोला कहीं सिर उठाकर चलने लायक नहीं रह गए थे वे। माँ ने फटे मन से कोसा था छोटकू को, "बूड़ा बंश कबीर का उपजा पूत कमाल है।"

उस दिन उसकी आँखों में न तो छोटकू, न ही उसकी बीवी की शक्ल उभरी थी, बल्कि उसकी आँखों में एक जादुई छतरी बड़ी देर तक तनी रही थी और फिर धुँधलका घिर आया था।

उस रात सोते-सोते अचानक वह चिहुँककर उठ बैठा था। पत्नी कुछ समझती तब तक वह कोठरी से बाहर निकलकर माँ के पास जा पहुँचा था। माँ के अगल-बगल उसके दोनों बच्चे माँ से चिपटे सोए थे। माँ शायद गहरी नींद में थी। वह उल्टे पाँव लौटने लगा था कि माँ की नींद टूट गई थी। माँ ने अचकचाकर पूछा था, "बड़कू क्या बात है ?"

माँ नींद में भी उसकी आहट पहचानती है क्या ? इससे पहले कि वह कोई जवाब दे माँ उठ बैठी, फिर चिन्तित स्वर में उसने वही प्रश्न दुहराया, "बड़कू क्या बात है ?"

"कुछ नहीं माँ !" उसने अनमने ढंग से उत्तर दिया था, "एक खराब सपना देखा, इसीलिए जी घबरा रहा था।"

"कैसा सपना था ? क्या देखा सपने में ?" भयातुर माँ ने उसका हाथ खींचकर उसे अपने पास खटिया पर बैठा लिया था।

"बहुत खराब सपना था माँ। सपने में हम लोग मनिया मेला घूमने गए थे। वहाँ कोई मेला नहीं था। मुझे लगा कि हम गलत जगह आ गए हैं। लेकिन तुम्हारी बहू-पोतों ने जिद पकड़ ली कि यही मनिया है और मेला भी यहीं-कहीं होगा। मेरे कोनों में नौटंकी की आवाज नगाड़े की थाप और 'सत्य हरिश्चन्द्र' के बोल गूँजने लगे, मैं उस मेले को खोजने लगा। इतने में क्या देखता हूँ कि बड़ी तेज आँधी-पानी एक साथ आई। मैंने तुम्हारी बहू और पोतों को पानी से बचाने के लिए बाबूजी की छतरी तान ली। छतरी तानते ही वह हवा में फड़फड़ाने लगी। जब तक मैं समझता, पता नहीं कैसे बकुड़ी मेरे हाथ से छूट गई और छतरी हवा में उड़ गई। मैं सबको छोड़कर छतरी के पीछे भागा, लेकिन छतरी हवा में उड़ते ही मेरी पकड़ से बाहर हो चुकी थी। मैं छतरी को पकड़ने के लिए दौड़ता रहा और मेरी पत्नी, बच्चे उस आँधी-पानी में घिरे हुए मुझे चीख-चीख कर पुकारते रहे।" वह माँ को सपना सुनाते हुए जैसे उसी सपने में जा पहुँचा था। उसके चेहरे पर भय उभर आया था। माथे पर पसीने की बूँदें छलछला आई थीं। उसकी साँसें तेज-तेज चलने लगी थीं जैसे वह सपने से बाहर भी छतरी को पकड़ने की कोशिश कर रहा हो।

माँ ने उसका हाथ थाम कर उसे दिलासा देने की कोशिश की। अपने आँचल से उसके माथे का पसीना पोंछते हुए उसने समझाया, "जो होना था, वो हो गया। अब जैसे भी, हो, बाबूजी की छतरी बनवा लो। और हाँ, एक बात याद रखना, सपना कभी झूठा नहीं होता। उसका कोई-न-कोई अर्थ जरूर होता है ?"

बहुत सिर खपाने पर भी वह उस सपने का अर्थ नहीं निकाल पाया था। माँ से भी पूछा था तो वह टाल गई थी, "हम क्या बड़का विद्वान हैं ?"

तो सपना देखें हम और अर्थ निकालेंगे विद्वान ? सपना हमारा, फलितार्थ किसी और का ? यह पहेली भी नहीं बूझ पाया था वह। उसे बस इतनी ही बात समझ में आई थी कि बाबूजी की छतरी खराब हो गई है, और उसे हर हाल में बनवाना है। माँ भी पीछे पड़ी हुई थी, "लगता है, छतरी इस जनम में नहीं बनेगी।"

अब वह माँ को कैसे समझाता कि हाथ खाली रहने से ही वह छतरी नहीं बनवा पा रहा है। दिहाड़ी-मजूरी के पैसे बचते ही कहाँ हैं ?" कब से तो सोच रहा है कि पैसे इकट्ठे हों तो शहर जाकर छतरी बनवा लूँ, लेकिन पैसे तो लाख कोशिश करो, बन्द मुट्ठी से भी रेत की तरह फिसल जाते हैं। माँ ठीक कहती है, अपनी कमाई से खरीदो तो पता चले !"

अपनी कमाई से छतरी खरीदना तो दूर बाबूजी की छतरी बनवाना भी मुश्किल हो रहा था। वो तो भला हो सिंगेसर बाबू का, जो ऐन वक्त पर काम आ गए। उसकी परेशानी सुनकर झट पचास रुपए देते हुए बोले, "थोड़ा पोस्तदाना शहर पहुँचाना है। पहुँचा दो तो अढ़ाई सौ रुपया और दूँगा।"

"अढ़ाई सौ रुपया !" उसे अपने कानों पर विश्वास नहीं हुआ। उसने सिंगेसर बाबू को आश्चर्य से निहारा, कहीं मजाक तो नहीं कर रहे सिंगेसर बाबू।

नहीं, सिंगेसर बाबू एकदम गम्भीर थे। उसके आश्चर्य को लक्ष्य करके उन्होंने उसे समझाया, "बड़ा काम करो तो बड़ा पैसा मिलता है। पोस्तदाना पहुँचाने का काम अब हर किसी को तो दे नहीं सकता ? इस काम के लिए विश्वासी आदमी का होना जरूरी है।"

तत्काल तो कोई उत्तर ही नहीं सूझा उसे, उल्टे मन में तरह-तरह के प्रश्न उठने लगे थे—कहीं कोई गड़बड़ तो नहीं ? कहीं लेने के देने पड़ गए तो ? कब से होने लगा वह सिंगेसर बाबू का विश्वासी ?

उसे असमंजस में पड़ा देख सिंगेसर बाबू हँस पड़े, "किस सोच-विचार में पड़ गए तुम ? मन भरे तो करना, नहीं तो कोई जोर-जबर्दस्ती थोड़े है ?"

वह जैसे एक बड़े धर्म संकट से उबर गया था। राहत की साँस लेते हुए उसने सिंगेसर बाबू को प्रणाम किया और फिर उल्टे पाँव घर लौट आया। तब उसके दिमाग में सिर्फ छतरी बनवाने की धुन थी और वह चाहता था कि हाथ में आए पैसे खर्च हो जाएँ, इससे पहले ही वह शहर जाकर छतरी बनवा ले।

यूँ वह शहर बहुत कम ही जाता था। लेकिन जब भी जाता उसे शहर कुछ बदला

हुआ दिखता। वह कई बार तो चकरा ही जाता कि पिछली बार जो जहाँ था, वह अब कहाँ है ? उसके मन में यह आशंका इस बार भी थी कि चौक वहीं होगा कि नहीं ? फुटपाथ मिलेगा कि नहीं ? फुटपाथ पर छतरी बनानेवाले कारीगर होंगे कि नहीं ? लेकिन संयोग से चौक भी था। फुटपाथ भी था। फुटपाथ पर छतरी बनानेवाले कारीगर भी थे। वह यह सब देखकर आश्वस्त हुआ और थोड़ी देर ठहरकर दूर से ही पूरे दृश्य को तजबीजता रहा। जैसे ही उसकी नजर खाली बैठे एक कारीगर पर पड़ी, वह तेजी से उसकी ओर लपका मानो जरा सी भी देरी हुई तो वह कारीगर भी दूसरों की तरह व्यस्त हो जाएगा।

वह कारीगर के ठीक सामने जा खड़ा हुआ। कारीगर बूढ़ा था। अपने काम में पका हुआ लगता था। उसे देखकर कारीगर ने अपनी आँखें मिचमिचाते हुए पूछा, ''क्या है ?''

''छतरी बनवाई है।'' उसे हँसी आते-आते रुकी।

''क्या खराबी है ?'' बूढ़े कारीगर ने बेमन से सवाल दागा।

इस बार उसे हँसी नहीं, चिढ़ हो आई, ''कारीगर आप हैं, बताएँ हम ?''

पता नहीं क्या सोचकर बुढ़ऊ हँस पड़े। इससे पहले कि वह बुढ़ऊ की हँसी को पकड़ पाता, वह उनकी झुर्रियों में खो गई। बुढ़ऊ झुर्रियों भरा हाथ बढ़ाकर उससे छतरी लेते हुए बोले ''बहुत पुरानी लगती है !''

''हाँ ! बाबूजी के जमाने की है। वही खरीदे थे।'' सहज हो आया था वह।

''अब कहाँ मिलती है ऐसी छतरी !'' बुढ़ऊ छतरी को फैलाकर दही की मथानी की तरह नचाने लगे थे, फिर उसे नचाना रोक कर बोले, ''तीन कमानी बेकार हो गई हैं।''

उसने गौर से देखा कि फैली छतरी का ऊपरी सिरा, जो अभी पेंदी की तरह जमीन पर टिका था, वहाँ तार में गुँथी तीन कमानियाँ मुँह बाए हुए थीं। कमानियों के छेद खोड़ दाँत की तरह तार में अटके भर थे। उसने सिर हिलाते हुए, ''ठीक कहते हैं !''

''और यह खजाना तो एकदम खत्तम है।'' बुढ़ऊ ने अपने दाहिने हाथ के अँगूठे से थामे उस लोहे के खजाने को ऊपर नीचे खिसकाया, जिसमें कमानियों के दूसरे सिरे आपस में गुँथे हुए थे।

वह इस बार बुढ़ऊ से सहमत नहीं हुआ। तुरन्त प्रतिवाद कर बैठा, ''हमको तो खतम नहीं लगता।''

''अब नहीं लगता तो बात दूसरी है।'' बुढ़ऊ जैसे ऊबकर दो टूक बोले, ''लेकिन चलने वाला नहीं है।''

उसे लगा कि बुढ़ऊ खब्ती है, ज्यादा टोक-टूक करने पर बात बिगड़ भी सकती है, तो उसने झट बात सँभालने की गरज से खुली छतरी का खजाना जिस क्लिप पर टिकता था, वहाँ इशारा करते हुए बोला, ''ये अंकुसी भी तो गायब है !''

बुढ़ऊ के होंठों पर हँसी रेंग गई। यह हँसी उसकी चालाकी पर थी या उसके गँवारूपन पर, यह तो वह नहीं जान पाया, पर उसने बुढ़ऊ की हँसी का डटकर मुकाबला किया तो बुढ़ऊ झेंप गए। उसने महसूस किया कि जेब में पैसे हों तो आदमी कितना मजबूत हो जाता है, किसी की भी हँसी के सामने डट जाने की हद तक।

"क्या हुआ बाबा, चुप क्यों हो गए ?" बुढ़ऊ को चुप देख उसके मन में दया जागी।

बुढ़ऊ की आँखें उसके चेहरे पर आ टिकीं। उसे लगा कि बुढ़ऊ की आँखों में ढेर सारी परछाइयाँ हैं और वह उसे ठीक-ठीक नहीं पहचान पा रहे हैं। उसे थोड़ी घबराहट-सी हुई। उसने अपनी घबराहट पर काबू पाते हुए सीधा सवाल किया, "बोलिए बाबा, कितना लगेगा ?"

बुढ़ऊ ने तुरन्त उत्तर नहीं दिया। उसे लगा जैसे मन-ही-मन हिसाब लगा रहे हों। वह उनके बोलने की प्रतीक्षा करता रहा। बुढ़ऊ बोलने से पहले फिर हँसे। इस बार उनकी हँसी बिल्कुल फीकी थी, "बाबू, यह छतरी बननेवाली नहीं है।"

"क्या ?" उसका मुँह खुला का खुला रह गया। आँखें फाड़ कर बुढ़ऊ को देखता हुआ बोला, "बाबा, मुफ्त में नहीं, पैसा देकर छतरी बनवाएँगे।"

"बाबू, हम कब कह रहे हैं कि पैसा नहीं दोगे, लेकिन छतरी इतनी पुरानी है कि अब बननेवाली नहीं।" बुढ़ऊ ने छतरी समेटकर उसकी ओर बढ़ा दी थी।

उसने छतरी को हाथ लगाए बगैर बुढ़ऊ को ललकारा मानो हल में जुते बूढ़े बैल को टिटकार रहा हो, "अब आप जैसा पुराना कारीगर इस छतरी को नहीं बनाएगा तो दूसरा कौन बनाएगा ?"

बुढ़ऊ बाएँ हाथ की हथेली आसमान की ओर उठाकर बुदबुदाए, "सब समय का फेर है। पुरानी छतरी, पुराना कारीगर सब इस बाजार में फालतू है।"

बुढ़ऊ का फलसफा समझने के बजाय उसने ज्यादा जरूरी यह समझा कि बुढ़ऊ के पास समय गँवाने से अच्छा है कि वह कोई दूसरी दुकान देखे। इस निर्णय के साथ ही उसने चुपचाप बुढ़ऊ के हाथ से छतरी खींच ली। बुढ़ऊ ने उसे ऊपर से नीचे तक निहारा जैसे पहली बार भर निगाह देख रहे हों उसे। उसे लगा कि बुढ़ऊ उसका चेहरा ही नहीं, मन भी पढ़ रहे हैं। सचमुच बुढ़ऊ के होंठ हिलने लगे थे। वह जोर-जोर से बोलने लगे थे, "बाजार में किसिम-किसिम की छतरी आ गई है। एक से एक चुनमुन। एक से एक ललमुन। सब उसी की ओर भाग रहे हैं। अब कौन पूछता है, इस बंकुड़ीवाली छतरी को ! अब तो न इसकी कमयावी मिलती है, न खजाना। भगवान जाने, कयानी, खजाना बनानेवाले सब कहाँ बह-बिला गए ?"

बुढ़ऊ का आहत स्वर उसे भीतर एक हिला गया। एक झटके में खत्म हो गई थी बाबूजी की छतरी। वह ठगा-सा कभी बुढ़ऊ को देख रहा था, तो कभी बाजार को। उसकी समझ में नहीं आ रहा था कि अब वह बाबूजी की छतरी का क्या करे ?

सहसा, उसे लगा कि सारा बाजार रंग-बिरंगी जादुई छतरियों में तब्दील हो गया

है। एक से एक सुन्दर-सपनीली छतरियाँ। मन में कामना जगाती छतरियाँ। ऐसी-ऐसी मोहक छतरियाँ कि उन्हें छूने-पाने का मोह सँवरण कर पाना मुश्किल। मन्त्रमुग्ध-सा वह बड़ी देर तक उन छतरियों में अपने लिए कोई छतरी तजबीजता रहा।

आखिरकार, उसने तय किया कि वह छतरी खरीदेगा जरूर, भले ही इसके लिए उसे सिंगेसर बाबू का पोस्तदाना शहर पहुँचाने का जोखिम क्यों न उठाना पड़े।

कौतुक-कथा

सुबह-सुबह बच्चे अपने घरों से स्कूल जाने के लिए निकले ही थे, कि यह कौतुक हो गया।

सड़क किनारे खड़ा वह निहायत अजीब-सा आदमी बच्चों के लिए पहले तो अजनबीयत...फिर वैचित्र्य और अन्ततः औत्सुक्य का कारण बना। बच्चों के पाँव अनायास ठिठक गए, हालाँकि वे सभी के सभी सख्त अनुशासन से बँधे थे और उनका अपने स्कूलों में 'राइट टाइम' पहुँचना अनिवार्य था...लेकिन उनके पाँव ठिठक गए। बच्चों के माताओं-पिताओं की कड़ी हिदायत थी, कि वे घर से सीधे स्कूल जाएँ, लेकिन वे रुक गए, गोया कि बच्चे रुकना नहीं चाहते थे...लेकिन उनके पाँव थम गए।

बच्चे उस अजनबी, लेकिन विचित्र आदमी के इर्द-गिर्द इकट्ठा होते जा रहे थे। उनकी कम्प्यूटर संचालित स्कूल बसें, उनके स्टाप पर आईं...अपनी निर्धारित अवधि तक रुकीं...फिर बढ़ गईं...बसें खाली थीं...उनमें बच्चे नहीं थे...।

बच्चे उस आदमी के इर्द-गिर्द उत्सुकता का घेरा डाले उसे गौर से देखने लगे थे। वह आदमी उनके लिए अजनबी था, क्योंकि उन्होंने उसे पहले कभी नहीं देखा था... उसके चेहरे पर न तो तनाव था...न ही थकान थी। इसके ठीक विपरीत, उसका चेहरा दप-दप दमक रहा था मानो उसके चेहरे से कोई आभा फूट रही हो। उसकी आँखों में न तो गहरी लाली थी...न ही पसरा पड़ा अँधेरा था।...इतनी साफ सुन्दर आँखें बच्चों ने पहली बार देखी थीं...। उसके शरीर पर वैसे सुन्दर-साफ, चमकीले कपड़े नहीं थे, जैसे कि उनके पिता या कि नगर के दूसरे लोग पहनते थे, पर उसने जो वस्त्र पहन रखा था विचित्र होते हुए भी आकर्षक था...हालाँकि बच्चे आकर्षण के इस कारण को ठीक-ठीक समझ पाने या समझा पाने की स्थिति में नहीं थे।

वह अजनबी सिर झुकाए कुछ बुदबुदा रहा था...उसकी आवाज इतनी मद्धिम थी कि बच्चे कुछ भी साफ-साफ न सुन पा रहे थे, न समझ पा रहे थे। उनकी उत्सुकता बढ़ती जा रही थी। वे उसकी आवाज सुनने के लिए उसके और करीब चले आए। उस अजनबी ने अपने इर्द-गिर्द एकत्र हो आए बच्चों को सिर उठाकर देखा...फिर उसके होंठों पर एक गहरी और निहायत कोमल-सी मुस्कुराहट खिल आई। बच्चे चकित...! उनके भीतर गुदगुदी सी महसूस हुई। ऐसी तलस्पर्शी मुस्कुराहट बच्चों ने पहली बार देखी थी ...वे अपने अलग-बगल खड़े दूसरे बच्चों को देखने लगे...सभी मन्त्रमुग्ध-से दिखे मानो जागी आँखों से सपना देख रहे हों। कुछ बच्चों ने अपनी कलाइयों में बँधी इलेक्ट्रॉनिक

घड़ियों के नॉब दबाए...घड़ी से फीडेड आवाज आई, "इस वक्त सुबह के सात बज रहे हैं...।" उन्हें यकीन हुआ कि यह सुबह है और वे कोई सपना नहीं देख रहे हैं।

अजनबी ने अपने करीब एक गदबदे बच्चे के सिर पर हाथ फेरा...। बच्चा पहले तो घबराया...फिर सबने देखा कि उसका चेहरा रौशन हो रहा है...उसकी आँखो में चमक आ गई है...और...और गजब तो यह कि उसके होंठों पर निहायत मीठी-मासूम मुस्कुराहट उभर आई है। वह बच्चा जो अभी-अभी घबराया-सा दिख रहा था, अब बेहद इत्मीनान से भरा लग रहा था। दूसरे बच्चे भी इस घटना से आश्वस्त हो गए थे कि वह विचित्र-सा दिखता अजनबी चाहे कुछ भी हो उनके लिए नुकसानदेह नहीं है।

वह अजनबी, जो थोड़ी देर पहले बहुत मद्धिम स्वर में बुदबुदा रहा था, अब कुछ ज्यादा जोर से बोलने लगा था। उसकी आवाज अब कहीं ज्यादा साफ और समझ में आने लायक थी। हालाँकि उसकी आवाज वैसी नहीं थी, जैसी कि बच्चे अब तक सुनने के अभ्यस्त थे। उस अजनबी की आवाज इतनी शान्त थी मानो कोई प्रार्थना में लीन हो...इतनी गहरी जैसे अतल गहराइयों से फूट रहे हों स्वर...इतनी मुलायम गोया आवाज नहीं शबनम की बूँदें हों। बच्चों के लिए यह आवाज हैरतअंगेज थी...न खीझ..न ऊब...न चिड़चिड़ाहट...न हड़बड़ाहट। उनके कानों को राहत के फाहे से सहला रहा हो जैसे।

वह अजनबी अपनी उसी मधुर मुस्कुराहट और शान्त स्वर में बोले जा रहा था, "बच्चो...मेरे प्यारे बच्चो...! तुम्हें अपने पास पाकर मुझे बेहद खुशी हो रही है...। मुझे मालूम है कि तुम देश और समय की सीमाओं से परे हो...। तुम सही और गलत की हर चालाकी से दूर हो। तुम जहाँ भी हो...अपनी सम्पूर्णता में एक जिज्ञासु...निर्मल... और ऊर्वर मन-मस्तिष्क के साथ मौजूद हो...। तुम्हारे होने से ही यह दुनिया खूबसूरत है और तुम जब तक हो यह दुनिया खूबसूरत रहेगी।"

वह अजनबी उन बच्चों को स्नेह से निहारते हुए पल-भर को ठिठका कि बच्चों के दिमाग कम्प्यूटर की तेजी से सक्रिय हो गए—उनकी शिराओं में 'तुम्हारे होने से ही यह दुनिया खूबसूरत है' वाक्य अटक गया। वे न तो इस वाक्य का अर्थ समझ पाए, न ही उन्होंने ऐसा वाक्य पहले कभी सुना था। वे विचित्र उलझन में पड़ गए। एक-दूसरे को देखते हुए उनकी आँखों में अनसुलझा-सा प्रश्न तैर रहा था।

अजनबी शायद बच्चों की मनःस्थिति भाँप गया था। उसने अर्थपूर्ण मुस्कुराहट के साथ अपनी बात जारी रखी, "बच्चो...! मेरे प्यारे बच्चो !! मैं जो कह रहा हूँ उस पर विश्वास करो, क्योंकि 'विश्वास' दुनिया को बेहतर बनाने की पहली शर्त है...। तुम्हारे अन्दर विश्वास है तो तुम पर मुश्किल को आसान बना सकते हो...। लेकिन तुम्हारी मुश्किल यह है कि तुम आसान रास्तों के अभ्यस्त हो गए हो। तुम अपने लक्ष्य को येन-केन प्रकारेण पाने के लिए तत्पर हो। तुम्हारे लिए 'आदर्श' का कोई अर्थ नहीं है क्योंकि तुम्हारे पास कोई 'आदर्श' नहीं है। तुम्हारा कोई आदर्श नहीं है...। तुम्हारे अन्दर कोई 'नैतिक मूल्य' नहीं है, क्योंकि तुम्हारे लिए अपनी कामयाबी ही मूल्यवान है

और उसके लिए तुम कोई भी मूल्य चुकाने को तैयार हो, चाहे वह नैतिक हो चाहे अनैतिक... ।''

बच्चे उस अजनबी को फटी-फटी आँखों से देख रहे थे। उनकी समझ में कुछ नहीं आ रहा था। उस अजनबी की शब्दावली इतनी कठिन और अपरिचित थी, कि वे एकदम से परेशानी महसूस करने लगे। न समझ में आने के बावजूद उस अजनबी की आवाज में अजीब-सा सम्मोहन था और वे उसे लगातार सुनते जाने के मोह में बँध से गए थे। उनके भीतर अजीब-सी हलचल पैदा होने लगी थी मानो उनके भीतर कुछ बेहद सख्त-सी चीज टूट-फूट रही हो और वे न चाहकर भी उसे रोक पाने में सक्षम न हों।

वह अजनबी, जिसकी आवाज किसी अजनबी प्रदेश-से आती मालूम पड़ रही थी पूर्ववत बोले जा रहा था, ''बच्चो...! मेरे प्यारे बच्चो !! लेकिन यह ठीक नहीं है...क्योंकि तुम एक भयावह भविष्य की ओर धकेले जा रहे हो...एक बदसूरत दुनिया के नागरिक बनाए जाने के लिए तैयार किए जा रहे हो... । तुम नहीं जानते कि तुम क्या कर रहे हो...कहाँ जा रहे हो...? क्योंकि तुम बच्चे हो और सही और गलत का चालाकी-भरा फर्क नहीं जानते, इसलिए तुम जो कर रहे हो, उसके लिए तुम दोषी नहीं हो...लेकिन जो दोषी हैं, उन्हें पहचानने की जरूरत है।''

बच्चे अपनी साँसें रोक उस अजनबी की बात सुन रहे थे। उस अजनबी ने अपने उलझे बालों में उँगलियाँ फिराईं और माथे पर चमकती पसीने की बूँदों को दाहिने हाथ की हथेली से पोंछा। बच्चों ने उसकी इस क्रिया को कौतूहल से देखी। उस अजनबी के माथे पर चमकी बूँदें उन्हें अच्छी लगीं और उन्हें आश्चर्य हुआ कि उन्होंने ऐसी बूँदें कभी अपने माता-पिताओं के माथे पर क्यों नहीं देखीं ?

इस बार वह अजनबी बच्चों की मनःस्थिति को भाँप नहीं पाया था शायद, क्योंकि वह अपनी ही धुन में अपनी बात जारी रखे हुए था, ''बच्चो...! मेरे प्यारे बच्चो !! जो बच्चों को एक बदसूरत और अमानवीय दुनिया में धकेल रहे हैं, वे हत्यारे हैं। हाँ...उनकी पहचान आसान नहीं है, क्योंकि उनके चेहरे पर तुम्हारा हितैषी होने का मुखौटा चढ़ा है...लेकिन इस मुखौटे के पीछे एक हिंस्र चेहरा है...इससे पहले कि वह हिंस्र चेहरा तुम्हें विरासत में मिले...तुम उनसे पूछो कि यह धरती इतनी बेरौनक क्यों है ? नदियाँ जहरीली क्यों हैं ? पर्वत वीरान क्यों हैं ? फूलोंवाले पौधे कहाँ गए ? फलोंवाले पेड़ क्यों नहीं होते ?''

बच्चों की उलझन बढ़ती ही जा रही थी। लाख कोशिशों के बावजूद उनके ऊर्वर मस्तिष्क में कोई ऐसी आकृति नहीं उभर रही थी, जिसे वे फल...फूल...पेड़...पौधे... पर्वत...नदी के रूप में पहचान पाते। चूँकि वे जिज्ञासु थे, इसलिए उस अजनबी के प्रति उनका आकर्षण स्वाभाविक था और उन्हें उम्मीद थी कि यह दिलचस्प आदमी उनकी जिज्ञासा का शमन अवश्य करेगा। लेकिन यह क्या ?

वह अजनबी तो सिर्फ अपनी ही धुन में खोया, अपनी ही बात कहने पर आमादा

था, ''बच्चो...! मेरे प्यारे बच्चो !! तुम्हारे बड़ों की दुनिया में भाग-दौड़...आपा-धापी...मार-काट...भय...आतंक...असुरक्षा क्यों है ? तुम्हारे पिताओं की दुनिया में बम...बारूद...गोली...बन्दूक...राकेट...मिसाइल का खौफ क्यों है ? सुनो ! वे तुम्हें यही सब कुछ विरासत में देना चाहते हैं। लेकिन नहीं ! तुम उनसे कहो, पिता आप अगर हमें कुछ देना ही चाहते हैं, तो प्यार के जजबात दीजिए...सत्य का सम्बल दीजिए... ईमानदारी की ताकत दीजिए...नैतिकता के तकाजे दीजिए, ताकि...!''

इससे पहले कि अजनबी की बात पूरी होती, सड़क पर सायरन बजाती गाड़ियों का शोर उभरा और बच्चे सकते में आ गए। ये पुलिस गाड़ियाँ थीं। गाड़ियों में से चुस्त-दुरुस्त रोबोट उतरे और पलक झपकते ही बच्चों को अपने घेरे में ले लिया। एक सीनियर रोबोट जिसकी आवाज में जबर्दस्त रौब था, बच्चों का मुआयना करने बाद एक यन्त्र को ऑन करके किसी को सन्देश देने लगे—''हैलो...! हैलो !! मैं डी.सी.पी. बोल रहा हूँ...सी.पी. साब से बात कराओ !''

पल-भर की प्रतीक्षा के बाद डी.सी.पी. रोबोट ने फिर सन्देश यन्त्र पर बोलना शुरू किया, ''सर ! बच्चे मिल गए हैं...। ये, यहाँ...सड़क किनारे एक अजनबी के इर्द-गिर्द खड़े हैं...। यस सर ! इन बच्चों को उनके स्कूल में भेज दें ? ओ.के. सर ! और सर, यह अजनबी ? ओ.के. सर ! इसे लेकर मैं स्वयं आपके पास आता हूँ। दैट्स ऑल, सर।''

डी.सी.पी. रोबोट की बातें सुनकर बच्चों के चेहरे पीले पड़ गए।...वे जो अभी-अभी अजनबी की बातें सुनते हुए तमाम चिन्ताओं से मुक्त थे, एकबारगी अपनी दुनिया के यथार्थ में लौट आए थे...ऐसा पहली बार हुआ था कि वे स्कूल के लिए घर से निकले थे, पर रास्ते में ही रुक गए थे...। यह बेहद रोमांचक अनुभव था... ! उन्हें पहली बार महसूस हुआ था कि कोई आदमी इतनी दिलचस्प बातें कर सकता है कि वे उसमें खोए हुए अपना वर्तमान भुला सकते हैं...। लेकिन वर्तमान सामने था। डी.सी.पी. रोबोट के इशारे पर बच्चों को घेरे रोबोटों ने उन्हें अपनी गाड़ियों में बैठाया और उनके स्कूलों को ओर उड़ चले।

वह अजनबी जाते बच्चों को निश्छल मुस्कुराहट के साथ देखता हुआ अपनी जगह पर निश्चल खड़ा था। डी.सी.पी. रोबोट ने उसे निर्विकार भाव से देखा और अपना हाथ बढ़ाकर उसे अपनी गाड़ी की ओर खींचने लगा। वह अजनबी पूर्ववत मुस्कुराता हुआ स्वयं आगे बढ़ा। गाड़ी की ड्राइविंग सीट पर कोई ड्राइवर नहीं था, फिर भी उस अजनबी और रोबोट के बैठने के साथ ही गाड़ी चल पड़ी।

बच्चे जो स्कूलों में पहुँचा दिए गए थे, अभी भी सामान्य नहीं हो पाए थे। एक तरफ अनुशासन तोड़ने का भय उन पर तारी था, तो दूसरी तरफ उस अजनबी की बातों का असर बरकरार था। वे न तो सजा भुगतने को राजी थे, न ही उस अजनबी की बातों

को हवा में उड़ा देने को तैयार थे। ऐसे में, जब उनके टीचर्स ने उन्हें सजा सुनाई, वे विद्रोह की मुद्रा में आ गए। टीचर्स अवाक् ! ऐसा पहली बार हुआ था कि बच्चों ने उनका आदेश मानने से इनकार किया था। बच्चों के तेवर खतरनाक थे, इसलिए टीचर्स ने अपनी तरफ से कोई कार्रवाई करने के बजाय इस घटना की सूचना प्रिंसिपल को देना वाजिब समझा।

प्रिंसिपल को स्थिति की गम्भीरता समझते देर नहीं लगी। इससे पहले कि हालात बिगड़ें, उसने स्वयं बच्चों से वस्तुस्थिति जानने की कोशिश की। बच्चों ने प्रिंसिपल के सामने प्रश्नों की झड़ी लगा दी—फूल, फल, पौधे, पेड़, पर्वत, नदी...प्यार...सत्य... ईमानदारी...नैतिकता...। ऐसी-ऐसी अज्ञात-अपरिचित शब्दावलियाँ बच्चों के मुँह से सुनकर प्रिंसिपल का सिर चकरा गया। वह हक्का-बक्का-सा अन्य टीचर्स का मुँह ताकने लगा। काफी देर तक ऊहापोह की स्थिति रही। अन्ततः प्रिंसिपल ने सभी टीचर्स को आदेश दिया, "इन शब्दों के अर्थ खोजें और बच्चों की जिज्ञासा का समाधान करें।"

सारे टीचर्स कम्प्यूटरों पर टूट पड़े। मेमोरी बटन दबाते ही तरह-तरह की सूचनाएँ उभरने लगीं...फ्लापीज, डिस्क एक पर एक बदले गए...डाटा बैंक खँगाला गया...तमाम कोशिशें की गईं, लेकिन वे शब्दावलियाँ नहीं मिलीं...न सूचना...न संकेत...कहीं कोई आसार नहीं। टीचर्स परेशान। प्रिंसिपल परेशान। कम्प्यूटर्स के सारे नेटवर्क नाकाम... इंटरनेट फेल...स्क्रीन ब्लैंक...कभी-कभार कुछ धब्बे उभरते फिर पीं...पीं...पीं...की आवाजों के साथ "सॉरी, नॉट एवेलेबुल।" लिखा मिलता।

यह एक जबर्दस्त चुनौती थी। सारे विद्वत समाज के सामने एक विकट चुनौती। पूरे नगर में खलबली मच गई। आला दिमागों ने सिर जोड़कर बैठकें कीं और अपने ज्ञान-विज्ञान के तमाम संचित संग्रहालयों से सम्पर्क साधा, लेकिन हर जगह से उत्तर नदारद मिला। सारे सूचना केन्द्रों ने एक ही जवाब दिया—"सॉरी, नॉट एवेलेबुल।"

समस्या गम्भीर थी। सूचना नगराधीश तक पहुँची। नगराधीश स्वयं विद्वान थे। विद्वानों के बीच उनका आदर-सम्मान था। वह भी उन अनोखे, अनजाने शब्दों को सुनकर हतप्रभ रह गए। उन्होंने अपनी निजी व भव्य कम्प्यूटर लाइब्रेरी में स्वयं बड़ी देर तक मगजमारी की, लेकिन हाथ कुछ नहीं लगा। वे शब्द वाकई दिलचस्प थे, इसलिए उनकी इच्छा हुई कि वह विद्वानों की एक कमेटी बना दें, ताकि इस पर उनकी रिपोर्ट आए और फिर उस रिपोर्ट के आधार पर वह किसी निष्कर्ष पर पहुँचें। लेकिन जब तक वह कोई फैसला लें, नगर के महासुरक्षा प्रहरी ने उन्हें सूचना दी कि अनोखे, अनजान शब्दावलियाँ बोलनेवाला वह दिलचस्प आदमी उनकी गिरफ्त में है। यह खबर महत्त्वपूर्ण थी। नगराधीश ने तुरन्त महासुरक्षा प्रहरी को आदेश दिया, "उस आदमी को फौरन मेरे सामने हाजिर किया जाए।"

महासुरक्षा प्रहरी जिस वक्त उस आदमी को लेकर हाजिर हुआ, नगराधीश वातानुकूलित विशाल व भव्य कांफ्रेंस हॉल में मौजूद थे। उनके सामने पत्रकारों की भीड़ थी। उनके अगल-बगल विद्वानों का हुजूम था। पत्रकारों ने अपने कैमरे सँभाल लिए

थे। माइक्रोफोन चेक कर लिए थे। कुछ कैमरे ऐसे थे, जो इस घटना को लाइव टेलीकास्ट कर रहे थे। चारों ओर गहमा-गहमी थी। पूरे हाल में सनसनी थी।

उस अजनबी को देखते ही कांफ्रेंस हॉल में चुप्पी छा गई। वहाँ मौजूद तमाम लोगों की आँखों में कौतूहल उभर आया।

वह अजनबी अपनी जगह पर खड़ा मन्द-मन्द मुस्कुरा रहा था...इतनी शीतल... स्निग्ध मुस्कान कि पूरे कांफ्रेस हॉल में एक गर्म अहसास की लहर दौड़ गई। नगराधीश ने उस अजनबी का पुरजोर स्वागत करते हुए कहा—"अजनबी, तुम चाहे जो भी हो, हमारे लिए महत्त्वपूर्ण हो, क्योंकि तुमने हम ज्ञान-विज्ञान के चरमोत्कर्ष पर खड़े लोगों के सामने चुनौती पेश की है...हम हर चुनौती स्वीकार करते हैं...क्योंकि हम जानते हैं कि हमने आज जो कुछ हासिल किया है, वह चुनौतियों का ही परिणाम है...।"

वह अजनबी बगैर किसी प्रतिक्रिया के स्वभावतः मुस्कुराता रहा। कैमरे उसकी भाव-भंगिमाओं को कैद करने में मशगूल थे। पत्रकारों ने माइक्रोफोन ऑन कर दिए थे। पूरे नगर में इस घटना का सीधा प्रसारण शुरू हो गया था।

नगराधीश के चेहरे का क्लोजअप टी.वी. के पर्दे पर उभरते ही, अपने ड्राइंग रूमों में बैठे बच्चे घबरा गए। उन्होंने अपनी आँखें बन्द कर लीं। कानों में उँगलियाँ डाल लीं। थोड़ी देर को उनके भीतर गहरा अन्धकार छा गया। इस अँधेरे से आतंकित बच्चों ने झट से आँखें खोल दीं। आश्चर्य ! घोर आश्चर्य !! टी.वी. के पर्दे पर नगराधीश नहीं थे, बल्कि उनकी जगह उस अजनबी का चेहरा था, जो सुबह उन्हें स्कूल जाते हुए रास्ते में मिल गया था। बच्चों की आँखों में चमक-सी आ गई। चेहरा दमक उठा।

टी.वी. के पर्दे पर भी वह अजनबी ठीक वैसे ही मुस्कुरा रहा था, जैसे सुबह उनसे बातें करते वक्त मुस्कुरा रहा था—स्नेहिल...निष्कलुष...मन्द...मन्द...मधुर...मधुर !

पत्रकार उससे प्रश्न पूछ रहे थे...विद्वान उससे मुखातिब थे...विशेषज्ञ उसे घेर रहे थे...वह सबकी सुन रहा था...लेकिन चुप था...बिल्कुल चुप। बच्चे हैरान थे कि जो आदमी सुबह उनसे इतनी लम्बी-लम्बी बातें करता था, इस कदर चुप क्यों है ?

टी.वी. पर समवेत स्वर में शोर बदलने लगा था। इससे पहले कि इस शोर को कम करने के लिए बच्चे अपनी टी.वी. सेटों के 'रिमोट कंट्रोल' के बटन दबाएँ, उस अजनबी के होंठ हिले। फिर धीरे-धीरे उसका धीर-गम्भीर स्वर उभरने लगा, "आप मेरे शब्दों को अनोखा, अनजान और अपरिचित समझ रहे हैं, क्योंकि आपके पास अपनी स्मृतियाँ नहीं हैं...आपके पास अपना कुछ भी मौलिक नहीं है...। जिन कौमों के पास स्मृतियाँ नहीं होतीं...उनके पास अपना इतिहास नहीं होता...जिनके पास मौलिकता नहीं होती, उनके पास अपनी पहचान नहीं होती...। आपके पास मेरे शब्दों के अर्थ नहीं हैं...। वे इसलिए नहीं हैं कि मेरे शब्द आचरण की मांग करते हैं और ये आचरण के बगैर अर्थहीन हैं।"

अपनी बात पूरी करके उस अजनबी ने एकदम से चुप्पी साध ली। टी.वी. स्क्रीन

पर पल-भर के लिए सन्नाटा छा गया। फिर धीरे-धीरे माइक्रोफोन पर बोलता हुआ एंकरपर्सन सामने आया और उसने घोषणा की, "आइए, अब हम जानते हैं। अपने विद्वान नगराधीश की राय।"

बच्चों ने टी.वी. सेटों को ऑफ कर दिया। सामने एक तेज चमक लपकी और फिर स्क्रीन काला पड़ गया।

नगराधीश ने कोई कमेंट करने से इनकार करते हुए सिर्फ इतना कहा, "हम पूरे माहौल पर गौर रहे हैं और जल्दबाजी में किसी निर्णय पर पहुँचना ठीक नहीं होगा। फिलहाल, विद्वानों की एक कमेटी बना दी गई है, जिसमें रिटायर चीफ जज के अलावा एक सांसद, एक वाइस चांसलर, एक ब्यूरोक्रेट, एक टेक्नोक्रेट और एक ट्रेड यूनियन प्रतिनिधि शामिल हैं। इन्हें चौबीस घंटे के भीतर रिपोर्ट देने को कहा गया है।"

रिपोर्ट पर पूरे नगर की निगाह टिकी थी समय तेजी से गुजर रहा था। नगराधीश नगर की उत्सुकता और बेचैनी को लेकर चिन्तित थे, इसलिए वह स्वयं कमेटी से लगातार सम्पर्क साधे हुए थे। लेकिन कमेटी किसी ठोस नतीजे पर पहुँचती नहीं दिख रही थी। नगराधीश भीतर-ही-भीतर उद्विग्न हो आए थे।

देर रात गए, जबकि वह तमाम कोशिशें करके हार गए थे, नींद उनकी आँखों तक आने का नाम नहीं ले रही थी, उन्हें अचानक कुछ ख्याल आया। उन्हें बिजली का झटका-सा लगा। वह बिस्तर से उठकर लगभग दौड़ते हुए अपने गुप्त कम्प्यूटर रूम की ओर दौड़े। उन्होंने फ्लापियों के ढेर में जल्दी-जल्दी कुछ ढूँढ़ना शुरू कर दिया। ढेरों फ्लापियों के बीच अन्ततः उन्हें एक ऐसी फ्लापी हाथ लगी, जो उनके काम की थी। उन्होंने उस फ्लॉपी को कम्प्यूटर में डाला...बटन दबाए...धीरे-धीरे कुछ संकेत उभरे... फिर सन्देश–"हर कम्प्यूटर की एक सीमा है...यह सिर्फ उतना ही बताता है...जितना इसमें फीड किया जाता है। लेकिन ज्ञान की सीमा नहीं है...क्योंकि मानव मस्तिष्क जिज्ञासु है...। यह जिज्ञासा सिर्फ तब तक ठीक है, जब तक कि वह राज-काज, सत्ता और सिंहासन के प्रति जिज्ञासु न हो...इसलिए इस ज्ञान को बाँधो..कैद कर लो...कम्प्यूटर में भर दो इसे, ताकि मनुष्य सिर्फ वह सोचे कि कम्प्यूटर सोचता है कम्प्यूटर का कंट्रोल हमेशा अपने हाथ में रखो।"

सन्देश की अन्तिम पंक्तियाँ पढ़ते हुए नगराधीश के चेहरे पर हवाइयाँ उड़ने लगीं। उन्होंने हड़बड़ाकर फ्लॉपी को कम्प्यूटर से बाहर निकाला और उसे गुप्त तहखाने में डालकर अपने निजी कार्यालय में आए और विद्वानों की कमेटी से सम्पर्क साधने लगे।

अगली सुबह बच्चे जब स्कूलों को जाने की तैयारी कर रहे थे, टी.वी. पर सुबह का समाचार प्रसारित हो रहा था। बच्चों को समाचारों में कोई रुचि नहीं थी, लेकिन

ब्रेक फास्ट खाते उनके मुँह अचानक खुले-के-खुले रह गए, जब उन्होंने समाचार में उस अजनबी के बारे में सुना। न्यूजरीडर निहायत निर्विकार भाव से खबर पढ़ रहा था—"वह अजनबी आदमी, जो कल नगर में बच्चों को बरगलाता हुआ पकड़ा गया था, बेहद खतरनाक प्राणी है। उसके बारे में विद्वानों की कमेटी ने जो रिपोर्ट दी है, वह चौंकानेवाली है। सरकार ने उस रिपोर्ट को सार्वजनिक करने से इनकार कर दिया है, क्योंकि उससे नगर की सुरक्षा खतरे में पड़ जाने की आशंका है। ताजा सूचना के मुताबिक सरकार ने उस अजनबी की उच्चस्तरीय जाँच कर मुकदमा चलाने का फैसला लिया है।"

मायामहल का बक्सा

वे चार चोर थे। चारों अपने-अपने फन में माहिर।

पहला, कैसा भी, कोई भी ताला खोलने में एक नम्बर उस्ताद। बाकी के तीनों उसके इस करिश्मे के जबर्दस्त मुरीद थे। उनका मानना था कि पेचीदा से पेचीदा ताला भी वह जिस सफाई से चुटकियों में खोल लेता है, वह हर किसी के वश की बात नहीं। उनका विश्वास था कि यह एक ऐसी कला है, जो भगवान की कृपा से किसी-किसी को ही नसीब होती है। वे अक्सर और तब तो निश्चित ही, जब कोई बड़ी सफलता मिलती, उसका हाथ चूम लेते और मजाक-मजाक में यह भी कहते कि भगवान्, इन हाथों को किसी की नजर न लगे। अपनी इस आशंका के मद्देनजर उनके बीच अक्सर यह ख्याल भी आता रहा है कि उसके हाथों का बीमा करा लिया जाना चाहिए, लेकिन यह विचार अभी तक अमली-जामा नहीं ले पाया है, तो इसके पीछे कई 'अगर-मगर' हैं। बावजूद इसके यह विचार लगातार उनके विमर्श में बना हुआ है।

दूसरा, कैसा भी, कोई भी सम्मान हो, उसकी असलियत परखने में दक्ष। एक नजर में वह गहना, जेवर, बर्तन, बासन की कलई खोलकर रख देता। बाकी के तीनों शुरू में उसे कोई भाव नहीं देते। उन्हें उसका काम महज एक अन्दाजा लगता और वे सोचते, ऐसा नहीं है कि वे अन्दाजा नहीं लगा सकते। लेकिन एक बार चोर बाजार में हुई उनकी फजीहत ने उन्हें मानने पर मजबूर कर दिया था कि असली-नकली की परख हर किसी के वश की बात नहीं। यह काम तो कोई जौहरी ही कर सकता है। वे उसी दिन से दूसरे को जौहरी मानने लगे थे, जिस दिन हाथ लगे माल को चोर बाजार के सेठ ने गिलट का बताकर उनकी खूब खिल्ली उड़ाई थी। वह अपमान उन्हें इतना खला था कि उसी दिन उन तीनों ने कसम खा ली थी कि वे धन्धे में फिर कभी दूसरे की उपेक्षा नहीं करेंगे।

तीसरा, कैसी भी, कोई भी आहट हो, समय पर भाँप लेने में विज्ञ। उसकी घ्राणशक्ति इतनी तीव्र थी कि बाकी के तीनों मजाक-मजाक में कहते, "यह पिछले जन्म में जरूर कुत्ता रहा होगा।" वह भी अपने को कुत्ता कहे जाने का कतई बुरा नहीं मानता, बल्कि अपनी विशेषता का उसे यह सबसे सटीक उदाहरण लगता। वह घरों के भीतर ही हलचल, पदचाप, जागरण और सुसुप्तावस्थाओं की ऐसी बारीक व्याख्या करता कि बाकी के तीनों दाँतों तले उँगली दबा लेते। उनका मानना था कि अगर वह न होता तो वे सही समय पर, सही स्थान पर, अपने काम को सही-सही अंजाम नहीं दे पाते।

चौथा, कैसी भी, कोई भी विपत्ति हो, पलक झपकते ही उबार लेने में कुशाग्र। उसकी प्रत्युत्पन्नमति का कमाल देख चुके बाकी तीनों न सिर्फ उसकी बुद्धि का लोहा मानते, बल्कि उसे आदर से 'गुरु' कहकर पुकारते थे। वे जानते थे कि अगर गुरु उनके साथ न होता तो वे कब के पकड़े जा चुके होते और वे अभी तक पकड़े नहीं जा सके हैं तो गुरु का यह मन्त्र ही काम आता रहा है कि, "जैसे बहे बयार, पीठ वैसी कर लीजे।"

वे चारों रंग, रूप, आकार, व्यवहार में एक-दूसरे से पर्याप्त भिन्न थे। पहला, निहायत काला। सामने के दो दाँत बाहर निकले हुए। सिर के आधे बाल गायब। मजबूत काठी, दरम्याना कद। कुछ-कुछ चिड़चिड़ा। दूसरा, निहायत गोरा। बिना मूँछ-दाढ़ी के हीरोनुमा। लम्बे बाल कन्धे तक झूलते हुए। छरहरी काठी। लम्बा कद। बेहद बातूनी। तीसरा, ताँबई रंग। लम्बी नाक, छोटे घुँघराले बाल। थुलथुल काठी। ठिगना कद। तुनक-मिजाज। चौथा, न गोरा, न काला। बिल्कुल सफेद। घनी दाढ़ी। उलझे बाल। भिंची आँखें। इकहरी काठी। कद झुककर चले तो सामान्य। तन कर चले तो असामान्य। थोड़ा चुप्पा।

इन भिन्नताओं के बावजूद उन चारों में कुछ गजब की समानताएँ भी थीं। मसलन, वे चारों के चारों धूर्त, लालची और लम्पट एक जैसे थे। धूर्तता उनमें कूट-कूट कर भरी थी, यहाँ तक कि उन्हें एक-दूसरे पर भी विश्वास नहीं था। इसलिए वे एक-दूसरे पर हमेशा शक करते। लालची तो वे ऐसे थे कि जिस घर में भी चोरी करते, सब कुछ झाड़-पोंछ देते और मौका मिलने पर एक-दूसरे की नजर बचाकर, हाथ लगे माल पर भी हाथ साफ करने से नहीं चूकते। फिर माल हाथ लगने और उसे ठिकाने लगा देने के बाद, हाथ आई रकम, जब तक जेब में रहती वे एक-दूसरे के साथ नजर नहीं आते। वे सारा पैसा मौज-मस्ती, शराब, कबाब और शबाब पर खर्च कर डालते। वे एक-दूसरे से तभी मिलते जब वे खाली जेब, खाली हाथ और खाली पेट होते। ऐसे में उनकी एक मात्र चिन्ता कोई लम्बा हाथ मारने की होती।

ऐसा ही कोई लम्बा हाथ मारने के उद्देश्य से वे चारों आज की रात 'मायामहल' में घुसे थे। उनकी तजबीज थी कि रंग-रोगन उड़ जाने के बावजूद, नोनी खाई ईंटों के झड़ने के बावजूद, उसके कई हिस्सों के बँटने और बिक जाने के बावजूद रायबहादुर रायसाहब महामाया प्रताप सिंह की इस हवेली में 'माया' की कोई कमी नहीं। कमी होगी तो भी कितनी ? मरा हाथी भी सवा लाख का।

इस निर्णय और निश्चय के साथ वे 'मायामहल' में जिस वक्त दाखिल हुए रात करीब आधी गुजर चुकी थी। उस वक्त चारों ओर गहरा सन्नाटा था। लोग या तो गहरी नींद में थे या फिर सर्दी के कारण खिड़की, दरवाजे बन्द कर बाहर की दुनिया से गाफिल पड़े थे। उन चारों के लिए यह स्थिति अनुकूल थी, इसलिए वे बेहद उत्साह से भरे थे। यूँ भी किसी पुरानी हवेली में चोरी के लिए घुसना कम रोमांचकारी नहीं था, ऊपर से गुरु ने इस बात का अहसास कराया तो वे गर्व से भर गए थे और उन्हें पहली बार

लगा था, कि "हाँ, उनका धन्धा भी कोई बहुत खोटा नहीं।"

'लेकिन 'मायामहल' में दाखिल होने के बाद, उन्हें यह देखकर घोर आश्चर्य हुआ कि 'मायामहल' के अधिकांश कमरे खाली पड़े हैं। उन कमरों में या तो कोई रहता नहीं था या फिर उनमें रहनेवाले वर्षों से रहने नहीं आए थे। लिहाजा उन कमरों में घुप्प अँधेरा और बासी हवा अँटी पड़ी थी। उन चारों ने एकबारगी दम घुटता महसूस किया। उन्हें लगा कि यदि वे वहाँ ज्यादा देर ठहरे तो गश खाकर गिर पड़ेंगे। इस आशंका और हड़बड़ी में उन चारों ने चोर-बत्ती की रोशनी में कोनों-अँतरों को खँगालना शुरू कर दिया। अटारी से लेकर अलमारी तक देख डाला। लेकिन कहीं कुछ नहीं मिला। हताशा, निराशा और नाकामी के सिवा कुछ हाथ नहीं लगा। वे औचक-भौंचक एक-दूसरे का मुँह ताकते रह गए मानो 'मायामहल' में आकर बुरी तरह ठगे गए हों।

उन्हें तत्काल जैसे इल्हाम-सा हुआ कि 'मायामहल' में अब एक क्षण भी रुकना महज वक्त जाया करना है। बल्कि बेहतर यह होगा कि वे जितनी जल्दी हो 'मायामहल' की मोह-माया छोड़कर निकल भागें, ताकि वक्त रहते किसी और जगह हाथ साफ किया जा सके। निर्णय गुरु को लेना था। उन तीनों ने गुरु की तरफ सवालिया नजर से देखा। गुरु ने सिर के इशारे से जैसे ही निकल भागने का निर्णय सुनाया, वे चारों 'मायामहल' के पिछवाड़े जानेवाले रास्ते पर बढ़ गए। वे भारी मन और भारी कदमों से अभी दो-चार डग ही चल पाए थे, कि किसी के खाँसने की आवाज से वे जहाँ के तहाँ ठिठक गए। उनकी साँसें ठहर गईं। वे अँधेरे की ओट में खड़े खाँसी की आती आवाज की दिशा की ओर ताकने लगे। आवाज दूसरे छोर से आ रही थी और वह छोर भी अँधेरे में डूबा हुआ था। उधर, जिधर से आवाज आ रही थी 'भक्क' से बल्ब जला और एक कमरा रोशनी से भर गया। अगले ही क्षण कमरे का दरवाजा खुला। दरवाजे से एक बूढ़ा बाहर निकला। बूढ़े की कमर झुकी हुई थी और झुकने से पीठ पर कूबड़ निकल आया था। वह लगातार खाँसे जा रहा था। खाँसने के कारण उसके पैर लड़खड़ा रहे थे, जिससे उसे चलने में दिक्कत हो रही थी। वह अपना दाहिना हाथ दीवार पर टेके हुए दाहिनी ओर जाती गैलरी की ओर बढ़ गया। शायद उसे पेशाब लगा था और वह बाथरूम जा रहा था।

चारों ने सिर हिलाकर आपस में इशारेबाजी की और फिर गुरु का 'सिगनल' पाकर 'मायामहल' से निकल भागने के निर्णय को स्थगित कर दिया। वे वहीं कोने में बैठकर बूढ़े के लौटने और उसके सो जाने का इन्तजार करने लगे।

बूढ़ा जल्दी ही वापस आ गया। वह अब भी खाँस रहा था। लगातार खाँसते रहने से वह हाँफने लगा था। उसके हाँफने की आवाज रात के सन्नाटे में साफ-साफ सुनाई पड़ रही थी। वह खाँसते हुए ही कमरे में घुसा और परेशानहाल दरवाजा बन्द कर करके खाँसता रहा। कमरे में बल्ब थोड़ी देर तक जलता रहा, फिर ऑफ हो गया। कमरा अँधेरे में डूब गया था, जिसके भीतर से रह-रहकर खाँसी की आवाज उभरती रही।

वे चारों दम साधे बूढ़े के सो जाने की प्रतीक्षा में मन-ही-मन कुढ़ रहे थे। उनके

जी में आ रहा था कि झपट कर जाएँ और बूढ़े का गला ही दबा दें, लेकिन वे ऐसा नहीं कर सकते थे। ऐसी न तो उनकी आदत थी, न ही उनमें ऐसी हिम्मत थी। वे सिर्फ चोरी करते थे और मानते थे कि सोए हुए आदमी की नींद खलल में डाले बगैर माल उड़ा लेने में जो मजा है, वह किसी भी दूसरे तरीके से नहीं।

वे गभ खाकर प्रतीक्षा करते रहे। आखिरकार खाँसी की आवाज थम गई। चारों ने एक दूसरे को देखा। फिर उनमें से तीसरा, जिसे सभी कुत्ता कहते, दबे पाँव उठा और बूढ़े के कमरे के पास जा पहुँचा। कमरे के दरवाजे के पास खड़े होकर उसने सुगबुग लेने की कोशिश की और उल्टे पाँव लौटकर बाकी तीनों को आश्वस्त किया कि बूढ़ा गहरी नींद में सो चुका है, अब काम को अंजाम दिया जा सकता है।

वे चारों दबे पाँव बूढ़े के कमरे तक आए। पहले ने कमरे के दरवाजे पर अपने एक हाथ का हल्का सा दबाव दिया, कि दरवाजे के पल्ले अन्दर की ओर धँस गए। कमरा अन्दर से बन्द नहीं था, यह देखकर उनकी चीख निकलते-निकलते रह गई। उन्हें लगा कि धैर्य का फल वाकई मीठा होता है। कहते हैं, भाग्य जब साथ देता है तो हर मुश्किल आसान हो जाती है। वे मन-ही-मन ऊपरवाले को धन्यवाद देते हुए, एक-एक कर कमरे में जा घुसे।

कमरे में नीम अँधेरा था और बूढ़े की साँसें घर्र-घर्र बज रही थीं जैसे उसके सीने में ढेर सारा कफ जमा हो। शायद बूढ़े को साँस लेने में परेशानी होती थी, इसीलिए उसने अपना मुँह रजाई से बाहर कर रखा था।

चोर-बत्ती की मद्धिम रोशनी में गुरु ने कमरे का मुआयना शुरू किया। बूढ़े के सिरहाने एक स्टूल पर दवाइयों की कुछ शीशियाँ थीं। एक प्लेट से ढका हुआ जग और गिलास भी वहीं रखा हुआ था। गिलास की तली में थोड़ा सा पानी था, जिसका मतलब था कि बूढ़े ने सोने से पहले पानी पिया है। गुरु को लगा कि बूढ़े ने जरूर दवा पी होगी। उसने आगे बढ़कर दवा की शीशियों को छू-छूकर देखा। एक शीशी का मुँह अभी-भी चिपचिपा था। उसने उस शीशी को उठाकर चोर-बत्ती की रोशनी से देखा, फिर मुस्कुरा पड़ा। उसकी यह मुस्कुराहट बाकी तीनों से छुपी न रह सकी। उनके सवालिया आँखों की उत्सुकता को लक्ष्य कर गुरु फुसफुसाया, "बूढ़ा दवा पीकर सोया है। दवा में अल्कोहल है, इसलिए उसके अभी जागने की कोई सम्भावना नहीं है।" उन तीनों ने राहत की साँस ली, जिसमें यह विश्वास भी शामिल था, कि भाग्य जब साथ देता है, तो हर बाधा अपने-आप राह से हट जाती है। वे अब इत्मीनान से अपने काम में जुट सकते थे।

चोर-बत्ती की रोशनी में कमरे का मुआयना करते हुए उन चारों ने पाया कि कमरा पर्याप्त बड़ा है और उसमें ढेर सारा अल्लम-गल्लम सामान अँटा पड़ा है। इन सामानों में छोटे-बड़े आकार-प्रकार के कई बक्से भी थे, जो एक-दूसरे के अगल-बगल और ऊपर-नीचे तरतीब से रखे हुए थे। इन बक्सों को देखकर उनके दिल तेजी से धड़कने लगे। उन्हें उम्मीद हो चली कि आज भरपूर माल हाथ लगेगा और वे काफी दिनों तक

चैन से बैठकर मौज कर सकेंगे।

उम्मीद और आवेग से भरे वे चारों जब बक्सों को खोलने के लिए आगे बढ़े तो यह देखकर उन्हें आश्चर्य हुआ कि किसी बक्से में ताला नहीं लगा है, बल्कि किसी बक्से की कुंडी उखड़ी हुई थी, तो कोई बक्सा ही टूटा हुआ था। पहला जिसे सभी उस्ताद कहते, बिना तालों के बक्से देखकर चिढ़-सा गया, "स्साला, रामराज समझ लिया है।"

बाकी तीनों उस्ताद की चिढ़ पर मन-ही-मन मजा लेते हुए बक्सों को खोलने में जुट गए। बक्से जैसे-जैसे खुलते गए उनकी साँसें अटकती गईं। उनके चेहरे पर हवाइयाँ उड़ने लगीं। उनकी आँखें अविश्वास की अति तक फट गईं। वे चारों के चारों सिर पकड़ कर वहीं धम्म से फर्श पर बैठ गए।

दूसरा, जिसे सभी बातूनी कहते, फँसी-फँसी आवाज में बोला, "स्साला, आज किस्मत ही खराब है।"

बातूनी की पीड़ा से सभी सहमत थे, इसलिए किसी ने कोई प्रतिक्रिया नहीं व्यक्त की, बल्कि चुपचाप पड़े, अँधेरे में अपने-आपको संयत करने की कोशिश करते रहे। फिर गुरु ने चोर बत्ती जलाई और धीरे-धीरे उसके गोल दायरे को कमरे में चारों ओर घुमाया। गोल दायरा घूमते-घूमते बूढ़े की पलंग के नीचे आकर ठहर गया। चारों की आँखें रोशनी के उस गोल दायरे में फँसे एक बक्से पर जाकर टिक गईं। काले रंग के लोहे का बक्सा बूढ़े के ठीक सिरहाने रखा हुआ था। बक्से में बड़ा सा ताला लटक रहा था, जो दूर से ही देखने में काफी मजबूत लग रहा था। यह उनकी आखिरी उम्मीद थी। वे एक बार फिर उत्साह से भर गए। उनकी बुझी आँखों में चमक जागी और वे दबे पाँव बूढ़े के सिरहाने जा पहुँचे। बूढ़े ने करवट ली। वे सतर्क हो गए। बूढ़ा नींद में बड़बड़ाने लगा था। उन्हें लगा, बूढ़ा किसी भी क्षण जाग सकता है। उनकी धड़कनें तेज हो गईं। अब एक क्षण भी गँवाना सम्भव नहीं था। उन चारों ने बगैर देरी किए उस लोहे के बक्से को सरकाना शुरू कर दिया। बक्सा बहुत भारी था, उसे खिसकाना आसान नहीं था, लिहाजा चारों ने पूरा जोर लगा डाला। बक्सा धीरे-धीरे पलंग से बाहर आ गया। लेकिन इस कोशिश में ही वे चारों पसीने-पसीने हो गए।

बूढ़ा खाँसने लगा था। उसकी खाँसी के साथ निकल रही साँस में भयावह दुर्गन्ध थी जैसे बूढ़ा पायरिया का मरीज हो। वह बेचैन लग रहा था। उसे साँस लेने में तकलीफ होने लगी थी। उसकी नींद टूट सकती थी। उन चारों ने महसूस किया कि अब देरी करना खतरे से खाली नहीं । अचानक उनके भीतर बिजली की-सी फुर्ती जागी और वे उस भारी बक्से को कमरे के बाहर खींच ले गए।

बक्सा उनके अन्दाज से कहीं ज्यादा भारी था और उसे कमरे से बाहर लाते-लाते उनकी साँसें फूलने लगी थीं। अब वे उस बक्से को कन्धों पर टाँग कर ले जाने के लिए खुद को तैयार करने लगे थे। उन चारों ने बक्से की पेंदी में हाथ लगाए और दम साधकर उसे हवा में टाँग लिया। यह एक बड़ी सफलता थी। वे फिर उत्साह से भर गए थे। बक्से के चारों कोनों को अपने-अपने कन्धे पर टिकाते हुए वे चारों सीधे खड़े हो गए

और इस प्रकार वे एक-दूसरे के करीब आ गए थे। उनकी देह एक-दूसरे से सटी हुई थी और वे एक-दूसरे की साँसों का बजना साफ-साफ सुन रहे थे।

वे चारों डग भरते हुए 'मायामहल' से बाहर निकले और सीधे एक संकरी गली में जा घुसे। गली में दूर तक वीरानी थी और अछोर अँधेरा सनसना रहा था। गली गंगा की ओर जाती थी और वे चारों इस गली से होकर कई बार आ-जा चुके थे। लिहाजा, इस गली में चलते हुए उन्हें कोई दिक्कत महसूस नहीं हो रही थी। तेज चलने और बक्से के भारी बोझ के कारण उनके कन्धे जरूर दुखने लगे थे। तीसरे की तो जैसे जान ही निकली जा रही थी। वह ठिगने कद का था, इसलिए उसके कन्धे पर बक्से का बोझ कुछ ज्यादा ही आ पड़ा था। उसे पहली बार अपने ठिगनेपन पर जबर्दस्त कोफ्त हो रही थी। वह मन-ही-मन बुरी तरह तिलमिला रहा था।

गंगा किनारे पहुँचते-न-पहुँचते उन चारों की साँसें उखड़ गईं। बक्से को जमीन पर पटक कर वे चारों वहीं चारों खाने चित्त हो गए। सन्नाटे में उनकी साँसें धौंकनी की तरह चल रही थीं।

वे चारों इस वक्त जहाँ थे, वह गंगा का निहायत गलीज किनारा था। रात तो रात, दिन में भी कोई उधर जाना पसन्द नहीं करता था। इस किनारे पर दूर तक झाड़ियाँ उगी हुई थीं। झाड़ियों के बीच से गटर का पानी हायँ-हायँ करता गंगा में गिर रहा था। मल-मूत्र और सड़ी-गली चीजों की सड़ान्ध हवा में भरी हुई थी। वह सड़ान्ध हाँफने के कारण तेज चलते फेफड़ों में भी भरती जा रही थी। दूसरा कोई वक्त होता तो वे शर्तिया उल्टी कर देते, पर इस वक्त उन चारों ने अपने ऊपर जबरन काबू कर रखा था।

बातूनी, जिसकी साँसें अब तक सामान्य हो चली थीं, बक्से की ओर इशारा करते हुआ बोला, "बूढ़ा सारा माल इसी बक्से में रखे होगा, तभी इसे सिरहाने रखकर सोता था।"

"बक्से के वजन से तो लगता है, माल काफी होगा।" कुत्ता की लार टपक पड़ी।

गुरु चुपचाप उन दोनों की बातें सुनता रहा। उस्ताद अपनी जेब से चाभियों का गुच्छा निकाल रहा था। गुच्छा बाहर आते ही उस्ताद ने ताले को एक नजर गौर से देखा, फिर अनुमान के आधार पर गुच्छे में से एक चाभी चुनी। इस बीच गुरु ने चोर-बत्ती जला दी थी। उस्ताद बक्से के पास बैठ गया और चाभी ताले में डालकर घुमाने लगा। काफी कोशिश के बावजूद ताला नहीं खुला। उस्ताद निराश नहीं हुआ। उसने दूसरी चाभी लगाई। फिर तीसरी। चौथी। पाँचवीं। और वह गुच्छे की सारी चाभियाँ लगाते-घुमाते थक गया। उसके चेहरे पर हताशा के साथ-साथ चिड़चिड़ाहट आ गई थी। उसने दाँत पीसते हुए गुस्सा उगला, "स्साला, ताला है या शैतान की आँत। खुलने का नाम ही नहीं ले रहा।"

"उस्ताद, जितना सालिड बक्सा है, ताला भी उतना ही सालिड है। है न ?" बातूनी ने बात बनाई।

कुत्ता मिमियाया, "माल भी तो सालिड होगा।"

गुरु आदत के मुताबिक चुप्पी साधे हुए था। उस्ताद की चिड़चिड़ाहट अभी तक बरकरार थी। वह कुत्ता पर बरस पड़ा, ''स्साला, ताला खुला नहीं और माल-माल की रट लगा रखी है।''

कुत्ता अपने-आप में सिकुड़ गया। लेकिन बातूनी नहीं रह सका, ''ताला खुलता नहीं तो तुम उस्ताद किस बात के ?''

उस्ताद को बातूनी की बात लग गई। वह भीतर तक भुन गया, ''स्साला, मेरे को चैलेंज करता है। उस्ताद को चैलेंज। अभी देख, कैसे इस ताले को खोलकर दिखाता हूँ।''

गुरु उनकी बातें ध्यान से सुन रहा था और मन-ही-मन सोच रहा था, अगर ताला न खुला तो सारी मेहनत तो बेकार जाएगी ही, अगले दिन फाकाकशी की भी नौबत आ जाएगी। जो थोड़ा-बहुत पैसा था दोपहर की दाल-रोटी में ही खत्म हो चुका था। शाम को कुत्ता ने चाय और बन खिलाई थी, जो अब तक पच-पचाकर बराबर हो चुका था। वह उस्ताद की चिड़चिड़ाहट से भीतर-ही-भीतर खुश हुआ कि चलो इसी ताव में उस्ताद ताला जरूर खोल डालेगा।

उस्ताद ने अब दूसरी जेब से एक चाभी निकाली थी। उस चाभी को हवा में नचाते हुए उसने गर्व से एलान किया, ''यह है चाभियों का बाप। मास्टर की। देखो, कैसे नहीं खुलता है यह ताला।''

'मास्टर की' पर सबको भरोसा था। सबकी आँखों में उम्मीद की लौ टिमटिमाई और वे साँसें रोक कर उस्ताद के करिश्मे की प्रतीक्षा करने लगे। उस्ताद ने 'मास्टर की' को ताले के छेद में घुसाया और दाएँ-बाएँ घुमाया। ताले में कुछ 'खट' की आवाज हुई। सबके कलेजे मुँह को आ लगे। गुरु तेजी से बक्से के करीब सरक आया और चोर-बत्ती की रोशनी ताले पर टिका दी। ताला जस का तस था। बन्द ताला जैसे उन सबका मुहँ चिढ़ा रहा था। एकबारगी जैसे सबकी जुबान पर ताले पड़ गए थे।

सबसे ज्यादा चकित और अपमानित उस्ताद था। उसका काला चेहरा बुरी तरह विकृत हो गया था। जिन्दगी में पहली बार ऐसी शर्मनाक स्थिति सामने आई थी, कि कोई ताला वह नहीं खोल पाया था। उसकी कोई कला काम नहीं आ रही थी और थक-हार कर चुप बैठ गया था।

इस चुप्पी को तोड़ते हुए बातूनी ने बात छेड़ी, ''पुराना ताला है। लगता है जंग लग गया है।''

''जंग ! जैसे हमारी जिन्दगियों में !'' इस बार गुरु की गुरु-गम्भीर वाणी फूटी।

''गुरु, ठीक कहते हो तुम !'' कुत्ता देह सीधी करते हुए बोला, ''जंग भी ऐसा कि स्साला, छूटने का नाम नहीं लेता।''

उस्ताद जो अब तक खिसियाया-सा अलग-थलग पड़ा था, करीब खिसक आया। तीनों ने उसको एक साथ निहारा ! उस्ताद अपनी खीस पर काबू पा चुका था, उसके स्वर में सफाई देने का-सा भाव उभरा, ''मैंने अभी हार नहीं मानी है।''

तीनों ने उस्ताद को हिकारत से देखा। उनकी यह हरकत उस्ताद से छुपी नहीं रही। उस्ताद एकबारगी हत्थे से जकड़ गया, "तुम स्सालो, सबके सब कमजोर लोग हो, इसलिए जिन्दगी में कुछ नहीं कर पाए।"

यह गम्भीर तोहमत तीनों के मर्म को बेध गई। तीनों को लगा कि उस्ताद कहता तो ठीक है, लेकिन कहने से क्या होगा ? उस्ताद ने ही कौन सा तीर मार लिया है ? यह बात बातूनी के पेट में पची नहीं। वह तुरन्त उस्ताद पर पलट-वार कर बैठा, "उस्ताद, सूप तो सूप, छलनी भी हँसे, जिसमें बहत्तर छेद !"

आश्चर्यजनक रूप से उस्ताद न चिढ़ा, न भड़का, बल्कि ठंडी आह भरते हुए बोला, "ठीक कहता है, तू। इसीलिए मुझे जिन्दगी से कोई शिकायत नहीं रही।"

"लेकिन उस्ताद, यह जिन्दगी भी कोई जिन्दगी है।" यह कुत्ता था। उसकी आवाज भीगी हुई थी।

इससे पहले कि उस्ताद जवाब दे, चुप्पी साधे गुरु ने हस्तक्षेप किया, "कोई जान-बूझकर ऐसी जिन्दगी नहीं चुनता। उसके पीछे कोई-न-कोई विवशता जरूर होती है।"

किसी से गुरु की बात का प्रतिवाद करते नहीं बना, उल्टे लगा कि गुरु ने सबकी दुखती रग पर उँगली रख दी है। स्वयं गुरु की रग भी दुखने लगी थी, क्योंकि वह अपनी बात खत्म करके एकदम से चुप लगा गया था।

माहौल एकाएक बोझिल हो आया था। वे चारों के चारों अपनी-अपनी खोलों में सिमट कर रह गए थे। उनके बीच पड़ा वह लोहे का बक्सा जैसे उनकी चिन्ता से बाहर हो गया था और वे अपनी निजी चिन्ताओं में गहरे जा धँसे थे। उनमें से किसी ने किसी को छेड़ने की कोशिश नहीं की, गोया पका हुआ घाव बलबला कर बह निकलने का डर हो।

अचानक झाड़ियों में सरसराहट-सी हुई। वे सतर्क हो गए। चौकन्नी नजर से आसपास का जायजा लिया। फिर कुत्ता लम्बी साँस खींचते हुए बोला, "स्साला कुत्ता है। कोई सड़ी लाश खींच रहा है।"

बाकी तीनों ने राहत की साँस ली तो कुत्ता आसमान की ओर सिर उठाकर बोला, "लगता है कि सुबह होनेवाली है।"

"धुत्त !" बातूनी अपनी कलाई में बँधी घड़ी को आँखें फाड़ कर देखने लगा था, "अभी तो तीन ही बज रहे हैं।"

"स्साला, तेरी घड़ी का क्या भरोसा !" उस्ताद ने मजाक उड़ाया।

"क्यों ? क्यों भरोसा नहीं ?" बातूनी तुनक पड़ा, "चोरी का माल नहीं। ससुराल में मिली थी !"

"तभी तो बीवी भाग गई।" कुत्ता फिस्स से हँसा।

"वो तो स्साला, अपना टैम खराब था इसलिए भाग गई। बड़े-बड़े लोगों की बीवियाँ भाग जाती हैं जब टैम खराब होता है, फिर मेरी-तेरी क्या बिसात ?" बातूनी

ने अपने बचाव में ऐसी जबर्दस्त दलील दी कि कुत्ते का मुँह लटक गया।

"लेकिन अब टाइम खराब मत करो !" गुरु एकदम से कड़क पड़ा, "सोचो, अब क्या करना है ?"

"गुरु !" उस्ताद सीधे गुरु से मुखातिब हो गया, "सोचना तेरा काम है। तू बोल, अब क्या करना है ?"

"ताला तो खुलने से रहा ! फिर क्यों न इस बक्से को इधर झाड़ियों में छुपा दें ?" गुरु ने कुछ सोचते हुए सुझाव रखा, "दिन में कोई उपाय सोचते हैं। बात बन गई तो कल रात इसका वारा-न्यारा कर देंगे।"

गुरु की बात उस्ताद को जँची। उसे लगा कि इस तरह उसे अपना करिश्मा दिखाने का एक और मौका मिलेगा। मन-ही-मन खुश होते हुए उसने कुत्ता और बातूनी की राय जाननी चाहिए, लेकिन वे दोनों कतई खुश नहीं दिखे। उल्टे, उनके चेहरे पत्थर से सख्त हो आए थे। उनकी आँखों में अविश्वास की परछाईं नाच रही थी।

"नहीं ! कल का क्या भरोसा ! जो करना है, आज ही करो।" कुत्ता लगभग गुर्रा पड़ा।

"हाँ...हाँ ! अभी बहुत वक्त है।" बातूनी ने उस्ताद और गुरु को भेदती आँखों से लक्ष्य कर अपनी बात पर जोर डाला, "क्या पता, कल तक कोई और माल हड़प जाए !"

बातूनी की बात का रहस्य उस्ताद के पल्ले भले न पड़ा हो, गुरु को समझते देर नहीं लगी। उसने मन का चोर पकड़ लिए जाने की झेंप मिटाने की गरज से झट सवाल दाग दिया, "तो, तुम्हीं बताओ, इस हालत में अब क्या किया जाना चाहिए ?"

बातूनी के बदले कुत्ता टपक पड़ा, "मैं बताता हूँ।"

"तीनों ने कुत्ता को उत्सुकता से देखा। कुत्ता रहस्यमय अन्दाज में मुस्कुराया और तीनों को अपनी ओर ताकता पाकर गुदगुदी से भर गया। अपनी गुदगुदी पर काबू न पाने के कारण वह अपनी बात कहने में असमर्थ हो रहा था।

बातूनी से रहा नहीं गया। खीझकर बोला, "स्साला, भाव खाता है।"

कुत्ता बातूनी की बात पर फिर मुस्कुराया, लेकिन इस बार रहस्य दबाकर नहीं रख सका, "ताले को तोड़ देते हैं।"

उस्ताद को तो जैसे बिच्छू ने डंक मार दिया हो। वह तिलमिला कर फट पड़ा, "स्साला, हमेशा 'साटकट' के चक्कर में रहता है। थोड़ा भी धीरज नहीं रख सकता ?"

गुरु मूँछों में ही मुस्कुराया, जिसे कोई देख नहीं पाया। लेकिन वह अपनी दाढ़ी खुजला रहा है, यह किसी से छुपा नहीं रहा। गुरु दाढ़ी खुजलाते हुए ही बोला, "लेकिन ताला टूटेगा कैसे ? छेनी-हथौड़ी कुछ भी तो नहीं है !"

कुत्ता और बातूनी के चेहरे उतर गए। यह बात तो उनके दिमाग में आई ही नहीं थी। कभी ऐसी जरूरत भी नहीं पड़ी। उस्ताद के रहते छेनी-हथौड़ी की नौबत आएगी, यह तो उन लोगों ने सोचा तक नहीं था। वे बेचारगी और हताशा से भर गए। वे उस्ताद

को खा जानेवाली आँखों से घूरने लगे।

उस्ताद जो अपनी तौहीनी की पीड़ा से अब तक नहीं उबर पाया था, कुत्ता और बातूनी की बेधती आँखों की ताब सह नहीं पाया। वह एकदम से बिफर पड़ा, "लगता है, तुम लोगों का मुझ पर विश्वास नहीं रहा ?"

उस्ताद की मनःस्थिति समझते हुए गुरु ने उसके कन्धे को प्यार से दबाया और उसे आश्वस्त किया, "ऐसी बात नहीं करते, उस्ताद ! अभी यह सोचना महत्त्वपूर्ण नहीं है, कि यह ताला तुमसे नहीं खुल पाया, बल्कि ज्यादा महत्त्वपूर्ण यह है कि इस बक्से में बन्द माल कैसे हाथ लगे ?"

"हाँ ! ये बात तो है !" उस्ताद ने भारी मन से सिर हिलाया।

"तो फिर सोचो, यह बक्सा कैसे खुले।" गुरु किसी सोच में डूबे-डूबे बोला।

"पत्थर से गुरु, पत्थर से !" बातूनी उछल-सा पड़ा, "देखो, ये किनारे पर पड़े बड़े-बड़े पत्थर ! इनसे मार-मार कर ताला तोड़ डालते हैं !"

बातूनी की सलाह पर बाकी तीनों का ध्यान भी पत्थरों पर गया। फिलहाल कोई विकल्प नहीं था। गुरु ने सिर हिलाकर सहमति जताई तो कुत्ता और बातूनी को जैसे पंख उग आए। वे पत्थर लाने के लिए एक ही छलांग में किनारे जा पहुँचे।

जब तक कुत्ता और बातूनी पत्थर लेकर लौटते गुरु ने गौर किया, उस्ताद लोहे के बक्से से सटकर बैठ गया है। गुरु ने चोर-बत्ती की रोशनी में उस्ताद को निहारा। उस्ताद का काला चेहरा रुआँसा हो आया था। वह खुद में खोया कुंडी में लटक रहे ताले को कुछ इस तरह सहला रहा था जैसे कुर्बानी से पहले बकरे पर ममता उमड़ रही हो। गुरु को लगा कि उस्ताद अब रो देगा, कि तब रो देगा। उसने चुप रहना ही उचित समझा। अचानक उस्ताद ने अपने कन्धे पर लिपटा गमछा खींचा तो गुरु को लगा, उस्ताद अपनी भीग आई आँखों को पोंछना चाहता है। लेकिन नहीं, उस्ताद ने अपनी आँखें पोंछने के बजाय बक्से पर जमी गर्द को पोंछना शुरू कर दिया था। बक्से पर गर्द की इतनी मोटी पर्त जमी थी मानो वर्षों से उसकी झाड़-पोंछ तक न हुई हो। गमछे से पोंछने के कारण चोर-बत्ती की रोशनी में धूल-मिट्टी के चमकीले कण हवा में तैरने लगे थे।

गुरु की इच्छा हुई कि वह उस्ताद को इस तरह भावातिरेक में बहने से रोके, लिहाजा, वह उस्ताद के करीब खिसक आया। लेकिन उस्ताद के नजदीक पहुँचकर वह एकदम ठिठक गया। बक्से के दाहिने कोने पर जहाँ उस्ताद गमछा रगड़ रहा था, कोई धुँधली-सी लिखावट नजर आने लगी थी। पेंट पुराना हो जाने के कारण सफेद रंग पीला पड़ गया था। कहीं-कहीं पेंट उखड़ भी गया था, जिससे सिर्फ अक्षरों की आकृति के बराबर निशान भर दिख रहे थे। गुरु की उत्सुकता बढ़ गई। वह चोर-बत्ती उस लिखावट पर केन्द्रित करते हुए बक्से के बिल्कुल पास आ सटा।

इस बीच, कुत्ता और बातूनी पत्थर लेकर लौट आए थे। गुरु को चोर-बत्ती की रोशनी में बक्से पर उभरी कोई लिखावट पढ़ते देखकर उनकी आँखें आपस में मिलीं

और फिर कुछ समझ पाने की मुद्रा में कन्धे उचका कर वे वहीं बैठ गए। उनकी व्यग्रता इस चरम पर थी कि उन्हें गुरु की यह हरकत निहायत नागवार गुजर रही थी। उन्हें लगा, फालतू में दिमाग खपाता है, गुरु। इसी चिढ़ में कुत्ता भौंक-सा पड़ा, "गुरु क्यों खाली-मूली टाइम बर्बाद करता है ?"

गुरु ने कुत्ता के भौंकने की परवाह नहीं की, बल्कि सिर उठाकर तीनों को एक-एक कर देखा और फिर जैसे अपने-आप में बड़बड़ाया, "ये बक्सा तो किसी अंग्रेज का मालूम पड़ता है।"

उस्ताद, कुत्ता, बातूनी सबके सब गुरु को यूँ घूरने लगे जैसे गुरु का दिमाग चल गया हो। स्साला, अंग्रेज का बक्सा रायबहादुर रायसाहब महामाया प्रताप सिंह की हवेली में क्या कर रहा था ?

गुरु ने उन तीनों के आश्चर्य और औत्सुक्य को लक्ष्य किया। फिर मन-ही-मन मजा लेते हुए मुस्कुराया। लेकिन उसकी मुस्कुराहट मूँछों में ही उलझी रही। तत्काल वह अपनी दाढ़ी में उँगलियाँ फिराते हुए बोला, "यह बक्सा किसी बेटन नाम के अंग्रेज ने रायबहादुर को या तो दान किया था या उपहार में दिया था। देखो, यहाँ देखो।" गुरु की आवाज में खनक थी। उसने बक्से के दाहिने कोने पर उभरी लिखावट पर अपनी तर्जनी रखते हुए कहा, "अक्षर मिट गया है, इसलिए सिर्फ 'टेड' पढ़ा जा रहा है। इससे प्रेजेंटेड भी हो सकता है और डोनेटेड भी। इसके ठीक नीचे लिखा है—बाई बेटन। नाइनटीन फोर्टी सेवन।"

"मतलब ?" बातूनी का मुँह खुल गया।

"मतलब बेटन की ओर से ? उन्नीस सौ सैंतालिस !" गुरु ने खुलासा किया।

"तभी तो कहूँ, कि यह ताला खुल क्यों नहीं रहा ?" गुमसुम बैठा उस्ताद उछला जैसे कोई जबर्दस्त रहस्य हाथ लग गया हो।

किसी ने उस्ताद से रहस्य जानने की कोशिश नहीं की, तो उस्ताद कसमसाया, फिर स्वयं को ही तसल्ली देने की गरज से बोला, "स्साला, अंग्रेज का ताला, खुलता भी कैसे ?"

उस्ताद के लहजे में ऐसी बेचारगी थी कि गुरु, कुत्ता और बातूनी अपनी हँसी नहीं रोक पाए। उस्ताद भी झेंप गया। अपनी झेंप छुपाने के ख्याल से उसने बातूनी को टोका, "देखता क्या है ? उठा पत्थर। तोड़ डाल ताला।"

गुरु ने महसूस किया कि उस्ताद अपने मोह से मुक्त हो चुका है और उसने अन्ततः सच्चाई स्वीकार कर ली है। उस्ताद की मनःस्थिति को लेकर उसकी चिन्ता भी दूर हो गई थी। वह भी चाहता था कि अब जितनी जल्दी हो, बक्से का ताला तोड़ दिया जाए और माल-पत्तर समेट कर इस नरक से बाहर निकल भागा जाए। इस ख्याल के साथ ही उसने पत्थर उठाया और ताले का निशाना बनाकर वार शुरू कर दिया।

गुरु की देखा-देखी बाकी तीनों ने भी जैसे धावा-सा बोल दिया। रात की गहरी नीरवता में अचानक "खट्-खट्ट, ठाँय-ठुक" की उभरती आवाजों ने आहिस्ते-आहिस्ते

लय पकड़ना शुरू कर दिया। उन चारों के हाथों की गति जैसे-जैसे बढ़ती गई, ध्वनियाँ धुन में बदलती चली गईं। हवा में एक-एक कर उठते हाथ, इस क्रम में गिरते मानो पानी की लहरों में छपाके पैदा हो रहे हों।

ताले की कुटम्मस करते-करते वे चारों इस बुरी तरह थक गए कि उनका दम फूलने लगा। साँसें उखड़ने लगीं। नसें-तन गईं। देह अकड़ गई। धैर्य छूटने लगा। धुँधलका छाने लगा। लगा, कि किसी भी क्षण, किसी की भी रुलाई फूट पड़ेगी। वे अपनी बेबसी, बेचारगी और बेकली पर रुआँसे हो आए। इससे पहले कि कोई किसी की यह कमजोरी पकड़ ले, वे एक-दूसरे की नजरों से स्वयं को बचाते हुए कहीं ज्यादा तेजी से ताबड़-तोड़ पत्थर चलाने लग गए। इस बेतहाशा कोशिश और बेइन्तहा मशक्कत के बावजूद ताला था कि अपनी जगह से हिला तक नहीं। बक्सुआ बस जरा-सा ऐंठ कर रह गया था। हाँ, पत्थरों की चोट से बक्से की चादर कहीं-कहीं भीतर की ओर धँस गई थी। छोटे-छोटे गड्ढे उभर आए थे मानो चिक्कन चेहरे पर चेचक के धब्बे।

उन चारों पर जैसे जुनून-सा सवार था। उन्हें यह होश तक नहीं रह गया था, कि उनके पत्थर बक्से पर कहाँ पड़ रहे हैं। वे बस, लगातार पत्थर पीटते जा रहे थे ऐंड़े-बेंड़े, आड़े-तिरछे।

बक्से और बाजुओं के बीच सन्नाटा सिहर रहा था। रात सरक रही थी।

वजूद

वह औसत कद, कंजी आँखें, खल्वाट खोपड़ीवाला बूढ़ा उम्र के हिसाब से पचास साल के आस-पास का होगा, लेकिन चेहरे पर फैली झुर्रियाँ, आँखों के धँसे गड्ढे, उनके चारों ओर पसरी स्याही और बेतरतीब बढ़ी दाढ़ी उसके साठ के ऊपर का होने की चुगली खातीं। उसकी ढीली-लड़खड़ाती चाल और झोल-झोलंग लिबास से भी उसकी उम्र का सही अनुमान लगा पाना सहज नहीं था। अनुमानतः वह एक ऐसा शख्स था, जो उम्र से पहले बूढ़ा हो गया था और शायद उसे इसका कतई कोई अफसोस नहीं था।

वह ज्यादातर अपने पैतृक घर में किसी परछाईं की तरह इधर-उधर डोलता रहता जैसे कोई बेचैन आत्मा अपनी मुक्ति का बन्द रास्ता खोलने के लिए गुम गई चाभी खोज रही हो। वह कभी छेनी, आरी और दाँव लेकर घर के काठ-कबाड़ चीरता-फाड़ता और उनकी चैली-चुन्नियाँ बनाकर खुश होता, तो कभी हथौड़ी लेकर दीवारों में कील-काँटी ठोंकता। कील ठोंकते हुए हथौड़ी की 'ठुक-ठुक' होती आवाज उसके भीतर तक बजती और वह अपने पूरे शरीर को एक लय में थिरकता महसूस करता। वह रोमांच और अलभ्य सुख से भरी हथौड़ी तब तक चलाता रहता, जब तक कि दीवार में जुम्बिश नहीं होने लगती। दीवार हिलती तो उसके अन्दर ठहरी हुई कोई चीख फड़फड़ाती और वह एक कोने में बैठकर बेसाख्ता दारू पीने लगता।

घर कभी अच्छा-खासा रहा होगा, लेकिन अर्से से पुरसाहाल न होने के कारण उसकी तरह ही असमय जर्जर हो गया था। नोनी खाई ईंटों के बीच दरारें उभर आई थीं, जिनसे होकर पीपल-बरगद के हरे पौधे उग आए और तरह-तरह की दूसरी झाड़ियाँ फैल-पसर गई थीं। बरसात में इन दीवारों पर मटमैले चकत्तों जैसे कुकुरमुत्ते उग आते, जिन्हें देखकर वह खुशी से भर जाता और सारी बरसात वह उन चकत्तों को इस सावधानी से तोड़ता कि कुकुरमुत्तों की छाते जैसी पंखुड़ियाँ कहीं टूट कर न बिखर जाएँ। वह इन पंखुड़ियों को सहेज कर रखता और जरूरत के मुताबिक तलकर खाता और छककर दारू पीता।

कुकुरमुत्तों की मुफ्त आमद के अलावा भी उसे बरसात और कई मायनों में रास आती। सबसे ज्यादा सुकून उसे इन्हीं दिनों में मिला करता। न कोई उसके इर्द-गिर्द आता-जाता, न ही उसे कहीं जाने की जरूरत पड़ती। चूल्हा जलाने के लिए चैली-चुन्नियाँ होतीं ही। कभी देर शाम तक अँधेरा गहरा चुका होता, वह चुपके से निकलता और जरूरत-भर दारू और दूसरी चीजें खरीद लाता। फिर इत्मीनान से दारू पीता और बरसात

का शुक्रिया अदा करता।

जिन दिनों काफी तेज बारिश होती, वह कागज की नाव बनाता और आँगन में छोड़कर उसका बहना, तैरना और भटकना देखता रहता। उसे तब बेहद आनन्द आता, जब नाव अपने ही गीलेपन के बोझ से तैरने के बजाय, गड़ाप से पानी में डूब जाती। वह किसी बच्चे-सा किलक पड़ता और तालियाँ बजाते हुए नाचने लगता। वह फिर-फिर नाव बनाता और उसे डूबते हुए देखने की प्रतीक्षा करता रहता।

उन दिनों, जब वह दुबारा और हमेशा के लिए इस घर में रहने आया था बारिश आते ही गली में निकल आया था और गली के बच्चों को उसने 'नाव-नाव' खेलने की दावत दी थी, तो ज्यादातर बच्चे उसे हैरानी से देखने लगे थे। लेकिन उसने बच्चों की हैरानी पर ध्यान दिए बगैर कागज की नाव बनाई थी और उसे पानी में उतार दिया था। पानी में तैरती नाव, तेज धार के सहारे जब हिचकोले खाती हुई तेजी से बहने लगी थी, बच्चे तालियाँ बजाते हुए उसके साथ-साथ दौड़ने लगे थे। वह बच्चों को दौड़ता, खुश होता देखकर उनके पीछे-पीछे दौड़ा था। बच्चे उसे अपने पीछे दौड़ता देखकर 'हुल्ल-हुल्ल' कर शोर मचाने लगे थे और तभी किसी बच्चे ने नाव पर पाँव रख दिया था। नाव पानी में डूबकर पुर्जा-पुर्जा बिखर गई थी। अचानक उसे तेज गुस्सा आया था और उसने उस बच्चे को जिसने नाव पर पाँव रखा था, पकड़ने के लिए झपटा ही था कि सारे बच्चों ने मिलकर उसे घेर लिया था और उसके ढीले-ढाले लिबास को खींचना शुरू कर दिया था। इस खींच-तान में उसकी बुशर्ट फट गई थी। जब तक वह फटी बुशर्ट को सँभालता, किसी ने उसका पाजामा खींच दिया था और देखते-ही-देखते पाजामा गिरकर टाँगों में जा फँसा था। वह गुस्से और अपमान का घूट पीता, उस बच्चे की ओर, जिसने पाजामा खींचा था, दौड़ा था कि टाँगों में फँसे पाजामे ने उसके पैरों को बाँध दिया था, फलतः वह औंधे मुँह पानी में गिरा था और 'छपाक' की आवाज के साथ पानी काफी दूर तक फैल गया था। बच्चों में विजय का-सा उल्लास फूटा था। वे 'हो-हो' करते गली में दौड़ लगाने लगे थे। पूरी गली उनके पाँवों से उठती 'छप-छप' की लय से भर गई थी।

उस दिन के बाद उसने तय किया था कि वह बदमाश बच्चों को मुँह नहीं लगाएगा, लेकिन पता नहीं क्या होता कि बच्च्चों को देखते ही उसका मन मचलने लगता। वह उनके साथ हो लेता और फिर उनके 'हो-हो' का मजा भी लेता। कभी-कभी वह बनावटी गुस्सा भी दिखाता, लेकिन बच्चों का भय फट चुका था। वे उसके आगे बढ़ते ही दबे पाँव उसके पीछे लग जाते और मौका देखकर उसका झोल-झोलंग लिबास खींच देते। वे इस कोशिश में उसका पाजामा खींचने को ज्यादा तरजीह देते, लेकिन कामयाबी हमेशा नहीं मिलती। ऐसे में वह खिसियाकर बच्चों को पकड़ने के लिए दौड़ता। दाँत किटकिटाता और उन्हें माँ-बहन की गालियाँ देता, तब तक हवा में बड़बड़ाता रहता, जब तक वह खुद से ही आजिज नहीं आ जाता।

उसका यूँ हवा में बड़बड़ाना अचानक एक दिन तब कयामत में बदल गया था, जब किसी मनचले ने उस पर फब्ती कस दी थी, ''मेजर साहेब, पाकिस्तान को मेसेज

भेज रहे हैं।''

एकबारगी उसकी रगों में चिंगारियाँ फूट पड़ी थीं। झपट्टा मार कर उसने उस मनचले की गर्दन दबोच ली थी और गला फाड़कर चीख पड़ा था, ''हाँ, स्साले, हाँ, भेज रहा हूँ पाकिस्तान को मेसेज, जो करना हो, कर ले।''

अनायास ही एक तमाशे में तब्दील हो गया था वह। आँखों की कोरों पर रिस आई नमी, हवा में हिलती दाढ़ी और बेबसी में विद्रूप हो चुका चेहरा, उसके व्यक्तित्व को इस कदर हास्यास्पद बना गया था, कि सारा का सारा माहौल एक बेडौल ठहाके में तब्दील हो गया था। वह पैर पटकता, गालियाँ बकता घर लौट आया और दारू की पूरी बोतल गटागट हलक के नीचे उतारने के बाद फर्श पर लुढ़क गया था। वह नशे और नींद में गाफिल बड़बड़ाते हुए सिसिकियाँ भरता रहा था, सिसकियाँ भरता हुआ बड़बड़ाता रहा था।

वह दारू पीते हुए अक्सर सोचता कि गलती कहाँ हुई ? इस कोशिश में वह एक सिरा खोजते हुए इस बुरी तरह उलझ जाता कि गाँठों के सिवा कुछ हाथ नहीं आता। गाँठों के ऊपर उभरे दो सिरों को देखकर यह तय करना और भी मुश्किल हो जाता कि सही और शुरुआती सिरा वह है भी या नहीं ! उस दौरान उसकी स्मृतियों में धुंधले अक्स उभरते और वह उन्हीं अक्सों को कभी माँ मान लेता, कभी बाप। माँ को तो उसने देखा भी नहीं था। उसे जन्म देते ही मर गई थी। फिर भी माँ की शक्ल अक्स में उभरती-सी लगती। लेकिन बाप ? बाप को जरूर देखा था उतना ही सही, जितना वह जेल से बाहर रहता। बाप चोरियाँ करता और जेल जाता। जेल से आते ही, चोरियाँ शुरू कर देता, फिर जेल चला जाता। एक दिन जेल में ही मर गया था वह। किसी कैदी ने उसकी बेतहाशा पिटाई की थी। मुँह से खून फेंकता मरा था बाप।

बाप की मौत के साथ ही, पता नहीं कहाँ से आ टपकी थी जैनुल फूफी। भरी जवानी में ही बेवा हो चुकी फूफी ने घर में घुसते ही उसकी लानत-मलामत शुरू कर दी थी, ''मनहूस कहीं का। पहले माँ को खाया। अब बाप को भी चबा गया।''

उसने अपने दूध के दाँतों तो छूकर देखा था। उसे यकीन नहीं आया था कि वह अपने बाप को चबा गया है। लेकिन फूफी ने कहा था और इतनी बार कहा था कि धीरे-धीरे उसे विश्वास हो गया था कि जरूर उसी ने माँ को खाया होगा और बाप को चबा गया होगा। उसे अपने आप से डर लगने लगा था। स्वयं से घृणा होने लगी थी। वह अपनी मनहूस सूरत लेकर किसी के सामने जाने से भय खाता और अगर किसी के सामने पड़ जाता तो सामनेवाला उससे बिदकने लगता। अपनी अभिशप्त सूरत पर उसका कोई वश नहीं था। वह इस बेबसी के आलम में घर के किसी कोने में पड़ा-पड़ा बिसूरता रहता और थक-हार कर वहीं सो जाता।

उसकी नींद में सपनों से पहले फूफी दाखिल होती—तेज, नुकीले, लम्बे-लम्बे दाँत बाहर को निकले हुए, सिर पर दो काली लम्बी सींगें। आँखें लाल, अँगारों-सी दहकती हुईं। वह थरथर काँपने लगता। कई बार तो वह डर के मारे चीखने लगता—''बचाओ !

बचाओ !'' आँख खुलती तो पाता कि जाँघिया गीली हो चुकी है। जमीन भीगी हुई है। ठीक सिर पर फूफी खड़ी है—''क्यों रे, नासपीटे, फिर कर दी जाँघिया गीली ? इसे धोएगी तेरी माँ ?''

माँ कभी सपने में नहीं आती, लेकिन ख्यालों में हमेशा बनी रही। बिना देखी शक्लवाली माँ को लेकर उसके मन में तरह-तरह के सवाल थे। एक चोर की बीवी बनकर रहना कैसा लगता होगा उसे ? मेरे चोर बाप को क्यों कर बर्दाश्त करती होगी वह ? मुझे पैदा करने से पहले क्या-क्या सोचती रही होगी ? मुझे जन्म देते ही क्यों मर गई वह ?

सवाल बेशुमार थे, जवाब एक भी नहीं। उस मामूली सवाल का जवाब भी नहीं दे पाया था वह, ''तेरा बाप चोरियाँ करता था, तू क्या करेगा ?''

मास्टर आब्दीन के इस सवाल का जवाब फूफी ने दिया था, ''चोर की औलाद, चोरी ही करेगी।''

उस दिन उसने तय किया था, कुछ भी करेगा, चोरी तो कतई नहीं करेगा। लेकिन अपने फैसले पर टिक नहीं पाया था वह। फूफी के बन्द कमरे से उठती चीखों-आहों को चोरी-चोरी देखने-सुनने लगा था। बन्द कमरे में फूफी होती, मास्टर आब्दीन होता और होती चीखों-आहों की नग्न परछाइयाँ। मास्टर आब्दीन की परछाईं, अक्सर फूफी से पूछती, ''जैनुल, ऐसे कब तक चलेगा ? बेहतर हो, हम निकाह कर लें।''

फूफी की परछाईं हँसती, ''बेवा निकाह करे, क्या कहेंगे लोग ?''

मास्टर आब्दीन मायूस हो जाता और कई-कई दिनों तक फूफी के पास नहीं आता। उसकी इच्छा होती कि मास्टर आब्दीन आए और फूफी से निकाह करे ले, लेकिन फूफी ने मास्टर आब्दीन के लिए अपने कमरे का दरवाजा बन्द कर दिया था। उस बन्द कमरे में अब कभी फैजल आता, तो कभी लालचन्द। फूफी के बन्द कमरे में आहों-चीखोंवाली नंगी परछाइयाँ आती-जाती रहीं। मास्टर आब्दीन ने आना-जाना बन्द कर दिया।

वही मास्टर आब्दीन उसे एक दिन अकेले में मिला था। वह फैजल के दिए नोट लेकर सींक कबाब खरीदकर घर लौट रहा था, जब गली के नुक्कड़ पर मिला था मास्टर आब्दीन। शाम के झुटपुटे में वह मास्टर आब्दीन को देख नहीं पाया था, लेकिन मास्टर आब्दीन ने उसे आवाज दी थी, तो उसके पाँव ठिठक गए थे। वह मास्टर आब्दीन को ठीक अपने सामने पाकर सहम गया था। कजेला हलक को आ लगा था। मास्टर आब्दीन ने उम्मीद के उलट बेहद प्यार से पूछा था, ''पढ़ेगा तू ?''

''हाँ-ना'' कुछ नहीं कह पाया था वह। मास्टर आब्दीन ने ही उसकी मुश्किल आसान कर दी थी, ''कल स्कूल आना। तेरा नाम लिख जाएगा।''

तब नहीं जान पाया था वह कि यह फूफी से बदला लेने का अपना तरीका था मास्टर आब्दीन था। मास्टर आब्दीन उसे स्कूल में दाखिला दिलाकर इस कदर खुश हुआ था, कि अपने मन की बात छुपा नहीं पाया था, ''तेरी फूफी को मेरा पहला सबक है यह ?''

वाकई यह सबक बहुत करारा था। फूफी ने उसके गाल पर करारा थप्पड़ जड़ा था, ''चोर की औलाद कोतवाल बनेगा।''

उस दिन, पहली बार उसके भीतर फूफी के खिलाफ गुस्सा बलबलाकर फूटा था और पैर पटकता हुआ घर से बाहर चला गया था। देर रात तक इधर-उधर भटकता रहा था। जब लौटा था, घर का दरवाजा बन्द मिला था। वह बगैर फूफी को आवाज लगाए, बाहर बरामदे में ही सो गया था। सुबह फूफी ने दरवाजा खोला था, तो उसे बरामदे में पड़ा देखकर बिफर पड़ी थी, ''सारी हकड़ी उतर गई तेरी...लौट आया छाती पर मूँग दलने।''

उसने फूफी को आँख उठाकर देखा था। फूफी उसकी आँखों का ताब सह नहीं पाई थी। सहमी-सी दरवाजे में थोड़ा पीछे खिसक गई थी। वह नहीं समझ पाया था कि उसकी आँखों में ऐसा क्या था कि फूफी के चेहरे पर हवाइयाँ उड़ने लगी थीं, आँखें झुक गई थीं और वह बगैर कुछ बोले पलट कर अन्दर चली गई थी।

उस शाम जब लालचन्द आया था, फूफी ने फुसफुसाकर उसे बताया था, ''छोकरा बड़ा हो गया है। सब कुछ समझने लगा है अब।'' उस रात फैजल भी बैरंग वापस हो गया था। उस रात में अच्छी नींद आई थी। उस रात पहली बार नींद में मुस्कुराता रहा था वह।

रात के वाकये का सुबह मास्टर आब्दीन को पता चला तो मास्टर आब्दीन की आँखें तर हो आईं। हाथ आसमान में उठाकर दुआ माँगी और प्यार से उसका सिर सहलाया। उसके भीतर खुशी की लहर-सी उठी। उसने मास्टर आब्दीन की शक्ल में एक सपने को देखा था।

यह सपना जैसे-जैसे उसकी रूह के करीब होता जा रहा था, फूफी की तड़प बढ़ती जा रही थी। वह उससे आँखें नहीं मिलाती। उससे सीधे बात नहीं करती। ज्यादातर दोनों के बीच एक गहरी चुप्पी तनी रहती। इस चुप्पी के उसके सिरे पर कलेजे को ठंडक पहुँचाती खुशी थी, तो फूफी के सिरे पर भीतर-ही-भीतर खदबदाता गुस्सा था। वह अर्से तक नहीं समझ पाया कि फूफी के गुस्से को मतलब क्या है ?

बहुत बाद में मास्टर आब्दीन ने मतलब समझाते हुए कहा था, ''खामोश गुस्सा कहीं ज्यादा खतरनाक होता है। तेरी फूफी चोटिहल नागिन है, उससे सावधान रहना !''

उस दिन के बाद वह फूफी से सावधान रहने लगा था। वह सावधानी सचमुच काम आई थी। रात के गहरे सन्नाटे में फैजल आगबबूला हो फूफी से कह रहा था, ''तू कह तो स्साले इस छोकरे का किस्सा ही खत्म कर देते हैं ?''

''नहीं !'' फूफी ने विरोध किया था, ''तुझे मेरी कसम ! तू ऐसा कुछ नहीं करेगा।''

''क्यों ?'' फैजल भड़का था।

''सब्र से काम ले, फैजल, सब्र से।'' फूफी ने उसे प्यार से समझाया था, ''तुझे आम खाने से मतलब है, या पेड़ गिनने से ?''

उस रात उसने जिसे महज मुहावरा समझा था, वह एक खतरनाक खेल का आगाज

था, वह बात उसे बहुत बाद में समझ आई थी। जब तक वह खेल के नियम समझ पाता, तब तक खेल अपने अंजाम पर पहुँच चुका था। वह खेल के बाहर, सिर्फ एक तमाशबीन होकर रह गया था।

खेल की शुरुआत फूफी ने की थी, "लालचन्द, हाथ तंग चल रहा है, कुछ मदद कर।"

"फोकट में मदद कब तक चलेगा, जैनुल ?" लालचन्द नशे में था।

"क्या करूँ, छोकरा सब कुछ समझने लगा है।" फूफी ने लाचारी जताई थी।

"बोल, हमेशा के लिए रास्ते से हटा दूँ उसे।" लालचन्द की ठंडी आवाज लपलपाई थी।

"नहीं !" फूफी ने पासा फेंका था, "छोकरे को नहीं। हटाना ही है तो मास्टर आब्दीन को रास्ते से हटा। वही खुराफात की जड़ है।"

"लेकिन !" लालचन्द हिचकिचाया था, "यह काम रिस्की है...अकेले मुमकिन नहीं।"

"फैजल है न ! उसे साथ ले लो।" फूफी ने सुझाया था।

वह बदहवास भागता हुआ मास्टर आब्दीन को खोजने लगा था। मास्टर आब्दीन अपनी कोठरी में नहीं था। ताला लटक रहा था उसके दरवाजे पर। वह हताश-हाँफता कोठरी के बाहर दरवाजे से लगकर रात-भर बैठा रहा था।

सुबह मास्टर आब्दीन की लाश गली के उसी नुक्कड़ पर मिली थी, जहाँ एक दिन रोककर मास्टर आब्दीन ने उससे पूछा था, "पढ़ेगा, तू ?"

मास्टर आब्दीन की लाश देखकर सकते में आ गया था वह। उसके होश गुम हो गए थे। कोई गहरी चीख उसके भीतर घुट कर रह गई थी।

मास्टर आब्दीन की लाश को घेरे खड़ी भीड़ में फैजल भी था। लालचन्द भी था। उस पर नजर पड़ते ही फैजल उसके करीब आया था और उसकी बाँह पकड़कर खींचते हुए बोला था, "तू यहाँ क्या कर रहा है ? भाग, जल्दी से भाग।"

उस दिन से भागता रहा है वह ! बदहवास साए की तरह अपने-आप से भागता रहा है। पहले माँ, फिर बाप और उसके बाद मास्टर आब्दीन की मौत। तीन-तीन लाशों के ताबूत लिए कहाँ-कहाँ नहीं भागा है वह ?

"इन लाशों को दफना क्यों नहीं देता, तू ?" उसकी बदहवास भागम-भाग देख उस्ताद जयराम ने टोका था।

"फिर मेरे पास बचेगा ही क्या ?" उसने उल्टा सवाल किया था।

"तेरा वजूद !" उस्ताद जयराम ने समझाया था, "अपने वजूद से बड़ी कोई चीज नहीं।"

उस्ताद जयराम ट्रेनिंग के दौरान बार-बार एक ही जुमला दुहराता "खुद का वजूद बचाना हो तो दुश्मन का वजूद खत्म कर दो।"

वह ऐसा नहीं कर पाया था। अपना वजूद बचाने के लिए उसने दुश्मन का वजूद

खत्म करने से इनकार कर दिया था। फौज का नियम तोड़ा था उसने। एक फौजी होकर भी नहीं समझ पाया था दोस्त और दुश्मन का अन्तर।

"यह कैसा मोर्चा है, भाई ? यहाँ कौन दुश्मन है हमारा ?" कर्फ्यूग्रस्त शहर के सन्नाटे में डूबी सड़क पर गश्त लगाते हुए उसने अपने एक फौजी साथी से पूछा था।

"दंगाई देश के, समाज के दुश्मन होते हैं।" उस फौजी ने रटी-रटाई सूक्ति उँड़ेल दी थी।

"ये दंगाई देश में, समाज में आते कहाँ से हैं ? इन्हें लाता कौन है ?" उसने तल्खी से पूछा था।

फौजी साथी चुप लगा गया था, शायद इस सवाल का उसके पास कोई जवाब नहीं था।

अचानक कर्फ्यू के कलेजे से चिपटा सन्नाटा थर्रा गया था। संगीत की नोक पर टिकी शान्ति बारूद में बदल गई थी। आकाश धुएँ और धमाकों से भर गया था। पलक झपकते ही फौजी कवायद कहर बनकर टूटी थी और गलियों, नाकों, नुक्कड़ों चौराहों की घेरेबन्दी शुरू हो गई थी। युद्ध के मोर्चे में तब्दील शहर फौज के निशाने पर था।

डरी हुई भीड़ के पीछे राइफल ताने दौड़ते फौजी आड़ी-तिरछी जाल-सी फैली अँधेरी तंग गलियों में गुम हो जाती दहशत के साथ आँख-मिचौली खेल रहे थे, जब उनकी जद में आ गया था एक बालक। महज दस ग्यारह साल का वह बालक खेल के रोमांच से भरा मौत के मुहाने पर तन कर खड़ा था। उसके हाथ खाली थे, फिर भी आक्रामक लग रहा था वह।

सार्जेंट की उँगलियाँ तनी राइफल के ट्रिगर पर जा पहुँची थीं। अगले ही क्षण उसने छलाँग लगाई थी और उस बालक के सामने जा खड़ा हुआ था। सार्जेंट जब तक कुछ समझता वह उस बच्चे को धक्का देते हुए चीख पड़ा था, "भाग जा ! भाग जा, नहीं तो मारा जाएगा !"

उसकी इस अप्रत्याशित हरकत पर उसके फौजी साथी स्तब्ध रह गए थे। क्षण-भर को जैसे सारा दृश्य फ्रीज हो गया था। वह अपनी पीठ पर नन्हे पाँवों की धमक महसूस करता हुआ सार्जेंट की राइफल और अपने सीने के बीच दुनिया-भर के बच्चों की किलकारियाँ सुनता रहा था। ऐन इसी वक्त उसके इर्द-गिर्द एक तेज धमाका हुआ था और उसके वजूद के परखच्चे उड़ गए थे।

"तूने उस बच्चे को भागने दिया, क्योंकि वह मुसलमान था।" सार्जेंट का हिंस्र चेहरा बुरी तरह विकृत हो गया था।

"मुझे नहीं पता, वह बच्चा हिन्दू था या मुसलमान।" उसने निरपेक्ष भाव से जवाब दिया था।

न कोई सफाई। न कोई दलील। न कोई अदालत। न कोई अपील। सिर्फ फैसला। ताउम्र शापित जिन्दगी जीने की सजा। अपनी आत्मा का लहू पीने को अभिशप्त।

बैरक से बाहर निकलते हुए उसे ताज्जुब हुआ था कि वह बच्चा, जिसकी माँ जन्म

देते ही मर गई थी, जिसका बाप चोरियाँ करते हुए गुजर गया था, अपना वजूद बचाने में कामयाब हो गया है। अचानक उसकी एड़ियाँ एक-दूसरे से टकराई थीं और उसने उस्ताद जयराम को आखिरी सैल्यूट ठोंका था, ''उस्ताद, ठीक कहते थे तुम, खुद का वजूद बचाना हो तो दुश्मन का वजूद खत्म करना ही पड़ता है।''

आखिरकार घर लौट आया था वह ! घर में फूफी की लाश मिली थी। लाश पर मक्खियाँ भिनभिना रही थीं। चींटियाँ रेंग रही थीं। पता नहीं कब मरी थी फूफी ? पता नहीं कब से सड़ रही थी उसकी लाश ? लाश को एकटक निहारते हुए उसके सीने में एक ठंडी आह अटक गई थी—फूफी किससे बदला लेती रही सारी उम्र ? खुद से या खुदाई से ?

फूफी की लाश उठाने कोई नहीं आया था। उसने फैजल को भी आवाज दी थी। लालचन्द को भी पुकारा था। लेकिन एक बदजात औरत की मैय्यत के क्या मायने ? वह फूफी की लाश ठेले पर लादकर कब्रिस्तान ले गया था।

कब्र की मिट्टी खोदते हुए कब्रिस्तान के बेलदार ने आदतन उसे तसल्ली दी थी, ''यूँ ही खत्म हो जाता है एक दिन सबका वजूद।''

सहसा उसे लगा था, बेलदार ने फलसफा नहीं फूफी की हकीकत समझाई हो उसे। तो इस तरह लड़ती रही फूफी अपने वजूद की लड़ाई ? पहली बार फूफी के लिए गहरी उदासी से भर गया था वह।

उस शाम कब्रिस्तान से लौटने तक वह किस्से में तब्दील हो चुका था।

●●●